Tod an der Alpspitze

Irmgard Braun klettert seit mehr als 30 Jahren in den Bergen, im Klettergarten und in der Halle und ist eine echte Insiderin der Kletterszene.

In den achtziger Jahren waren ihre Klettereien für eine Frau eher ungewöhnlich: Sie machte Erstbegehungen im Oberen Donautal und stieg namhafte alpine Routen vor. Später kletterte sie erfolgreich in Wettkämpfen und wurde Mitglied der deutschen Sportkletter-Nationalmannschaft.

Ihre Begeisterung fürs Schreiben entdeckte die ehemalige Gymnasiallehrerin als Redakteurin beim Alpin-Magazin und später beim Süddeutschen Verlag Medien-Service. Sie veröffentlichte zahlreiche Artikel nicht nur übers Klettern und schrieb das Sachbuch „Klettern – aber sicher". In der Bergkrimi-Reihe des Bergverlag Rother erschienen von ihr bisher „Nie wieder tot – Mord am Gardasee", „Mutig aber tot – Mord am Grödner Joch", „Vermisst – Monika Trautners 1. Fall" und „Verraten – Monika Trautners 2. Fall".

Heute lebt sie als freie Journalistin und Schriftstellerin in München. Ihre Website: www.irmgard-braun.de

Anmerkungen der Autorin

Alle Personen in diesem Krimi sind frei erfunden. Die beschriebenen Orte und Klettertouren entsprechen der Realität.

Die Geschichte spielt 2017, also zu der Zeit, als die neue Zugspitzbahn gebaut wurde.

Ich habe versucht, auch für Nichtkletterer zu schreiben. Sollten gelegentlich Fachausdrücke oder Kletterer-Slang vorkommen, so hoffe ich, dass sie aus dem Zusammenhang heraus verständlich sind.

Irmgard Braun

Tod an der Alpspitze

Bergkrimi

Bergverlag Rother

Umschlaggestaltung: Beate de Nijs, www.denijs.de
Titelbild: Christian Engl, Oberhaching, www.christianengl.de
Lektorat: Carlos Westerkamp, Berlin; Barbara Wickenburg, Murnau
Druck und Bindung: Litotipografia Alcione srl., Trento
Originalausgabe

1. Auflage 2018

ISBN 978-3-7633-7080-1

Das vielfältige Schauspiel der Berge, die Erinnerungen,
aber besonders das Gefühl, dem Alltag entflohen zu sein,
das Gefühl der Freiheit und der Lebensfreude
waren der Grund meiner Liebe zu den Bergen.

Walter Bonatti

1. KAPITEL

Mittwoch, 16. August

Über Sebastian Oberleitner knatterte der Polizeihubschrauber Edelweiß 1. Er hatte ihn und seinen Kollegen Paul mit dem Windenseil in der Wand abgesetzt. Nun drehte er ab und flog Richtung Garmisch.

Ihr Standplatz war in Ordnung, zwei Klemmkeile, eine Schlinge. Es war nicht einfach gewesen, ein Stück festen Fels zu finden in dieser wilden Flanke – bröckliges Gestein, Schrofen, Schuttrinnen mit Resten schwärzlich verfärbten Schnees. Aus der Tiefe wehte ein eisiger Hauch zu Sebastian empor, es roch nach feuchtem Kalkstein.

In diesen Teil der Alpspitze kam fast nie Sonne. Und es gab keine Kletterroute.

Gut fünf Meter unterhalb des Standplatzes lag eine Gestalt reglos auf einem Vorsprung.

Die Leute von der Bergrettung waren längst fort; sie hatten nichts mehr für den Verunglückten tun können. Nun sollten die Polizisten die Leiche bergen und untersuchen, wie der Mann gestorben war. Pauls glattes, von einem Vollbart gerahmtes Gesicht war ernst. „Gehst zerscht obi?“, fragte er.

Sebastian war um einiges älter und erfahrener. Für ihn waren solche Einsätze Routine. „Okay.“ Er hängte sein Sicherungsgerät ins Seil, lehnte sich etwas zurück, stellte die Füße gegen die Wand und seilte vorsichtig ab. An einigen Stellen war der Fels so mürbe, dass er schon bei einer leichten Berührung mit der Fußspitze wegbröselte.

Als Sebastian bei dem Toten landete, fixierte er sich am Seil und schoss Fotos, um die Situation zu dokumentieren. Dann musterte er die Leiche.

Sie lag zusammengekrümmt auf der Seite, aus dem mit getrocknetem Blut verkrusteten Gesicht starrten leere Augen. Die Kleidung war zerfetzt, die Finger waren zerschunden und standen in unnatürlichem Winkel ab. Vielleicht war das bei dem Versuch geschehen, sich irgendwo in der etwa sechzig Grad steilen Wand festzukrallen. Die Schädeldecke des Mannes war eingedrückt.

Eine halbe Stunde später schwebte die in Plastik verpackte Leiche am Windenseil nach oben und wurde in den Bauch des Hubschraubers eingesogen.

Sebastian warf einen Blick zum blauen Himmel, dann auf die Uhr. Schönes Wetter, früher Nachmittag. „Ich schaue mir noch die Sturzstrecke an."

„Dös brauchts ned", sagte Paul. „De Bergwachtler ham gsagt, dös war a Unfall. Sogar mit Augenzeugen am Klettersteig, dass der Mo ausgrutscht is."

„Sieht so aus, als wäre alles klar. Ich gehe trotzdem mal los."

Sebastian kraxelte, von Paul gesichert, über brüchige Felsstufen empor und platzierte unterwegs ein paar nicht gerade perfekt sitzende Klemmkeile als Sicherung.

Ein kurzer, senkrechter Aufschwung, er stemmte sich hinauf und war plötzlich in flacherem Gelände.

An der Kante des Steilabbruchs war ein rostbrauner Fleck von der Größe eines Handtellers, daneben kleinere rötliche Sprengsel. Blut. Viel Blut. Vielleicht war der Verunglückte hier gerade noch zum Halten gekommen, hatte versucht, vom Abgrund weg emporzukriechen, ein grausiger Kampf…

Armer Kerl. Hoffentlich hatte er keine Kinder.

Sebastian folgte nun einer breiten Felsrinne; Steinchen lagen wie Rollsplitt auf glattem Kalk. Die Kletterei war leicht, aber heikel und verlangte volle Konzentration. Wenn man hier aus dem Gleichgewicht geriet, würde man nur mit viel Glück irgendwo zum Halten kommen.

Da – wieder rote Flecken. Und blaue Plastikspäne, die wahrscheinlich von einem Helm stammten. Aber der Tote hatte keinen getragen…

Was war da passiert? War der Kinnriemen beim Absturz gerissen? Wohl kaum, dazu brauchte es gewaltige Kräfte. Sebastian schob weitere Spekulationen beiseite und stieg höher hinauf. Über ihm tauchte eine Kolonne von Klettersteiggehern auf, die an Drahtseilen entlang Richtung Gipfel krochen. Einige blieben stehen und starrten auf ihn herab. Nur wenige Meter rechts der Ferrata war jemand ungesichert hinaufgeklettert, das hatten einige Leute den Bergwachtlern erzählt. Er hatte wohl den Stau umgehen wollen, nur etwa hundertfünfzig Meter vor dem Ausstieg zum Gipfel. Pure Ungeduld – wie auch oft bei tödlichen Autounfällen. Was für ein unnötiger Tod.

Sebastian folgte der Rinne bis zu ihrem Ende nahe dem Grat, entdeckte aber keine weiteren Hinweise. Dann kletterte er wieder zum Standplatz hinunter.

„Ois klor?", fragte Paul.

„Nicht ganz. Sieht so aus, als hätte er einen Helm getragen."

„Is doch wurscht."

Sebastian zögerte. Es gab viele mögliche Erklärungen. Aber er mochte keine offenen Fragen bei einer Untersuchung. „Ich gehe noch ein Stück runter und schaue mich um."

„Den Helm findst eh nimmer. Der is obikugelt bis Garmisch."

„Wahrscheinlich. Aber keine Panik. Uns reicht's noch leicht für den Biergarten heute Abend."

„Du bist der Chef."

Sebastian seilte ab, vorbei an der Stelle, wo die Leiche gelegen hatte. Etwa zwanzig Meter weiter unten entdeckte er den Helm am oberen Rand einer Schlucht.

Sebastian pendelte am Seil hinüber, zog ihn von einer Felszacke und hängte ihn an seinen Klettergurt.

Dann schaute er ihn sich genau an.

Der Plastikverschluss des Kinnriemens war offen. Vielleicht war er nicht richtig geschlossen gewesen.

Die blaue Schale des Helms hatte ein paar Macken, davon abgesehen war sie intakt. Und der Mann hatte sich eine schwere Schädelverletzung zugezogen. Dafür gab es nur eine Erklärung: Das war passiert, nachdem er den Helm verloren hatte.

***

Sebastian streifte das dunkelgraue Hemd mit dem Schriftzug „Polizei" über den Kopf und warf es auf den Boden. Dann ließ er sich auf der Bettkante nieder.

Es war jedes Mal dasselbe nach einer Leichenbergung. In der Wand tat er das Notwendige, professionell, effektiv, gefühllos. Aber sobald er seine Berufskluft abgelegt hatte, kamen die Bilder.

Der blutige Krater im Schädel des Toten. Seine gequälte, verkrümmte Gestalt. Die glasigen Augen.

Sebastian stützte beide Ellbogen auf die Knie und legte den Kopf zwischen seine Hände. Besser jetzt daran denken als schreiend mitten in der Nacht aufwachen, verschwitzt, mit wild klopfendem Herzen.

Was für ein Mensch war der Tote gewesen? Hatte ihn jemand geliebt, hatte er Freude am Leben gehabt?

All das spielte keine Rolle mehr für ihn. Jetzt lag er in einer Schublade der Pathologie, mit bläulicher Haut und kalt wie Eis. Sebastian wusste, wie sich eine tiefgekühlte Leiche anfühlte.

Schon wieder dieses Bild. Ein Arm, der aus einem Lawinenkegel ragte. Schwitzen, graben. Der steinhart gefrorene Körper eines jungen Mädchens, ein von blonden Locken gerahmtes Gesicht.

Sein erster Einsatz als Bergwachtler mit einer Leiche ... Damals war er achtzehn Jahre alt gewesen und hatte gerade sein Abitur gemacht.

Er hatte so viele Tote gesehen, zuerst als Retter, später als Polizeibergführer. Und er steckte es noch immer nicht ohne Weiteres weg. Vielleicht war er zu sensibel. Als kleiner Junge hatte er einmal eine tote Blaumeise auf der Terrasse gefunden. Und er hatte geweint und Schattenrisse von Vögeln an die Fensterscheibe geklebt.

Natürlich waren auch die meisten seiner Kollegen nicht völlig abgebrüht. Es half, sich hinterher im Biergarten zu treffen, vielleicht über das Geschehene zu reden, miteinander zu entspannen.

Er zog sich vollends aus, ging ins Badezimmer, stellte sich unter die Dusche und drehte das Wasser heiß. Der Strahl brannte in seinem verspannten Nacken, seine Haut prickelte. Er griff nach der Shampooflasche. „For Men. Stand & Volumen mit Hopfen" war darauf zu lesen. Eigentlich witzig. Aber jetzt konnte er nicht einmal lächeln. Er drückte eine Portion in die Hände. Geschmeidig-glitschig glitten sie über seine kräftige Brust, den Bauch. Vergiss alles. Genieße. Was bleibt außer dem Jetzt?

Er reckte sich. Das Wasser strömte an ihm herunter und verschwand gluckernd im Abfluß.

Es nahm alles mit.

Eine Vorstellung, die ihm schon oft geholfen hatte, um Abstand zu gewinnen.

Er atmete ein paar Mal tief durch und stellte die Dusche ab.

Das Telefon schrillte. Festnetz. Hoffentlich nicht noch ein Einsatz.

Er eilte ins Wohnzimmer und nahm den Hörer ab. Wasser tropfte auf den Teppichboden. Egal.

„Oberleitner."

Leas helle Stimme. „Endlich hebst du ab, Papa! Ich habe eine Drei in Mathe!"

Ein Lächeln spannte seine Lippen. „Das ist großartig! Gut gemacht!"

2. KAPITEL

Einen Monat vor dem Tod eines Mannes an der Alpspitze

Freitag, 14. Juli

Jana stieg über einen mit Latschen bewachsenen Kamm empor. Links von ihr baute sich das Massiv der Zugspitze mit dem Jubiläumsgrat auf, rechts spitzte der Kofel aus bewaldeten Hängen, und der Talboden tief unter ihr war rötlich-braun angehaucht – das Moos zwischen Ettal und Oberammergau.

Was das wohl für eine Geburtstags-Überraschung war, die Bruno ihr mit geheimnisvoller Miene angekündigt hatte? Wie er bei ihr Neugier und Vorfreude geweckt hatte, war raffiniert. Offenbar kannte er sie besser, als sie es ihm zugetraut hätte.

Es war elf Uhr vormittags, bisher war Jana keinem Menschen begegnet. Eine Brise wehte ihr das Haar aus dem Gesicht und kühlte ihre verschwitzte Stirn. Sie war teilweise gejoggt, auf der Strecke vom Ochsensitz zum Notkargipfel gab es einige etwas flachere Passagen. Seit sie nicht mehr Tag für Tag im Büro hocken musste, war sie richtig fit geworden.

Der eigene Boss zu sein, war ein herrliches Gefühl. Dass sie nun nach Lust und Laune zu Hause am Computer arbeiten konnte, ohne sich um ihr Einkommen sorgen zu müssen, war Brunos Verdienst. Er hatte ihr ein Atelier eingerichtet, wie sie es sich schon seit Langem erträumt hatte. Und er hatte ihr sein Paradies gezeigt, das Klettern draußen in der Natur. Vorher hatte sie mit viel Spaß in der Halle gebouldert, aber eine große Wand zu durchsteigen war etwas ganz anderes – ein großartiges Abenteuer. Tiefblicke in wilde Schluchten, über dem Abgrund tanzen, die plötzliche Weite in der Brust, wenn sie den Gipfel erreicht hatte …

Bruno hatte ihr geduldig das Sichern und das Legen von Klemmkeilen erklärt und ihr das Abseilen beigebracht. Immer hatte er die Gebirgs-Anfängerin beschützt – wenn auch vielleicht etwas zu sehr. Und wie viel sie in ihrem ersten gemeinsamen Bergsommer erlebt hatten! Die Urgewalt eines Gewitters an der Fiameskante … Blitze schlugen links und rechts von ihnen ein, Donner hallte von den Wänden wider. Sie hockten vor Kälte und Angst schlotternd auf einem Felskopf. Bruno gab ihr seine wasserdichte Jacke und drückte sie fest an sich … Hinterher hatten sie in einer blühenden Almwiese gelegen und einander geliebt.

Was für ein Kontrast zu ihrer Zeit im Ruhrpott und in Berlin! Und doch … Sie hätte das Zusammenleben mit Bruno eine Weile erproben sollen. Jemanden ein Jahr lang zu kennen und dann gleich zu heiraten war ein Fehler.

Viel Gefühl, spontane Entschlüsse – so war sie eben. Nun musste sie irgendwie damit zurechtkommen, dass ihr Ehemann nicht so war, wie sie es sich in der ersten Verliebtheit vorgestellt hatte.

Vor ihr tauchte ein grasbewachsener Buckel mit einem Gipfelkreuz auf, das mit einem Sonnensymbol geschmückt war. Aber was war das denn? An seinem Fuß leuchtete ein roter Fleck. Hatte jemand seine Jacke oder eine Tüte liegenlassen? Sie marschierte mit langen Schritten darauf zu.

Nein, das war kein vergessenes Kleidungsstück, sondern rote Blumen, wahrscheinlich aus Plastik. Manche Leute glaubten eben, man müsse Marterl, Kreuze und sonstige religiöse Stätten mit kitschigem Zeug aufhübschen.

Ein paar Schritte noch. Nicht zu fassen – echte Rosen! Ein prächtiger Strauß, professionell gebunden und ganz frisch.

Sie bückte sich zu ihm hinunter. An einem Bändchen hing eine Karte mit der Ziffer „30“ in verschnörkeltem Golddruck, und daneben stand: „Herzlichen Glückwunsch!“ Ihr Herz machte einen kleinen Hüpfer. Brunos Überraschung! Wie schön! Sie drehte die Karte um. Auf der Rückseite war kein Text, aber das war auch nicht nötig. Es gab sicher keine andere Frau auf der Notkarspitze, die heute dreißig Jahre alt wurde.

Sie hob die Blumen auf und presste sie an die Brust. In ihre Nase stieg süßer Duft. Sie sog ihn tief ein. Wie wunderbar romantisch. Einen so ungewöhnlichen Einfall hätte sie ihrem eher praktisch denkenden Ehemann nie zugetraut.

Sie hatte mitbekommen, dass er sehr früh aufgestanden war. Für ihn war das nicht ungewöhnlich, manchmal fuhr er schon um halb sieben in sein Geschäft in der Innenstadt. Aber diesmal hatte er es ihr zuliebe getan. Vermutlich hatte er den schnelleren Auf- und Abstieg über die Ettaler Mühle genommen, deshalb hatte sie sein Auto nicht gesehen und war ihm nicht begegnet.

Voller Freude hüpfte sie den Pfad Richtung Ettaler Mühle hinunter.

***

Jana eilte auf die mit Fresken in zarten Farben bemalte Fassade des „Asam-Schlössl" zu, des Gasthofs, in dem sie vor einem Vierteljahr ihre Hochzeit mit Bruno gefeiert hatte. Heute würden es nicht ganz so viele Gäste sein, und auch ihre Mutter hatte abgesagt – mit der Erklärung, sie hätte gerade wieder eine depressive Phase und keine Energie, so weit zu fahren.

Die Krankheit hatte sie zum ersten Mal gepackt, als Janas Vater durch einen Verkehrsunfall gestorben war. Und sie lastete schwer auf der verwinkelten, düsteren Wohnung, in der Jana mit ihrer Mutter und ihrer Schwester Vanessa gelebt hatte. Die Tür hinter sich zuzuschlagen und auf die Straße hinauszugehen, war eine Erlösung gewesen. Statt sich daheim hinzusetzen und Hausaufgaben zu erledigen, hatte Jana sich mit einer Gruppe Jungs herumgetrieben und Fabrikgebäude und Brücken mit Graffiti besprayt.

Trotzdem war sie eine passable Schülerin gewesen. Dank der Unmengen Bücher, die sie verschlang, alles querbeet, Fantasyromane, Wissenschaftslektüre für Normalverbraucher, Krimis, Historienschinken. Die Lust am Lesen hatte sie von ihrem Vater, einem schrägen Vogel, der neben seiner Arbeit als Dachdecker Gedichte verfasst hatte, die niemand außer ihm selbst verstand.

Vorbei. Nun gehörte Jana zur Schicht der wohlhabenden Bürger, die in eleganten Lokalen feierten.

Blöderweise hatte sie keine Zeit gehabt, sich für ihren Ehrentag zu schminken. Sie hatte es gerade noch geschafft, das rote Kleid mit den Spaghettiträgern und die farblich dazu passenden Schuhe anzuziehen – ein neuer Kunde hatte darauf bestanden, dass sie ihm heute noch einen Vorschlag für die Gestaltung seiner Website zukommen ließ.

Zum Glück hatte Bruno die gesamte Organisation ihres Geburtstagsfests übernommen. Der Empfang fand auf der Terrasse statt, unter großen weißen Sonnenschirmen mit Blick in einen kleinen Park.

Jana entdeckte ihren Ehemann in einem Knäuel von Leuten; er grinste von einem Ohr zum anderen. Die dunkelbraunen Haare hatte er frisch gegelt, sodass sie keck hochstanden, und der neue Lodenjanker betonte seine breiten Schultern. Mit seinem kräftigen Kinn und der gebräunten Haut hätte er in einen Werbespot für Outdoor-Mode gepasst.

Er hob sein Glas, sie konnte nicht verstehen, was er sagte, die Menge brach in schallendes Gelächter aus. Jana schlängelte sich an verschiedenen Grüppchen vorbei, grüßte nach rechts und links, ihre Freundin Melanie mit männlichem Anhängsel, ein paar Mitglieder ihrer Alpenvereinssektion, Geschäftsfreunde von Bruno. Jetzt erblickte er sie. Er breitete die Arme aus. „Jana – endlich. Wir haben nur noch auf dich gewartet!"

Sie trat auf ihn zu, umarmte und küsste ihn. „Das war eine tolle Überraschung, Bruno! Vielen, vielen Dank!"

Sie lösten sich voneinander. „Jana, wieso hast du –" Er brach ab, denn nun tauchte eine Kellnerin im rot-blauen Dirndl auf und fragte: „Dürfen wir jetzt den Sekt servieren?"

„Ja bitte, wir wollen gleich auf unser Geburtstagskind anstoßen."

Es wurde ein gelungenes Fest. Schade, dass Jana Brunos Schwestern so wenig mochte. Stimmen süß wie Marshmallows, ein Getue, als spielten sie in einer amerikanischen Komödie mit, und ständig Bruno hier, Bruno da, so als gäbe es keine anderen interessanten Menschen bei dieser Feier.

Sie hatte kaum Zeit, mit ihrem Mann zu reden, Freunde hatten Gedichte und Vorführungen vorbereitet, sie musste Geschenke auspacken. Am meisten freute sie sich über einen Anhänger mit einer winzigen, fein gearbeiteten Eidechse. Ihre Schwester Vanessa war wirklich eine hervorragende Goldschmiedin.

Zwischen Grießnockerlsuppe und Entenbrust mit Sesam-Honigkruste gelang es Jana endlich, ein paar Worte mit Bruno zu wechseln. Mit einem Augenzwinkern sagte sie zu ihm: „Es war wunderbar auf der Notkarspitze. Ab jetzt ist das mein Lieblingsgipfel!"

Tom, der Geschäftsführer von Brunos Möbelhaus, plumpste auf den Stuhl neben ihm. „Na da haste aber ne tolle Location gefunden, Bruno!"

„Klar doch. Fresken von 1730, Spätbarock. War mal ein echtes Schloss."

Das stimmte nicht ganz, es handelte sich nur um das ehemalige Wohnhaus des Malers und Bildhauers Cosmas Damian Asam, der zwar reich, aber kein adliger Schlossbesitzer gewesen war. Nun ja, solche Übertreibungen waren halt typisch Bruno.

„Und deine Jana sieht aus wie eine Prinzessin", fuhr Tom fort und kratzte seinen Dreitagebart. Der stand ihm gar nicht, er hätte besser sein nicht vorhandenes Kinn unter einem Vollbart versteckt. Er lachte dröhnend. „Ich beneide dich, Bruno. Deine Frauen werden immer jünger und schöner."

Schön. Das Kompliment war völlig daneben. Jana hatte dichtes, dunkelbraunes Haar, das ihr bis zu den Schultern reichte, aber ihr Gesicht war nichts Besonderes, und wegen ihrer Leidenschaft für Dickmann's Schaumküsse und Käsekuchen war ihre Körpermitte nicht gerade wie bei einem Model.

Bruno streichelte ihren Arm. „Du bist ein alter Macho, Tom! Für dich zählt bei einer Frau nur das Aussehen. Für mich ist es viel wichtiger, dass Jana keine Prinzessin auf der Erbse ist.

Sondern eine, die beim Biwak auf Steinen schläft, ohne herumzujammern, und die –"

Tom fiel ihm ins Wort. „He, Bruno, war doch nicht ernst gemeint, hab dich bloß auf die Schippe genommen!"

Einen Augenblick lang erschien eine steile Falte auf Brunos Stirn. „Trotzdem bist du ein Macho. Deine Frauen sind immer mindestens fünfzehn Jahre jünger als du und viel hübscher."

„Hübscher als ich, das gibt's doch gar nicht!"

Wumm-Tata, Wummrumm-Tata, eine „original bayerische Blaskapelle", die ihr Bayerntum durch blau-weiße Rauten auf den Hemden bewies, platzte in das Pingpong-Spiel der Geschäftspartner.

***

Um Mitternacht fuhren Jana und Bruno im Taxi nach Hause, bei beiden war die zulässige Promillegrenze überschritten.

„Und? Wie gefällt dir meine Überraschung?", fragte er.

Sie kuschelte sich an ihn. „Einfach fantastisch! Dass du dir so viel Mühe gegeben hast!"

„Das war doch nicht mühsam. Ich liebe dich, Jana."

Im Flur ihres Hauses küssten sie einander. „Du bist toll, Bruno", sagte Jana. „Dass du dich so gut in mich reindenken kannst, hätte ich dir gar nicht zugetraut!"

„Ich frage mich nur, wie du dahintergekommen bist. Hast du etwa meine Mails angeschaut?"

Jana stutzte. „Äh, das kapiere ich nicht. Was soll das mit den Mails?"

Bruno musterte sie. „Du brauchst nicht die Unschuldige zu spielen, ich weiß doch, wie neugierig du bist."

„Ich habe deine Mails nicht gelesen!"

„Aber das ist die einzige Erklärung, dass du es schon gewusst hast!", gab Bruno zurück.

„Was gewusst?"

„Was ich dir schenke!"

Was sollte denn das jetzt? „Aber ..."

„Ich wollte nicht, dass du schon vor heute Abend davon erfährst“, erklärte Bruno.

Nun war Jana vollkommen verwirrt. „Wieso Abend? Die Rosen waren doch heute Mittag oben am Gipfelkreuz!“

Er starrte sie an. „Du... du hast... Rosen am Gipfel gefunden?“

Eine seltsame Reaktion. Wollte er sie auf den Arm nehmen? Sie lachte. „Natürlich. Und deine Rosen sind wunderschön. Dunkelrot ist meine Lieblingsfarbe.“

Er schüttelte den Kopf. „Ich war heute nicht auf der Notkarspitze. Vielleicht war irgendein Pärchen dort oben, ein Heiratsantrag ...“

Das war ja der Hammer! Die Rosen stammten gar nicht von Bruno. „Aber so einen Zufall gibt’s doch nicht! Da war eine Karte dabei, mit der Zahl Dreißig und ‚Herzlichen Glückwunsch‘.“

Er packte sie an den Schultern. Seine Stimme klang heiser. „Wer war das?“

„Ich habe keine Ahnung!“

„Das nehme ich dir nicht ab, dass jemand dir rote Rosen schenkt und du weißt nicht, wer das ist!“

„Bruno, du spinnst!“

„Warum hast du mir nicht von ihm erzählt?“ Seine Finger bohrten sich in ihre Schultern.

Sie riss sich von ihm los. „Jetzt höre mir erst mal zu! Natürlich habe ich gedacht, die Rosen sind von dir, sonst hätte ich mich nicht bei dir für diese Überraschung bedankt. Und wenn ich geglaubt hätte, dass sie von einem anderen Mann stammen, hätte ich sie bestimmt nicht mit nach Hause gebracht!“

Er atmete schwer. „Wo sind die Blumen?“

„In meinem Arbeitszimmer.“

Er drehte sich abrupt um, eilte durch den Flur und stürmte die Treppe hinauf. Jana folgte ihm.

Mit finsterem Blick musterte er den üppigen Strauß auf ihrem Schreibtisch.

Jana fischte das Kärtchen mit der Zahl Dreißig aus dem Papierkorb und reichte es ihm. „Da. Kein Absender. Ich konnte doch nicht wissen, dass der Strauß nicht von dir ist!"

In seinem Gesicht arbeitete es, dann stieß er einen langen Seufzer aus. „Entschuldige bitte. Aber von wem könnte er dann sein? Hat außer mir noch jemand gewusst, dass du auf die Notkarspitze gehst?"

Jana schüttelte den Kopf. „Nein. Das alles ist wirklich mysteriös … Völlig unerklärlich."

Bruno sagte nichts und runzelte die Stirn.

„Und welche Überraschung hast du dir ausgedacht, Bruno?"

„Ich hoffe, sie gefällt dir. Obwohl du von den roten Rosen so begeistert bist."

Er zog einen Umschlag aus der Tasche seines Jankers und reichte ihn ihr.

Jana riss ihn auf. Mit Kirschblüten bedruckte Blätter – eine Japanreise! Sie liebte japanische Kunst, und Klettergebiete gab es dort auch. Sie umarmte Bruno und drückte ihn fest an sich. „Das ist wunderbar. Danke!" Sie küsste ihn. „Aber Japan ist doch schweineteuer, oder?"

„Für dich ist mir nichts zu teuer. Und gewöhn dich dran, mein Schatz, ich verdiene ziemlich gut."

3. KAPITEL

Morgenlicht fiel durch das Küchenfenster und malte helle Kringel auf die Granitplatte des Esstischs, an dem Jana hockte. Sie löffelte ihr Müsli und studierte gleichzeitig die „Süddeutsche". Es war wunderbar still. Gut, dass Bruno schon mit einem Sektionskameraden ins Gebirge aufgebrochen war, er plauderte morgens gern, obwohl ihm Jana schon öfter gesagt hatte, dass sie lieber lesen wollte. Er vergaß es immer wieder, dass sie um diese Zeit ein Zombie war.

Sie schenkte sich eine zweite Tasse Kaffee ein.

Eigentlich wäre sie bei dem schönen Wetter lieber an einen Felsen gefahren, aber ihre Schwester hatte sie angefleht, zusammen mit ihr und Patrick in die Kletterhalle zu gehen. Patrick hatte darauf bestanden, dass Jana mitkam, weil Vanessa noch nie geklettert war und ihn nicht sichern konnte.

Jana nahm ihr Smartphone vom Fensterbrett. Vielleicht hatte Vanessa sich noch einmal gemeldet – ah ja, da war eine neue SMS, aber nicht von ihrer Schwester. Die Nummer war ihr unbekannt. Sie tippte darauf.

Guten Morgen, Jana. Ich denke dauernd an dich.

Schon wieder so eine anonyme Nachricht. Seit ihrer Heirat vor drei Monaten hatte sie schon vier- oder fünfmal SMS und Mails ohne den Namen eines Absenders bekommen. Zuerst hatte sie sich nichts dabei gedacht, sie hielt es für einen blöden Scherz. Die vorletzte Nachricht war etwa zwei Wochen her, die letzte erst drei Tage. Allmählich wurde das lästig.

Bisher hatte sie mit Bruno nicht darüber geredet, weil er sich nur unnötig aufgeregt hätte. Vor der Heirat hatte er seine Eifersucht nie gezeigt, nun führte er sich auf, als wäre sie sein Besitz. Er reagierte schon sauer, wenn sie sich allzu lange mit einem anderen Mann unterhielt; beim Zusammensein mit Freunden und Bekannten hatte Jana das Gefühl, sich durch ein Minenfeld zu bewegen. Sie hatte schon öfter versucht, mit ihm darüber zu reden, aber er lenkte ab oder gab nur oberflächliche Antworten. So durfte das nicht weitergehen … Sie musste endlich lernen, sich gegen ihn durchzusetzen.

Jana las irgendetwas über Flüchtlingsprobleme, ohne wirklich zu verstehen, worum es genau ging. Sie konnte sich einfach nicht konzentrieren.

Eine Idee durchfuhr sie. Hatte ihr der unbekannte SMS-Schreiber die Rosen geschenkt? Nein, nur Bruno hatte von ihrem Ausflug gewusst. Oder … war es möglich, dass dieser seltsame Verehrer zufällig ihr Auto am Ausgangspunkt ihrer Wanderung gesehen hatte? Aber wie hätte er im Graswangtal so schnell Blumen und eine Karte besorgen können? Wie auch immer, sie musste dem Kerl klarmachen, dass seine Aufmerksamkeiten unerwünscht waren. Statt seine Nachricht wie sonst in den Papierkorb zu schieben, tippte sie auf den Rücksende-Pfeil und schrieb:

Bitte hören Sie damit auf, mir Grüße oder dergleichen zu schicken. Ich habe überhaupt kein Interesse daran.

Eine halbe Stunde später parkte Jana ihren alten Fiat vor dem sechsstöckigen Hochhaus, in dem sie vor ihrer Heirat mit Vanessa zusammen gewohnt hatte, und ging am Spielplatz vorbei zum Eingang. Ihre Schwester hatte sie gebeten, sie und Patrick abzuholen, den sie zum Frühstück eingeladen hatte. Dass Vanessa auf einmal klettern lernen wollte, konnte nur einen Grund haben: Sie war verliebt. Seit Tagen rief sie immer wieder bei Jana an, fragte sie aus, was sie in der Kletterhalle anziehen sollte und wie man sich dort benahm. Bei diesen ausführlichen Vorgesprächen hatte sie gefühlt hundertmal den Namen Patrick verwendet.

Ausgerechnet Patrick. Bisher hätte Jana die Typen, von denen Vanessa schwärmte, nicht mal mit einer Zange angefasst, sie waren Möchtegern-Gurus oder Schlaftabletten, die Sport für egoistisch hielten, solange es so viel Elend auf der Welt gab.

Patrick war ganz anders. Ein Abenteurer, der in Patagonien, Südamerika und Alaska wilde Bergtouren unternahm, und zwar keiner von der windverblasenen, kargen Sorte, sondern ein charmanter Gesprächspartner. Wenn Jana ihn bei Sektionsveranstaltungen oder in der von Bruno geleiteten Klettergruppe traf, flirtete sie manchmal ein kleines bisschen mit ihm. Allerdings nur, wenn Bruno nicht in der Nähe war …

Auf die Frage, ob Patrick ihr neuer Liebhaber sei, hatte Vanessa geantwortet: „Wir sind uns bisher nur auf geistiger Ebene nahe gekommen. Ich habe von Anfang an gespürt, dass sich unsere Auren berühren.“

Jana hatte nichts gegen spirituell orientierte Menschen, sie fand deren Sichtweisen interessant. Doch bei Vanessa nervte es, weil sie gern andere Leute belehrte, es gebe mehr Dinge zwischen Himmel und … blabla. Immer wieder derselbe abgedroschene Spruch. Trotzdem freute sich Jana darauf, ihre Schwester zu sehen. Sie verband so vieles: die Trauer über den Tod ihres Vaters. Die schreckliche Zeit danach, als ihre Mutter krank wurde und nur noch herumsaß und vor sich hinstierte. Jana war damals zehn Jahre alt gewesen, Vanessa fünfzehn. Ihre Schwester hatte gekocht, Jana war fürs Putzen zuständig. Und beide hatten ihre Aufgaben nicht gerade mit Bravour gemeistert.

Jana warf einen Blick auf die Uhr und beschleunigte ihre Schritte. Schon wieder mal fünf Minuten zu spät, eine Rüge war ihr sicher. Natürlich war es nicht fair, andere Leute warten zu lassen, aber irgendwie schaffte es Jana selten, pünktlich zu sein, da halfen alle Erziehungsversuche ihrer älteren Schwester nichts.

Sie betrat den Flur, ignorierte den Lift, eilte die Treppe hinauf in den fünften Stock und klingelte.

Als sich die Tür öffnete, schlug Jana ein Schwall Vanille- und Zimtduft entgegen. Vanessa hatte ihr blond gesträhntes Haar zu einem Pferdeschwanz zusammengebunden, hellrosa Lippenstift aufgelegt und ihre schmale Figur in hautenge Jeans gezwängt. Auf den ersten Blick hätte man sie nie für Mitte dreißig gehalten. „Hallo Schwesterchen. Danke, dass du mitkommst.“

Janas Blick fiel auf einen prallen Rucksack, der so groß war, dass eine komplette Trekking-Ausrüstung hineingepasst hätte.

„Ich glaube, in der Kletterhalle ist das Zelten verboten."

Vanessa kicherte. „Man weiß ja nie. Vielleicht muss ich dort in der Wand biwakieren."

Patrick kam durch den Flur auf Jana zu. Groß und schlank, wirres, schwarzes Haar. Dunkle, intensive Augen in einem jungenhaften, fast weichen Gesicht – ein hübscher Gespiele für Vanessa. Jana hoffte, dass sie nicht zu viel von ihm erwartete, er war mindestens zehn Jahre jünger als ihre Schwester. Oh je, es war schon peinlich: immer diese Vorurteile.

„Hi, Patrick", sagte Jana. „Das ist nett von dir, dass du Vanessa das Klettern beibringen willst."

„Sie hat mich mit vorzüglichem Kaffee aus fairem Handel, Bio-Brötchen und einer spannenden Unterhaltung über die Auren und die Bedeutung ihrer Farben belohnt."

Lag da ein etwas sarkastischer Unterton in seiner Stimme?

Vanessa strahlte. „Ja, das war schön. Gehen wir." Sie griff nach ihrem Rucksack.

„Hast du auch eine Kiste mit Verbandszeug dabei, Vanessa?", fragte Jana.

„Nur ein paar Pflaster. Patrick hat mir genau erklärt, dass beim Klettern im Nachstieg wirklich nichts passieren kann."

***

In der Damen-Umkleide der Kletterhalle roch es nach Seife, Schweiß, Parfums und Duschbädern mit verschiedenen Aromen, ein Föhn summte. Ein kleines Mädchen kam herein und blieb kurz in der Türöffnung stehen. Eine Frau, die gerade aus der Dusche stieg, kreischte auf, schlang schnell ein Handtuch um ihren nackten Leib und schimpfte: „Die Typen da draußen ham mi voll im Visier g'habt! Der Architekt, der des baut hat, g'hört mit Kartoffelsalat derschossen."

Jana kicherte in sich hinein und schlüpfte in Shorts und ein hautenges schwarzes T-Shirt. Damit war sie bereit zum Aufbruch, aber Vanessa war noch nicht fertig. Manchmal fiel es Jana schwer zu akzeptieren, dass andere Menschen langsamer waren als sie. Um die Wartezeit zu überbrücken, griff sie nach ihrem Smartphone. Eine neue SMS. Schon wieder dieser Arsch.

Dass du mir antwortest, Jana, freut mich. Natürlich verstehe ich, dass du keine Grüße von mir willst, weil du Schwierigkeiten mit deinem Ehemann befürchtest. Ich hoffe, dass du dich über mein Geschenk freuen wirst.

Penetrant, so was. Es war an der Zeit, Bruno von dem Unbekannten zu erzählen, egal ob das seine Eifersucht nun anstachelte oder nicht. So wie er über Bruno schrieb, musste es jemand sein, der ihn ziemlich gut kannte. Aber was bezweckte er mit diesem blöden Geschreibsel? Und von welchem Geschenk war hier die Rede? „Freuen wirst“, stand da, also meinte er damit nicht die Rosen, sondern etwas, das sie erst noch erhalten würde.

Vanessas Stöhnen schreckte sie aus ihren Überlegungen.

Jana steckte ihr Handy in den Rucksack und wandte sich ihrer Schwester zu. Sie humpelte mit verzerrtem Gesicht Richtung Ausgang. Dabei zeigte sie auf die von Jana entliehenen Kletterschuhe an ihren Füßen. „Wir haben doch dieselbe Größe. Warum sind die dann so eng? Damit kann man ja nicht laufen!“

„Die sind nicht zum Laufen da, sondern zum Klettern. Deshalb zieht man die Schuhe erst an, wenn man in die Wand einsteigen will.“

Vanessa wechselte wieder in ihre lila Turnschuhe.

Auf dem Weg zur Kletterwand sagte sie: „Hach, ich bin so nervös, hoffentlich stelle ich mich nicht furchtbar dumm an. Das wäre so peinlich, wenn Patrick mir zuschaut.“

In der folgenden Stunde lernte Vanessa zuerst, dass es ungefährlich war, sich ins Seil zu hängen, dann versuchte sie einen Vierer im Nachstieg. Jana sicherte und kochte innerlich, dass nichts vorwärts ging, Patrick redete der Kletter-Novizin gut zu. Jedes Mal, wenn sie das Bein hob, um es eventuell auf einen Tritt zu stellen, lobte er sie überschwänglich. Woraus Vanessa folgerte, dass sie ihre Sache gar nicht schlecht machte und sich anstrengte, bis sie tatsächlich oben am Umlenkhaken ankam. Danach schlug sie vor, zur Feier ihrer ersten Klettertour eine Pause im Bistro einzulegen.

Sie ließen sich an einem der Tische nieder, Jana mit Cappuccino und Käsekuchen, Vanessa trank Ingwertee und Patrick alkoholfreies Bier.

„Vanessa hat mir erzählt, dass ihr euch beim Yoga der Sektion kennengelernt habt“, sagte Jana. „Wie viele Männer sind da eigentlich dabei?“

„Außer mir nur noch der Ferdl“, erwiderte Patrick.

Jana schüttete Zucker auf den Milchschaum. „Ach ja, stimmt, Bruno hat sich beim Sektionsabend mal über Ferdl lustig gemacht, weil er behauptet hat, dass Yoga ihm viel fürs Klettern nutzt, und er ist trotzdem so unbeweglich wie eine Schildkröte. Warum machst du eigentlich Yoga, Patrick?“

„Man trifft dort viele hübsche Frauen. Du würdest gut in unsere Gruppe passen.“ Er zwinkerte ihr zu.

Jana warf einen schnellen Blick auf ihre Schwester. Ihr Mund war ein schmaler Strich.

„Das muss so ähnlich sein, wie wenn man als Frau in eine Hardcore-Muckibude geht“, sagte Jana.

„Hast du Erfahrung damit?“, fragte Patrick.

„Ich wollte stark werden und mir von den Typen in meinem ziemlich asozialen Viertel nichts gefallen lassen. Aber das Stemmen von Gewichten ist mir bald langweilig geworden.“

„Jana hat ständig irgendwelchen Sport getrieben“, warf Vanessa ein. „Volleyball, Judo, Joggen, Turnen, was weiß ich noch alles, meistens nur ein halbes Jahr lang, aber dafür gleich mehrmals in der Woche. Aber so viel Sport ist nicht gut. Damit verdrängt man nur seine Probleme.“

Jana ging nicht auf die Kritik ein. „Stimmt, ich habe mit vielen Sportarten herumexperimentiert. Aber jetzt habe ich das Klettern, und dabei bleibt es.“

4. KAPITEL

Nach der Pause redete Patrick Vanessa noch eine weitere Route hinauf, dann zog sie sich erschöpft ins Bistro zurück. Endlich kam Jana selber zum Klettern.

Und sie traf eine Menge Freunde und Bekannte: Melanie, Ferdl, Werner und einige andere von ihrer Alpenvereinssektion. Nach der ersten Sieben plus ihres Lebens klopfte ihr der dicke Harry wohlwollend auf die Schulter und erklärte, sie hätte Talent.

In Hochstimmung kehrte sie zu ihrem Haus zurück, in dem Bruno früher mit Doris gewohnt hatte, seiner Exfrau. Es versteckte sich hinter hohen Bäumen und lag in einer ruhigen Seitenstraße von Gräfelfing. Im Vergleich zu den Jugendstilbauten und postmodernen Villen der Nachbarschaft war es bescheiden, wenn auch viel zu groß für zwei Personen; mit seinen klaren Linien und großen Fensterfronten war es typisch für die achtziger Jahre.

Jana betrat den Flur und ging gleich hinunter in den Keller, um ihren Rucksack in einem Raum abzustellen, der an das Materiallager eines Bergsportladens erinnerte.

Sie schlug die Deckeltasche zurück und holte die obenauf liegende Plastiktüte mit den verschwitzten Klamotten, ihren Klettergurt, den Magnesiabeutel und ihre Kletterschuhe heraus, um an die noch halb volle Trinkflasche tief unten im Rucksack heranzukommen.

Aber was war das? Etwas Gelbes, schwarzer Gummi … Der Geruch von Leder stieg in ihre Nase.

Sie zog das Ding hervor – ein Kletterschuh, nagelneu. Und darunter steckte noch einer. Das waren nicht ihre Schuhe! Jana trug dasselbe Modell, Katana von La Sportiva, aber die ihren waren zu Gelbgrau verblasst und stanken nach Roquefort, man konnte sie nicht mit diesen jungfräulichen Prachtstücken verwechseln. Vielleicht hatte jemand seine Schuhe aus Versehen in Janas Rucksack gepackt.

Sie leerte ihn komplett, die Trinkflasche und eine Faserpelzjacke flogen heraus.

Dann nahm sie einen der neuen Schuhe in die Hand. Sollte sie gleich in der Halle anrufen?

Moment mal – darin lag ein Zettel, bedruckt mit Blümchen.

Die letzte SMS des Unbekannten fiel ihr wieder ein. Er hatte ihr ein Geschenk versprochen. Mit zitternden Fingern fischte sie das Papier heraus und las:

Du bist eine großartige Kletterin, Jana, ich bewundere dich und wünsche dir viel Spaß und tolle Routen mit diesen Schuhen. Wir werden sicher zusammen sein, wenn du das nächste Paar brauchst.

Was für eine Unverschämtheit! Der Typ hatte kein Recht, ihr etwas zu schenken, sie wollte nichts von ihm, und sie lehnte es ab, nur eine Sekunde an ihn zu denken. Sie knüllte den Zettel zusammen und pfefferte ihn in die Ecke.

Sie atmete schwer. In ihrem Magen breitete sich ein flaues Gefühl aus. Dieser Mensch hatte sich an ihrem Rucksack zu schaffen gemacht, als sie in der Kletterhalle gewesen war! Und vielleicht hatte sie ihn dort sogar gesehen, mit ihm gesprochen …

Offenbar legte er Wert darauf, anonym zu bleiben. Wie hoch war für ihn eigentlich das Risiko gewesen, bei seiner Aktion erwischt zu werden?

Janas Rucksack hatte mehrere Stunden in der Nähe der Schließfächer gestanden, wo sie ihn beim Klettern längere Zeit nicht im Auge gehabt hatte. Oder hatte der Kerl ihr die Schuhe untergejubelt, als sie im Bistro oder auf der Toilette gewesen war?

Sie klaubte den Zettel wieder auf, strich ihn glatt und studierte ihn noch einmal genau. Es handelte sich um einen Computerausdruck ohne Absender.

Wir werden sicher zusammen sein, wenn du das nächste Paar brauchst.

Was für ein Fantast! Und was für ein merkwürdiges Geschenk, Kletterschuhe mussten perfekt passen. Sie zog die Laschen auseinander, um sich den innen angebrachten Aufdruck anzusehen. 37, genau ihre Größe. Der schräge Typ kannte ihre Schuhgröße!

Mach dir nicht ins Hemd. Das ist doch alles harmlos.

Heute Abend würde sie mit Bruno darüber reden und mit ihm zusammen überlegen, was zu tun war.

***

Den Nachmittag brachte Jana damit zu, Fotos für die neue Website eines Hundezüchtervereins zu bearbeiten. Dabei machte sie ein paarmal blöde Fehler, weil sich der Unbekannte immer wieder in ihre Gedanken schlich. Und für den Werbeauftritt einer physiotherapeutischen Praxis fiel ihr überhaupt nichts Brauchbares ein.

Wer war dieser Kerl, der nicht lockerließ? Sie musste ihn kennen… Vielleicht Richard, der etwas schmierige Hallenbetreuer? Oder Harry, der alte Sack, der ihr so gerne beim Klettern zusah? Sie kannte so viele Leute dort. Vielleicht hatte jemand sich schon früher ihre ausgetretenen Latschen angeschaut und die Größenangabe gesehen, sie war ja innen aufgedruckt. Aber wer? Wer?

Bruno meldete sich, er würde erst morgen heimkommen, sie hätten ewig für die „Gonda" gebraucht, weil sein Kumpel schlecht drauf gewesen sei, und dann hätte sich noch beim Abseilen das Seil verklemmt. Sie würden in der Oberreintalhütte übernachten, um nicht im Dunkeln ins Tal absteigen zu müssen.

Am Abend nutzte Jana Brunos Abwesenheit, um endlich wieder einmal mit Käse überbackenen Broccoli zu essen. Dass ihr Ehemann andere Gerichte bevorzugte als sie, war eine der vielen kleinen Schwierigkeiten in ihrem gemeinsamen Leben. Ihr gruselte beim Anblick von Blutwurst oder Schweinebraten mit Kruste, er verabscheute jede Art von Grünfutter.

Sie schob ein leichtes Gefühl des Bedauerns über das Ende ihres gewohnten Lebensstils fort und räumte den Teller in die

Spülmaschine. Dabei fiel ihr Blick auf ihr Handy. Nein, sie würde jetzt nicht checken, ob neue SMS oder Mails da waren. Sie fürchtete, dass sich der penetrante Verehrer wieder gemeldet hatte, und sie hatte wirklich keine Lust, sich mit ihm zu beschäftigen.

Sie nahm einen Fantasyroman von Brent Weeks aus dem Regal und ging hinaus in den Garten. Es war noch hell, aber die Sonne war schon hinter die Ahornbäume und Buchen abgetaucht, die das Grundstück von den Blicken der Nachbarn abschirmten.

Jana betrat die mit Naturstein geflieste Terrasse und ließ sich in einem Liegestuhl nieder. Aus ihrem Kräuterbeet stieg der Geruch von Thymian, Rosmarin und Bohnenkraut, und manchmal wehte ein Schwall süßen Dufts von den Rosenbeeten herüber.

Sie seufzte zufrieden. Was für ein Kontrast zu dem Viertel mit den sechsstöckigen Häusern, in dem sie ihre Jugend verbracht hatte – Mauern mit obszönen Schmierereien, von denen der Putz blätterte, der Geruch von Urin im Flur, eine sogenannte Grünfläche voller Hundekacke, unter mageren Büschen Kondome und Spritzen …

Jetzt wohnte Jana in Gräfelfing im Speckgürtel von München, im Reich des Bio-Biedermeier und der SUVs.

Sie fühlte sich noch immer etwas fremd hier, obwohl sie bei ihren Jobs in Düsseldorf und Berlin duchaus andere Kreise kennengelernt hatte als die der Sozialhilfe-Empfänger.

Und ihr Traum vom eigenen Atelier war in Erfüllung gegangen. Schon immer hatte sie begeistert gemalt und gezeichnet – nicht nur bei ihren Unternehmungen mit den Graffiti-Jungs. An der Hochschule für Kommunikations-Design hatte man ihr Talent und Kreativität bescheinigt.

Schade nur, dass ihre Bilder so gar nicht im Trend lagen. Stockkonservativ, so hatte das Urteil eines Berliner Galeristen gelautet, bei dem sie einmal wegen einer Ausstellung gefragt hatte. Ob sie jemals eins ihrer Werke verkaufen würde, war zweifelhaft, aber vorerst war es genug, immer wieder in die

Welt der Farben und Formen einzutauchen und glücklich und bekleckst wieder in den Alltag zurückzukehren.

Wie stolz Bruno gewesen war, als er ihr sein Heim zum ersten Mal gezeigt hatte! Sie hatte den Garten gelobt, weil ihr die von ihm und einem Innenarchitekten gestaltete Wohnungseinrichtung missfiel. Irgendwann würde sie das mit Bruno bereden, aber das war schwierig, weil er glaubte, den guten Geschmack gepachtet zu haben. Stattdessen hatte sie angefangen, den Garten vielfältiger und ein bisschen romantischer anzulegen, aber sie war damit längst nicht fertig. Ein Teich mit Seerosen … Sie fuhr auf. Schon wieder diese rotbraun gestreifte Katze! Sie glitt über den Rasen und hockte sich in ein Beet mit frisch aufgeworfener Erde. Jana fuchtelte mit den Armen. „Hau ab, weg da!"

Das Tier flitzte davon. Jana liebte Katzen, aber diese hier ging ihr wirklich auf die Nerven, weil sie ihren Garten fast täglich als Klo benutzte. Katzenscheiße stank einfach barbarisch und der Anblick war eklig.

Jana nahm sich vor, sich nach diesen Pflanzen zu erkundigen, die Katzen fernhielten. Na ja, wenn das ihr einziges Problem wäre …

Ihr Blick fiel auf den hölzernen Zaun, über den Geißblatt und Clematis wucherten. Er war nur hüfthoch. Darüberzusteigen war einfach. Und hinter Sommerflieder, Schneebeeren- und Forsythienbüschen konnte man sich leicht verstecken.

Verdammt. Weg mit diesen negativen Gedanken.

Jana senkte die Nase in ihren Roman und vergaß den Rest der Welt, bis die Buchstaben in der hereinbrechenden Dunkelheit vor ihren Augen verschwammen. Am Himmel waren Wolken aufgezogen. Heute Nacht sollte das Wetter kippen. Eine Brise ließ Jana frösteln.

Sie klappte das Buch zu, stand auf und ging ins Haus. Und dann tat sie etwas, was sie noch nie getan hatte: Sie machte einen Rundgang durch alle Räume im Erdgeschoss und überprüfte, ob Fenster und Türen geschlossen waren. An der Haustüre drehte sie den Schlüssel zweimal um.

Sie sah sich noch einen uralten Filmklassiker an, „Der dritte Mann“, dann ging sie zu Bett und schlief sofort ein.

***

Sie erwachte. Hockte mit angezogenen Knien in ihrem Bett, zitternd und mit schweißnassem Rücken. Ein Alptraum. Überall waren Augen gewesen, riesige Augen, die jede ihrer Bewegungen verfolgten.

Die Leuchtziffern ihres Weckers zeigten halb zwei.

Sie streckte sich wieder aus und schloss die Augen. Aber da war etwas. Tack-tack, ganz leise, nur knapp über der Hörgrenze, und schon wieder: Tack, tack. Tacktack. Tack. Schritte? Ein Ast, der gegen ein Fenster klopfte? Sie wartete, lauschte in die Dunkelheit. Nichts mehr.

Es war still im Haus.

Sie wälzte sich von einer Seite auf die andere. Entspanne dich, höre auf zu horchen. Das bringt doch nichts. Du bist doch überhaupt kein ängstlicher Typ.

Ein erneuter Blick auf den Wecker. Viertel vor zwei. Und keine seltsamen Geräusche mehr.

Besser, sie ging erst mal zur Toilette, danach würde sie leichter Schlaf finden.

Sie stand auf. Der Seidenteppich war weich unter ihren bloßen Füßen. Mattes Licht fiel durch das Fenster, das auf den Balkon hinausging, und tauchte das Zimmer in weiches Dunkelgrau. Sie öffnete die Tür zum Flur. Dort war es stockfinster. Lieber kein Licht, das würde sie vollends wach machen. Sie tastete sich an der Wand entlang, bog um die Ecke und hielt inne. Unten am Boden war ein blendend heller Streifen, wie mit dem Lineal gezogen – was, wieso? Das war die Kante der Tür zu ihrem Arbeitszimmer, sie schloss nicht perfekt. Dort drinnen war Licht! Aber sie hatte es doch ausgeschaltet, das wusste sie genau. Ihr Herz klopfte im Staccato. Ein Einbrecher. Oder hatte sie ihr verrückter Verehrer bis in ihre Wohnung verfolgt? Was tun? Die Polizei rufen, klar. Bleib cool.

Bleib im Dunkeln, sei leise. Wer weiß, auf was für Ideen er kommt, wenn er fürchtet, ertappt zu werden.

Jana drehte sich um und schlich in Richtung der Treppe, die zum Erdgeschoss führte. Ihr Handy lag unten im Flur, auf dem Schuhschränkchen neben der Garderobe.

Ein lautes Scheppern und Klirren. Sie unterdrückte einen Aufschrei und schlüpfte in ihr Schlafzimmer. Gerade noch rechtzeitig. Schnelle Schritte auf dem Flur.

Sie durfte die Tür nicht schließen, das könnte er hören. Durch den offenen Spalt fiel ein heller Strahl, er hatte das Licht im Flur angeknipst. Er kam näher und näher, sie hörte ihn atmen – nun war er direkt vor ihrer Schlafzimmertür!

Jana presste sich zitternd an die Wand. Die Tür flog auf, im Rahmen erschien die dunkle Silhouette eines massiven Kerls – er kam herein! Sie schoss auf ihn zu und trat ihm mit voller Wucht in den Schritt. Er brüllte auf, krümmte sich zusammen. Jana ballte die Fäuste – und ließ sie sinken. Ihre Knie wurden weich vor Erleichterung. „Bruno! Bin ich froh, dass du es bist!“

„Ich nicht“, keuchte er. „Es wäre mir lieber gewesen, du hättest jemand anders in die Eier getreten.“

Sie hörte sich schrill lachen. „Ich dachte, du wärst ein Einbrecher. Es tut mir wahnsinnig leid, Bruno.“

„Mir auch.“ Er schaltete das Schlafzimmerlicht ein, dann sank er aufs Bett, zog die Knie an den Bauch und schaukelte vor und zurück. „Das war ganz schön leichtsinnig von dir, einen Einbrecher anzugreifen.“

„Ich habe reagiert, ohne nachzudenken. Soll ich dir etwas zu trinken bringen? Oder ein Ibuprofen?“

„Lass mal. Das ist doch Kleinkram.“ Er setzte sich auf und starrte sie mit einem seltsamen, wilden Ausdruck an. „Ich weiß alles, Jana. Du hast einen Liebhaber.“

„Das ist absurd! Wie kommst du denn darauf?“

„Ich habe seine SMS gelesen. Und seine Mails. Es war dumm von dir, seine Nachrichten nur in den Papierkorb zu schieben, statt sie komplett zu löschen.“

„Du hast mir nachspioniert?!"

„Das war notwendig. Deine Offenheit mir gegenüber lässt zu wünschen übrig." Seine Stimme wurde lauter. „Du hast behauptet, du hättest keine Ahnung, von wem die Rosen am Gipfel waren!" Und dann brüllte er: „Du lügst!"

Jana atmete tief durch, um ihre aufsteigende Wut unter Kontrolle zu bringen. „Komm erst mal runter, Bruno, deine Vorwürfe sind völlig daneben. Ich kann nichts dafür, dass mir ein Verrückter nachstellt."

Er sprang auf, baute sich vor ihr auf, sein Gesicht war verzerrt. „So? Und warum –"

„Bruno. Sei vernünftig. Lass uns reden."

Einen Augenblick lang sah er aus, als würde er sich auf sie stürzen. Plötzlich wich die Energie aus seinem Körper, er stand mit hängenden Schultern da. Seine Stimme klang flach. „Gut. Gehen wir ins Wohnzimmer. Ich brauche einen Drink."

5. KAPITEL

Jana mochte das Wohnzimmer nicht. Designermöbel, eine afrikanische Plastik in Schwarz und Gold. In der Polster-Landschaft aus hellgrauem Leder konnten sich zehn Personen bequem ausstrecken, und der Teppich war schneeweiß, eine Einladung an Rotweintrinker, ihn mit Farbe zu beleben.

Die komplette Einrichtung stammte aus Brunos Möbelhaus. Zum Glück lagen auf dem Rauchglastisch zwei Bücher und eine Tüte Chips, Janas Handschrift, sonst hätte es hier ausgesehen wie im Katalog.

Bruno hockte Jana gegenüber in einem Sessel, vor sich ein Glas mit Weißbier. Er stank nach Schweiß, seine braunen Haare klebten an seiner Stirn – er hatte noch nicht geduscht.

„Warum bist du schon heute zurückgekommen, Bruno? Ich dachte, ihr wolltet auf der Hütte übernachten."

„Der Hüttenwirt meinte, das Wetter würde schneller schlecht werden als vorhergesagt, da haben wir spontan beschlossen, lieber nicht stundenlang durch strömenden Regen abzusteigen. Wir hatten Stirnlampen dabei, damit sind wir auch im Dunkeln gut runtergekommen. Hast du meine SMS nicht gelesen?"

Jana schüttelte den Kopf. Dann sagte sie mit gezwungen ruhiger Stimme: „Ich bin verletzt. Und empört. Ich finde es zum Kotzen, dass du mich verdächtigst und mir nachspionierst. Wie bist du nur auf die Idee gekommen, ich könnte dich betrügen?"

Bruno räusperte sich. Seine Stimme klang belegt. „Diese Rosen auf dem Gipfel … Ich musste dauernd daran denken, den ganzen Tag lang, beim Anmarsch zur Wand, in der Tour, bei der Autofahrt. Daheim habe ich dann dein Handy auf dem Schuhschrank liegen sehen. Und auf einmal habe ich es nicht mehr ausgehalten. Ich habe deinen Code eingegeben und alle deine Nachrichten durchgecheckt. Im Papierkorb habe ich dann gefunden, was ... was ich befürchtet habe. Und dann waren da noch zwei entsprechende Mails."

Jana zuckte mit den Schultern. „Ich habe diesen Spinner nicht ernst genommen, deshalb habe ich dir nicht von ihm erzählt. Für mich war das Spam wie Pillenversand und Millionengewinne. Und am Anfang hat er mir ja nur selten und kurz geschrieben."

Seine Augen bohrten sich in ihre. „Spätestens, als du die Rosen gefunden hast, hättest du mir von ihm erzählen müssen."

„Aber ich bin zuerst gar nicht auf die Idee gekommen, dass die Blumen von dem anonymen Schreiber stammen! Das war doch extrem unwahrscheinlich. Nur du hast gewusst, dass ich auf der Notkarspitze war."

Nach der Sache mit den Schuhen sah das natürlich anders aus. Sollte sie ihm das verschweigen? Würde es seinen Verdacht verschärfen oder entkräften? Seine Eifersucht schien sein logisches Denken einzuschränken, sonst hätten ihn die paar SMS und Mails nie auf den Gedanken gebracht, dass sie ihn betrog. Nein, sie würde jetzt nicht damit anfangen, Geheimnisse vor ihm zu haben. Sie holte tief Luft. „Bruno, heute ist noch etwas Merkwürdiges passiert."

Sie erzählte ihm von den neuen Kletterschuhen. „Und dabei war auch ein Zettel mit blödem Gefasel."

Mit einem Ruck war er aus dem Sessel. „Zeig mir die Schuhe. Und den Zettel."

Er folgte ihr in den Keller. Kaum hatte Jana das geblümte Papier in der Hand, riss Bruno es an sich und stierte darauf. „Was soll das denn heißen: *Wir werden sicher zusammen sein, wenn du das nächste Paar brauchst?* Das ist doch ein Zeichen, dass du mit ihm –"

Jana fiel ihm ins Wort. „Das ist reines Wunschdenken von ihm!" Am liebsten hätte sie ihn angeschrien, aber sie nahm sich zusammen. „Ich glaube, der Typ schustert sich die Welt so zurecht, dass er an eine Zukunft mit mir glauben kann. Er gehört in die Psychiatrie. Deine Verdächtigungen sind völlig unangemessen, ich finde, du solltest dich bei mir entschuldigen."

Bruno schwieg und schaute sie grimmig an. Sie wich seinem Blick nicht aus.

Die Zeit dehnte sich.

Plötzlich hatte Jana genug. Sie würde das nicht akzeptieren. Bruno musste sich ändern, oder sie würde gehen.

Auf einmal wich der Zorn aus seinem Gesicht, er sah traurig aus. Seine Stimme schwankte: „Jana. Meine Jana. Es tut mir leid. Ich war so eifersüchtig. Weil ich dich liebe."

***

Als Jana am nächsten Morgen ihr Arbeitszimmer betrat, fand sie in der Nähe ihres Schreibtischs eine Wasserlache auf dem Boden, Scherben und erbärmlich schlappe Rosen. Deshalb hatte sie gestern Nacht dieses Klirren gehört. Bruno hatte es nicht für nötig gehalten, die Sauerei aufzuräumen. Verdammt. Er war früh aufgestanden und trotz des Regens beim Joggen.

Grimmig drehte sie ab, um einen Eimer und einen Putzlumpen zu holen.

Sie war gut zehn Minuten beschäftigt, bis sie den Computer starten konnte.

„Klong." Sie mochte diesen Ton, der ihren Arbeitstag einläutete. Dass heute Sonntag war, spielte keine Rolle, das Wetter war ja schlecht. Und es war eine spannende Aufgabe, die Gestaltung einer Website dem gewünschten Image anzupassen und eine logische Struktur zu finden, mit der jeder Nutzer klarkam.

Am Nachmittag würde sie in ihr Atelier gehen … Sie musste diese Landschaft noch einmal überarbeiten, das Ganze war zu wild, zu chaotisch.

Sie klickte auf die Mails. Schon wieder dieser Idiot! Wenn auch dieses Mal mit einer anderen Mailadresse, „hopelove7@gmx.de". Bisher hatte sie „hope7@gmx.de" gelautet. Befürchtete er, man könne über die Adresse seine Identität herausbekommen? Dass sie zur Polizei ging? Sie scheute sich noch davor … Vielleicht würde der Kerl bald aufgeben.

Guten Morgen, Jana! Ich hoffe, du erkennst allmählich, dass Bruno egozentrisch und total von sich eingenommen ist. Schick ihn zum Teufel!

Jana runzelte die Stirn. Warum ärgerte sie das so? Weil ein Körnchen Wahrheit in diesem Vorwurf steckte. Aber was war so schlimm daran, dass Bruno selbstbewusst war? Er hatte seinen Möbelladen aus dem Nichts aufgebaut, er war ein erfolgreicher Bergsteiger mit großem Ansehen in der Sektion, er sah gut aus … Und sie war sicher, dass er sie liebte. Aber genügte ihr das, um mit seiner Eifersucht leben zu können? Und wie stand es mit ihren eigenen Gefühlen für ihn?

Sie schob den Gedanken schnell weg. Das spielte keine Rolle jetzt. Sie durfte es nicht zulassen, dass irgendein Rivale Bruno schlechtmachte! Wütend tippte sie:

Höre endlich auf mit dem Blödsinn! Ich will deine Mails nicht! Ab jetzt werfe ich alles von dir ungelesen in den Papierkorb!

Eine halbe Stunde später hörte sie Bruno duschen. Dann tauchte er in ihrem Arbeitszimmer auf, nackt und eindeutig erregt. Es war nicht der richtige Moment, ihm wegen der Sauerei aus Wasser, Scherben und Rosen Vorwürfe zu machen. Wie attraktiv er war! Starke Muskeln und dieser intensive Blick aus dunklen Augen, in denen etwas Gefährliches glitzerte. Sie stand auf und presste sich gegen ihn. Oh ja, er fühlte sich gut an, glatte, weiche Haut, und er roch nach Seife und ein bisschen nach Zitrone. Er hob sie hoch, trug sie ins Schlafzimmer, legte sie aufs Bett. Ungeduldig riss er ihr den Pullover herunter, dann den BH, und küsste ihre Brustwarzen. Der Reißverschluss der Jeans klemmte, Jana zog sie selber aus. Bruno zerrte ihren Slip herunter und legte sich auf sie.

Tirilli, tirillili. Janas iPhone, das auf der Kommode lag. Tirilli, tirillili. Tirillilli. Weiterzumachen war ausgeschlossen. Bruno wälzte sich von ihr herunter, Jana stand auf und holte das Handy. „Henteler." Beinahe hätte sie „Gärtner" gesagt, ihren Mädchennamen, sie hatte sich immer noch nicht umgewöhnt. Keine Antwort. Aber sie hörte jemanden atmen, und zwar ziemlich laut. „Wer ist da? Was wollen Sie?" Der am anderen Ende der Leitung sagte nichts. Jana schaltete das Handy aus. „Irgendein Depp."

Der Sex war dann gut, aber etwas zu hastig, wie oft bei Bruno. Sie sollte endlich mit ihm darüber reden.

Danach hockte Jana mit einer Tasse Kaffee auf der Couch im Wohnzimmer und las die „Süddeutsche“; Bruno aß von Jana gebackenen Käsekuchen und studierte den Katalog der Konkurrenz. Als das Festnetz-Telefon schrillte, ging Jana dran, nannte ihren Namen. Lautes Atmen, das schneller wurde. Schon wieder! Jana horchte, ohne es zu wollen, sie konnte sich nicht rühren. Ein Aufstöhnen, dann ein langer Seufzer. Endlich gelang es Jana, ihre Erstarrung abzuschütteln. Sie knallte das Telefon in die Halterung. „So ein Arsch! Ich glaube da war jemand dran, der sich einen runtergeholt hat!“

Brunos Gabel klirrte auf den Teller. Sein Gesicht verzerrte sich vor Wut. „Das war dieser Kerl, der hinter dir her ist! Das muss endlich aufhören! Den mach ich fertig, diesen ...!“

„Vielleicht war es irgendein anderer Psycho“, sagte Jana.

„Nein. Das ist kein Zufall.“

Jana ging im Zimmer auf und ab, zu aufgeregt, um sich hinzusetzen. „Wahrscheinlich hast du recht. Sieht so aus, als hätte ich einen Stalker am Hals.“

Brunos Züge nahmen einen weicheren Ausdruck an. „Jana, ich habe Angst um dich. Er könnte dir etwas antun.“

„Hunde, die bellen ...“

„Da bin ich mir nicht so sicher. Bitte gehe nicht mehr allein irgendwohin, und schon gar nicht in die Berge.“

Das passte Jana überhaupt nicht. Sie liebte es, spontan loszuziehen, das Gefühl der Freiheit, jederzeit aufbrechen zu können, draußen zu sein ... „Du übertreibst, Bruno. Wir sollten uns über Stalker informieren und herausfinden, ob die wirklich gefährlich werden können. Und dann überlegen wir, was zu tun ist.“

Bruno nickte und ging hinaus.

Die folgenden zwei Stunden verbrachte Jana an ihrem Computer. Google hatte zu dem Begriff eine Menge zu sagen. Jana legte sich einen Ordner mit besonders interessanten Aussagen zum Thema Stalking an. Dabei interessierte sie sich besonders für die Psyche von Stalkern – das mochte ihr Hinweise geben, wer dafür in Frage kam.

Einigkeit bestand bei den Psychologen darüber, dass Stalker ein geringes Selbstwertgefühl hatten, das von der Bestätigung durch andere abhing. Und dass sie deshalb die Zurückweisung durch eine geliebte Person extrem hart traf. Man konnte sie in zwei Kategorien einordnen: Die einen wollten ihrem Opfer nicht schaden, aber sie waren so verliebt, dass sie einfach nicht loslassen konnten. Die anderen reagierten auf die narzisstische Kränkung, vom Liebesobjekt abgewiesen zu werden, mit Wut. Sie konnten gefährlich werden. Mindestens drei Viertel der Stalker gehörten zu diesem Typ.

Das klang höchst unerfreulich. Aber dann fand Jana denn Satz: „85 Prozent der Stalker, die gewalttätig werden, kündigen dies vorher auch an." Das beruhigte sie ein wenig, denn das war ja bisher nicht der Fall gewesen. Also würde sie sich nicht von Bruno dreinreden lassen und weiterhin allein auf Tour gehen – mit einer gewissen Vorsicht. Vielleicht würde sie morgen den „Mauerläufer" machen, einen Klettersteig durch die 250 Meter hohe Bernadeinwand. Von der Seilbahnstation Osterfelderkopf brauchte man nur eine halbe Stunde zum Einstieg, und auf den Wegen in dieser Gegend waren ständig Massen von Wanderern unterwegs – der Stalker würde es nicht wagen, sie dort zu belästigen.

Sie würde mit Bruno darüber reden müssen. Schon wieder eine Auseinandersetzung … Puuh.

Vielleicht sollte sie zur Polizei gehen und eine Fangschaltung beantragen, aber nach zwei seltsamen Anrufen war die Argumentation dafür dünn. Und wie war es mit einer Anzeige wegen Stalking? Es gab da ein Gesetz, das im März 2017 in Kraft getreten war. Demnach war es strafbar, wenn „die Handlung des Täters objektiv dazu geeignet ist, beim Betroffenen eine gravierende Beeinträchtigung der Lebensgestaltung herbeizuführen".

Dazu brauchte es wohl mehr als ein paar unerwünschte Mails und SMS. Jana würde dem Rat der Website der Bayerischen Polizei folgen: Sie würde ein Stalking-Tagebuch führen, um Beweise zu sammeln.

Und sie würde versuchen, den Stalker zu entlarven. Denn der große Unbekannte war mit Sicherheit ein Bekannter.

6. KAPITEL

Er hasste diese Wanderstraßen mit Scharen von Stöckelschuhtouristen, Japanern und fetten Preußen. Sollten sie doch auf der Terrasse der Seilbahn bleiben und sich samt Bergkulisse mit ihren Handys fotografieren. Der Zirkus an der Alpspitze ging ihm wahnsinnig auf die Nerven. Aber auf den Mauerläufer-Klettersteig war er trotzdem neugierig. Denn Jana war erst gestern hier gewesen. Seit er „My Spy“ auf ihrem Handy installiert hatte, wusste er immer, wo sie war, konnte ihre SMS lesen, ihr Leben ein bisschen nachvollziehen. Das war wunderbar. Und noch schöner war es, ihren Spuren zu folgen.

Ja-na, Ja-na, Ja-na. Einatmen, ausatmen. Ja-na, Ja-na. Sie begleitete ihn bei jedem Schritt, jedem Atemzug.

Eine Gruppe von jungen Leuten schlenderte nebeneinander aufgereiht auf dem Weg dahin. Arschlöcher. Er hastete über Geröll an ihnen vorbei. Wahrscheinlich war das die Sorte Mensch, die auf Rolltreppen stand und nicht einmal ein schlechtes Gewissen hatte, wenn sie andere Menschen blockierte … Da war Jana ganz anders. Vor Kurzem hatte sie zu ihm gesagt, es sei ihr komplett unverständlich, wie man auf einer Rolltreppe überhaupt stehenbleiben konnte. Nicht, dass sie es immer eilig hatte – in ihr war so viel Energie, Bewegungsfreude. Und sie war so schön. Dunkelbraune, volle Haare, die ihr helles Gesicht rahmten, wunderbare Kurven. Braune Augen voller Wärme, unglaublich lange Wimpern. Und dieses Lächeln. Es war, als ginge die Sonne auf.

Er hatte sich viel zu lange nicht mehr bei ihr gemeldet. Weil er sich ein bisschen schämte. Er hatte unbedingt ihre Stimme hören wollen, und dann war er für einen Moment entgleist.

Er würde nicht noch einmal anrufen, das war zu aufdringlich. Eine SMS war genug. Sie hatte zwar angekündigt, seine Botschaften ungelesen zu löschen, aber das war ein Abwehrmanöver. Sie ahnte natürlich, wer er war, wollte es sich aber nicht eingestehen, dass sie sich zu ihm hingezogen fühlte.

Er hockte sich auf einen Steinbrocken und öffnete den Reißverschluss der Tasche, die auf den Oberschenkel seiner Funktionshose aufgesetzt war. Er zog sein Handy heraus und tippte:

Liebe Jana, mit Bruno kannst du nicht glücklich werden. Du musst dich von ihm trennen. Ich warte auf dich.

Er steckte das Handy ein und marschierte weiter. Bei einem Wegweiser mit der Aufschrift „Mauerläufer“ bog er auf einen Pfad ab, der im Zickzack einen Schotterhang hinaufführte. Als er in den Schatten der Bernadeinwand tauchte, wurde es schlagartig kalt. Er legte den Kopf in den Nacken und blickte zu der düsteren Mauer empor.

Der Einstieg mit dem rot-weißen Schild war nicht zu übersehen. „Schwierigkeitsgrad D“ war dort zu lesen, aber in den Beschreibungen im Internet war von D bis E die Rede, und E war die höchste Stufe der Schwierigkeitsskala für Klettersteige. Diese Tour war nur etwas für trainierte und erfahrene Ferrata-Spezialisten. Vielleicht lag es an diesem hohen Anspruch, dass er hier allein war.

Er nahm den Rucksack ab, legte den Hüftgurt an, befestigte das Klettersteigset mit den Karabinern daran und setzte seinen Helm auf. Natürlich käme er ohne den ganzen Kram aus, aber unnötige Risiken waren nicht sein Ding.

Er war bereit, einzusteigen. Und konnte es nicht. Nicht, bevor er wusste, ob Jana geantwortet hatte. Er zog sein Handy aus der Tasche. Tatsächlich, eine rote Eins beim „Nachrichten“-Symbol. Sein Herzschlag setzte einen Moment aus. Mit zitternden Fingern gab er die PIN ein. Dort stand:

Nun habe ich deine SMS doch gelesen. Warst du das vorgestern mit diesen Anrufen?

Sie hatte geantwortet! Dass er sie angerufen hatte, konnte er unmöglich zugeben. Sie würde es nicht verstehen.

Ich habe dich nicht angerufen. Ich liebe dich.

Er starrte auf das Display. Sie würde gleich antworten. Bestimmt, er fühlte das. Da – eine neue Nachricht!

Warum sagst du mir nicht, wie du heißt? Wer bist du?

Vielleicht misstraute sie ihren Gefühlen und wollte jetzt eine Bestätigung, dass sie mit ihrer Vermutung recht hatte. Aber es wäre dumm, ihr per Handy oder Mail seinen Namen zu nennen. Denn er musste damit rechnen, dass Bruno das mitbekam und ihr das Leben schwermachte. Sie musste sich zuerst von ihm trennen. Und dann … Er sah es vor sich, wie sie neben ihm herging und Bruno hinter dem glücklichen Paar herblickte. Ein Lächeln spannte seine Lippen, und er tippte:

Gib die Illusion auf, dass du Bruno liebst. Eigentlich willst du mich.

Er wartete eine Weile, aber Jana antwortete nicht.

Das Drahtseil führte fast senkrecht nach oben. Er packte es mit beiden Händen, setzte die Sohlen auf glatten Fels, zerrte sich hoch. Typisch, am Beginn bauten sie immer einen Rausschmeißer ein, der unfähige Begeher des Steigs zum Umkehren veranlassen sollte.

Auch danach war es steil, und es gab kaum Eisenklammern für die Füße; man musste die natürlichen Tritte im Fels nutzen, sonst war es eine üble Rampferei.

Dass eine Frau da allein hinaufturnte, war sicher die ganz große Ausnahme. Aber Jana war eben etwas Besonderes …

Ein langer Quergang. Er tänzelte genussvoll über die plattige Wand. Dabei blickte er hinunter auf Almwiesen und Latschenfelder. Die sandfarbene Schlangenlinie des „Abenteuer-Erlebniswegs" zerschnitt das Grün. Wobei das Abenteuer darin bestand, Riesen aus Plastik anzuschauen oder eine Ansammlung von Steinen am Wegrand, die sich „Labyrinth" nannte, aber höchstens ein Tier von der Größe einer Maus verwirren konnte.

Er hasste solche künstlichen Szenarien, die nicht in die Berge gehörten.

Ein Überhang, eine aus Drahtseil gefertigte Leiter, die heftig wackelte, während er sich dort hinaufzog. Auch das war eine Möblierung der Berge – und ein künstlicher „Erlebnisweg", allerdings mit dem Risiko zu stürzen und sich wirklich weh zu tun, wenn man nicht die entsprechenden Fähigkeiten hatte.

War sein Tun deshalb besser oder naturnäher als das der Seilbahntouristen?

Er bog um eine Ecke und blinzelte in die Sonne. Ein Pfad führte über einen Schrofenhang zu einem Felsaufschwung. Aber was für eine „Attraktion" hatten diese Tourismusheinis hier gebaut? Eine völlig überflüssige Seilbrücke. Mit zwei Seilen etwa in Kopfhöhe zur Sicherung und zum Festhalten, und eins, auf dem man mit den Füßen balancieren konnte wie ein Seiltänzer. „Pont de singe" – „Affenbrücke", so nannte man das in Frankreich. Er würde dieses Affentheater nicht mitmachen. Jana hatte erzählt, sie hätte auch keine Lust dazu gehabt. Er klinkte sich vom Drahtseil aus und folgte den Trittspuren, die zum Endpunkt der Brücke führten. Nun war es nicht mehr weit bis zum Gipfel.

Jana. Wenn sie ihm eine Nachricht geschickt hatte, wollte er sie lieber hier in Ruhe lesen, wo er allein war. Am Gipfelkreuz würden sich jede Menge lärmende Wanderer herumtreiben.

Er setzte sich ins Gras und zog das Handy aus der Tasche. Wieder eine rote Eins beim SMS-Symbol. Sein Herz hämmerte, sein Atem flog. Dass sie so schnell geantwortet hatte, zeigte, wie sehr sie sich nach ihm sehnte.

Dies ist ein allerletzter Appell an deine Vernunft. Wie kannst du nur glauben, dass ich einen Menschen, der mich gegen meinen ausdrücklichen Wunsch mit Aufmerksamkeiten verfolgt, lieben könnte? Das ist eine Missachtung meiner Person. Wenn du mich wirklich liebst, gib deine Bemühungen auf, sie sind mir extrem lästig, ja sie ängstigen mich. Und wenn du nicht völlig verrückt bist, gestehe es dir ein: Du bist krank und gehörst in psychiatrische Behandlung. Ich will nie wieder von dir hören, nichts von dir geschenkt, überhaupt nichts mit dir zu tun haben. Verschwinde endlich aus meinem Leben, oder ich gehe zur Polizei und erstatte Anzeige wegen Stalking.

Er schnappte nach Luft. Ein heißer Strahl stieg aus seinem Magen empor in seine Brust.

Sie hatte recht. Er war verrückt.

Ihm wurde schwindlig.

Jana aufgeben … Er schwamm im kalten, schwarzen Wasser eines öden Meeres, nie würde eine Küste in Sicht kommen. Alles war sinnlos.

Mit wackligen Beinen stand er auf und blickte den von Graspolstern und Felsplatten durchsetzten Hang hinab, der weiter unten jäh abbrach.

Mit kurzen, schwankenden Schritten taumelte er bergab, jetzt rannte er fast, auf die Stelle zu, wo die schiefe Ebene aufhörte. Nur noch ein Schritt – er ruderte mit den Armen, zurück! Nein! Er schlidderte im Gras, flog über die Kante. Schattenhafte Felsen huschten an ihm vorbei, er krachte mit dem Hintern in eine steile Schuttrinne und überschlug sich nach vorne. Eine Woge von Steinchen setzte sich rauschend in Bewegung und riss ihn mit, immer weiter hinab, auf eine Schlucht zu.

Er versuchte, sich gegen die strömende Masse zu stemmen, aber nun rollten größere Brocken mit, er schwamm wie auf einem Kugellager hinab, hinab! Etwas schrammte gegen seine Brust, stoppte ihn. Die Steinlawine floss über eine Kante und verschwand mit lautem Poltern und Krachen in der Tiefe.

Seine Arme hingen in der Luft, sein Oberköper wurde gegen eine Felsrippe am Rand des Abgrunds gepresst. Er starrte in einen Schlund, aus dem eine Staubwolke emporstieg.

In seinen Gliedern pochte es dumpf. Er sah alles gestochen scharf, schwarze, von Wasser überronnene Wandfluchten, die das Auge in die Tiefe zogen, ganz unten das helle Band des Weges. Vorsichtig, ganz langsam – nur nicht weiter hinabrutschen – drehte er sich auf die Seite und packte den Felswulst, der seinen endgültigen Absturz verhindert hatte. Während er sich vollends drehte und die Beine an den Leib zog, kollerten noch mehr Steine hinab. Er stemmte sich an der Rippe hoch, wälzte sich auf die Knie und richtete sich auf. Ein paar hastige Schritte nach oben, weg vom Abgrund. Dort blieb er eine Weile stehen, keuchend, die Schuhsohlen tief in den Schutt gegraben.

Sein Blick fiel auf die Stelle, wo er liegen geblieben war. Genau an der Abbruchkante wölbte sich der Fels etwas empor.

Ohne diese kleine Unebenheit läge er jetzt unten, zerschmettert. Und er hatte keine Sekunde an die armen Kerle von der Bergwacht gedacht, die ihn dort hätten zusammenkratzen müssen.

War es notwendig, sie jetzt zu Hilfe zu rufen?

Gebrochen war nichts, er konnte sich gut bewegen, aber wohl nicht mehr lange. Bald würde der Schock nachlassen, und dann würden die Schmerzen einsetzen. Mit Sicherheit hatte er schwere Prellungen.

Er musterte die Strukturen über ihm. Die Wand war nicht allzu steil und gut gestuft, er musste nur die Schuttrinne meiden. An ihrem Rand entlang kraxelte er empor bis zu einem kompakten, etwa zwei Körperlängen hohen Aufschwung.

Gute Griffe, ein Riss in erstklassigem Kalk – höchstens ein Fünfer. Das hatte er locker drauf. Ein paar Züge, dann war er in dem mit Gras durchsetzten Hang unter der Seilbrücke. Er stieg vollends hinauf zum Pfad und blieb dort eine Weile sitzen. Was für eine verrückte Kurzschlusshandlung. Wusste er denn wirklich, wie es um Jana stand? Vielleicht war er ihr im Moment lästig, ja, und vielleicht glaubte sie tatsächlich, dass sie nie wieder mit ihm zu tun haben wollte. Aber das konnte eine reine Abwehrhaltung sein, sie ließ ihre wahren Gefühle nicht zu. Er musste nur Geduld haben und es weiter versuchen.

Wenn es ihm nicht gelang, sie für sich zu gewinnen, konnte er seinem Leben immer noch ein Ende setzen.

Er nahm zwei Tabletten des starken Schmerzmittels, das er im Gebirge immer dabeihatte, und verarztete die Schürfungen an Knien, Knöcheln, Oberarmen und der Brust. Sein Hemd war am Ärmel zerrissen, die Schale des Helms eingedrückt.

Mit einem Ächzen richtete er sich auf und nahm das letzte Stück der Ferrata in Angriff.

Kein Eisen mehr, weiches Gras, Sonne im Gesicht, ein Kreuz, um das Wanderer lagerten. Dahinter ragte die Alpspitze empor, eine gewaltige Masse aus Schutt und Fels. Vor dieser Kulisse sah der Bernadeinkopf aus wie ein Spielzeuggipfel.

Ein kurzer Gruß: „Servus mitanand.“ Dann legte er seine Ausrüstung ab und ließ sich auf einem Felsbrocken nieder. Er zog eine Siggflasche aus dem Rucksack und nahm einen tiefen Schluck. Das mit einer Magnesium-Tablette aufgepeppte Wasser schmeckte nach künstlichem Orangen-Aroma.

Eine Dohle stieß herab, hüpfte auf seinen Rucksack zu und schaute ihn erwartungsvoll an.

Schade, er hatte nichts zu essen dabei. Jana wäre das nicht passiert. Egal wie kurz eine Tour war, sie hatte immer etwas Leckeres dabei, meist Kuchen oder Schokolade. Es war wunderbar, ihr zuzusehen, wie sie genüsslich kaute und sich in der Sonne räkelte.

Bis sie Bruno verließ, würde er sich damit begnügen müssen, sie zu beobachten – in der Gruppe, zusammen mit anderen. Und das war viel zu selten. Aber es gab noch andere Möglichkeiten. Ihr Haus und ihr Garten waren von Bäumen und Büschen umgeben, da konnte er sich gut verstecken. Er musste sie bald wiedersehen.

7. KAPITEL

Zwei Wochen vor dem Tod eines Mannes an der Alpspitze

„Ich bin gespannt auf Ferdls neue Boulderwand“, sagte Jana. „Dass er so etwas bauen kann, hätte ich ihm nicht zugetraut. Weil er in der Bibliothek arbeitet, habe ich gedacht, er wäre ein Bücherwurm ohne praktische Talente.“

Bruno bremste jäh, Jana wurde in den Sicherheitsgurt gepresst. Warum fuhr er immer so dicht auf? Damit kam man doch auch nicht schneller vorwärts. Aber die Diskussion konnte sie sich sparen, Bruno konnte nicht anders.

„Ferdl ist ein guter Bastler“, erklärte er. „Wenn wir miteinander auf Tour sind, bringt er unseren widerspenstigen Kocher in Gang und repariert die Skibindung.“

Eine Weile lag Bruno auf der Lauer. Als er es geschafft hatte zu überholen, fragte Jana: „Wie lange kennt ihr euch eigentlich schon?“

„Seit ich in die Jungmannschaft der Sektion gekommen bin. Wir hatten dieselben Träume, den Walkerpfeiler, die Droites-Nordwand. Und er ist immer noch mein liebster Kletterkumpel – außer dir natürlich. Es wird nicht mehr lange dauern, bis du genug Erfahrung für große alpine Touren hast. Dann muss er sich nach anderen Seilpartnern umschauen. Wahrscheinlich tut er sich dann mit Werner zusammen. Von der Schwierigkeit her wird er mit ihm nur noch kleine Brötchen backen, aber das ist nicht mein Problem.“

Die Ampel schaltete auf Grün, Bruno schoss mit aufheulendem Motor los. Nach zehn Metern klebte er wieder hinter einer Stoßstange.

„Übrigens ist das heute ein konspiratives Treffen“, sagte er. „Ich habe Ferdl gebeten, außer Werner noch Patrick und Melanie einzuladen.“

„Wieso? Willst du mit dieser Crew eine Bank überfallen?“

„Nein. Nur unseren lieben Sektionschef.“

„Armer Harry. Was hast du mit ihm vor?“

Bruno lächelte geheimnisvoll. „Wirst schon sehen.“

Er bog in eine Seitenstraße ab und parkte vor einem Reihenhaus aus den sechziger Jahren. Sie stiegen aus, Jana klingelte.

Ferdl öffnete. Ein breites Lächeln spaltete sein hageres, gut geschnittenes Gesicht. Er hatte dunkelblondes Haar, das sich trotz seiner Kürze versuchte zu kräuseln, und einen mit Magnesia bepuderten Backenbart. Seine Stimme war ein wenig heiser. „Nett, dass ihr gekommen seid. Werner und ich haben schon angefangen. Ich bin nicht gerade in Form heute.“

Ferdl reichte Jana eine weiße Hand und klopfte Bruno auf die Schulter, wo er auf dessen schwarzem T-Shirt einen Magnesia-Abdruck hinterließ.

Sie folgten ihm durch einen düsteren Flur mit orangefarbenen und braunen Bodenkacheln. Eine knarrende Holztreppe führte hinunter in den Keller. Dort betraten sie einen Raum von der Größe eines durchschnittlichen Wohnzimmers. An drei Seiten waren mit Plastikgriffen und -tritten bestückte Holzflächen verschiedener Neigung an die Wand geschraubt. In einer Ecke stand ein Ohrensessel mit Karomuster, daneben ein ausgelatschtes Sofa, über dem ein Poster von Wolfgang Güllich in rot-weißen Leggins hing.

„Wow! Ist ja super!“, rief Jana aus.

Werner kippte aus der Wand, landete schief auf der darunterliegenden Matte, überschlug sich und blickte zu Jana hoch.

Sie lachte. „Schön, dass du mir zu Füßen liegst.“

Werner rappelte sich auf. „War nicht so geplant.“ Er war ein unauffälliger Typ, mittelbraunes Haar, mittelgroß, mittleren Alters. Er klopfte den Staub von seinen vorsintflutlichen Adidashosen mit den weißen Rennstreifen, die kaum halfen, seine stämmige Figur zu strecken. Bruno hatte Werner lachend so vorgestellt: „Er ist wie die alte Ritter-Sport-Werbung: quadratisch, praktisch, gut.“ Werner hatte dazu genickt. Mit Worten war er immer höchst sparsam.

„Hi Werner“, sagte Bruno. „Welchen Boulder hast du gerade probiert?“

Werner zeigte auf eine Reihe rosafarbener Bollengriffe: „Pink."

Bruno zog sein Shirt aus – für Jana immer ein erfreulicher Anblick wegen seiner kräftigen Bizepse und massiven Schultern.

„Das mach ich zum Aufwärmen", sagte er lässig. In Turnschuhen schwang er sich mit ein paar Zügen entlang der pinken Teile hinauf bis zur Decke und dann wieder herunter. Es fehlte nur noch, dass er „ist doch ganz einfach" gesagt hätte.

Jana unterdrückte eine giftige Bemerkung. Sie würde Bruno hinterher sagen, dass sie sein Verhalten gegenüber Werner nicht gerade einfühlsam fand.

„Gut gemacht, Powerman", sagte Ferdl. „Aber für uns Normalsterbliche ist das echt schwer. Ich glaube nicht, dass ich das draufhabe." Er zog seine Kletterschuhe an, und dann schob er seinen mageren, langen Körper mit Hilfe der rosa Griffe empor. Seine Bewegungen waren eckig und eher langsam, daher musste er viel mehr Kraft aufwenden als Bruno. Schwer schnaufend kam er oben an und sprang auf die Matte.

„Dein Kletterstil ist ziemlich oldschool", sagte Bruno. „Lerne Dynamos, und du tust dir viel leichter."

Ferdl nickte ernst. „Das ist mir klar. Aber es fällt mir schwer, ich bin nicht so begabt wie du, Bruno."

Sie boulderten eine Weile, Patrick und Melanie trafen ein und machten mit. Jana kletterte oft mit Melanie, sie fand ihren Stil inspirierend. Obwohl sie so breit war wie hoch, schnellte sie wie ein molliger kleiner Panther von Griff zu Griff. Was wohl daran lag, dass sie schon als Dreikäsehoch in der Halle angefangen hatte zu klettern und erst zwanzig Jahre alt war.

Sie versuchten immer härtere Boulder, sie schrien und feuerten einander an: „Go, go! Allez, allez!" Bald war die Luft trüb vom Magnesiastaub und erfüllt von Schweißgeruch und Melanies Parfum namens „Erdbeertraum", das an Bubble-Gum-Kaugummi erinnerte.

Bruno tat sich durch überlegene Kraft hervor, Patrick kletterte raffiniert und elegant.

Nach einer Stunde fühlten sich Janas Unterarme wie steinerne Keulen an und ihre Fingerspitzen, als wären sie mit Glaspapier abgeschmirgelt worden. „Ich brauche eine Pause", sagte sie und warf sich auf das Sofa, das mit einem lauten Pffff antwortete. Werner ließ sich links von ihr, Bruno rechts neben ihr nieder, Melanie wählte den Sessel und versank darin, bis sich ihre Ohren auf Höhe der Armlehne befanden. Ferdl holte Gläser, Bierdosen, Mineralwasser- und Orangensaftflaschen, stellte alles vor seinen Gästen ab und hockte sich zusammen mit Patrick den anderen gegenüber auf den Boden.

„Die Konferenz ist eröffnet", sagte er mit ironischem Unterton. „Bruno hat dazu eingeladen. Hiermit erteile ich ihm das Wort."

Bruno räusperte sich und erklärte im Stil eines Festredners: „Liebe Gemeinde, zuerst möchte ich Ferdl danken, dass er diese Räumlichkeiten für unser konspiratives Treffen zur Verfügung gestellt hat. Und euch allen, dass ihr so zahlreich gekommen seid."

Melanie warf ihr glänzend schwarzes Haar zurück. „Konspirativ. Klingt toll. Was hast du vor?"

„Eine Revolution."

Werner und Patrick schauten überrascht drein, Ferdl nickte wissend.

„Wozu und gegen wen?", fragte Melanie.

Bruno musterte die anderen der Reihe nach. „In unserer Sektion sind die meisten über sechzig und schaffen es gerade bis zum Stammtisch oder dem Treffen des Singkreises. Eine Wanderung ist für sie eine echte Herausforderung, Leute wie uns halten sie für verrückte Risikofreaks. Und Harry –"

„Ist doch egal, was die über uns denken", unterbrach ihn Patrick.

„Darf ich bitte ausreden?"

„Oh, sorry, großer Boss."

„Harry ist kein Bergsteiger, bestenfalls kann man ihn als Berg-Spaziergänger bezeichnen. Seine Kletterkünste bestehen darin, dass er sich gelegentlich zum Kaffeetrinken und

Mädels-Beglotzen in die Halle begibt. Solange er vorne dran ist, ändert sich nichts in unserer Sektion. Wir brauchen mehr junge, aktive Leute, mit denen man auch mal auf Tour gehen kann."

Bruno schenkte sich Orangensaft ein und verdünnte ihn mit Mineralwasser. „Aber solange der Chef der Sektion Strickwesten trägt und so sportlich ist wie einst Franz Josef Strauß, werden wir keine jungen Bergsteiger anziehen und erst recht nicht die coolen Hallenkletterer. Und die sind die Zukunft, wenn wir eine große Sektion haben wollen, die auch im Hauptverein eine Stimme hat."

Die Richtung, in die Bruno zielte, war Jana klar. Aber warum wollte er sich das antun? Hatte er nicht schon wegen seiner Arbeit im Möbelhaus zu wenig Zeit fürs Klettern und Bergsteigen? Und warum hatte er bisher nichts von seinen Ambitionen erzählt?

Melanie richtete sich im Ohrensessel auf und säuselte: „Ohh, und mit Bruno hätten wir wohl die coole, junge Vorzeigefigur, oder?"

Bruno grinste. „Nein, da wärst du viel besser. Hättest du Lust?"

„Um Gottes willen! Bloß das nicht!"

Typisch Frau. Jana hätte genauso reagiert. Sie hatte keine Lust auf endlose Vereinssitzungen.

„Harry hat viele alte Kumpel in der Sektion", sagte Ferdl. „Jemand anders kommt da nicht so leicht an die Spitze. Ich habe es vor zwei Jahren versucht. Und genau drei Stimmen gekriegt." Er lächelte schief. „Inklusive meiner eigenen."

„Du bist als Sektionschef eben nicht der Richtige", erklärte Werner.

Ferdl biss sich auf die Lippen. „So? Und warum nicht?"

„Es fehlt dir an Charisma."

Damit hatte Werner recht. Ferdl war eben Ferdl, ein eher temperamentlos wirkender Mensch, der freundlich war und gut mit allen auskam, aber er war nicht der Typ, der Leute zum Hüttendienst motivieren oder eine fesselnde Rede halten konnte. Dafür schwafelte er endlos über seine Touren, beschrieb sie Seillänge für Seillänge, inklusive Hakenanzahl und Schwierigkeitsgraden. Was die wandernden Mitglieder der Sektion ganz und gar nicht interessierte. Die polterig-joviale Art von Harry kam bei den meisten viel besser an. Und Bruno? Er strahlte Stärke aus, einen Elan, mit dem er andere mitreißen konnte, und war auch bei den älteren Sektionsmitgliedern beliebt.

„Also, ich wäre bereit, mich vorne hinzustellen“, sagte er, als wäre das ein Opfer für ihn und nicht Ziel seines Ehrgeizes. „Aber wenn wir den Verein umkrempeln und wieder Leben reinbringen wollen, brauche ich ein Team, das mitzieht. Ferdl könnte Kurse ‚Von der Halle an den Fels‘ anbieten. Und wie schaut es mit dir aus, Werner? Hättest du Lust, Klettersteige und leichte Klettertouren zu führen? Den Schein hast du ja. Ich habe mich immer gewundert, dass du nie eine Tour geführt hast.“

„Mich hat nie jemand gefragt“, erwiderte Werner.

„Dann werde ich das vorschlagen. Und Melanie, wie wäre es mit einer Kindergruppe?“

„Immer sollen sich die Frauen um die Kinder kümmern“, erwiderte sie. „Und außerdem gefällt mir das Ganze nicht recht. Habt ihr überhaupt dran gedacht, wie schrecklich es für Harry wäre, abgesägt zu werden?“

„Mir täte er auch leid“, kommentierte Werner.

Bruno runzelte die Stirn. „Hmm… Denkt mal an die Sache mit dem Riedberger Horn. Harry hat sich für die Pläne der Regierung ausgesprochen, dort im Naturschutzgebiet eine Skischaukel zu bauen. Und jetzt habe ich von einem Bekannten, der beim Fernsehen arbeitet, gehört, dass sie ihn deshalb interviewen wollen, als ‚Stimme des Volkes‘ und bodenständigen Vertreter seiner Sektion.“

Werner fuhr auf. „Der Kerl muss weg!“

Und Patrick ergänzte: „Dafür werden wir schon sorgen! Solche Typen sind schuld, dass man in den Alpen immer weniger wilde Natur findet.“

Raffiniert. Bruno setzte diese Naturschutzsache gezielt ein, um Werner, Patrick und Ferdl auf seine Seite zu ziehen. Patrick verabscheute den Massentourismus, Ferdl hasste Erschließungsprojekte und Werner reagierte extrem, sobald ein Schneehuhn oder Edelweiß in Gefahr war. Vielleicht hatte er ein schlechtes Gewissen, weil er früher für eine Chemiefabrik gearbeitet hatte. Inzwischen hatte er sich selbständig gemacht und kümmerte sich um kranke Computer.

„Je mehr Lifte, desto leichter kommen Leute wie Harry den Berg rauf", erklärte Ferdl. „Ich finde das gar nicht gut."

Eine überhebliche Einstellung. Aber es würde zu nichts führen, nun eine Naturschutzdiskussion zu beginnen. Jana gefielen Brunos Pläne nicht sonderlich, aber er erwartete natürlich ihre volle Unterstützung. Sie konnte ihm jetzt nicht in den Rücken fallen.

Melanie kaute auf ihrer Unterlippe und blickte nachdenklich drein. Dann sagte sie entschlossen: „Okay. Der Alpenplan darf nicht verwässert werden. Ich finde das mit dem Riedberger Horn mies. Schmeißen wir Harry raus."

Sie saßen noch eine Weile zusammen, um das Vorgehen bei der Palastrevolution zu bereden. Ein wichtiger Punkt war, Freunde und Bekannte in der Sektion anzusprechen und von der Notwendigkeit eines Wechsels zu überzeugen.

Nachdem dieser „offizielle" Teil beendet war, sagte Jana: „Da gibt es noch etwas, was ich euch erzählen wollte. Und ich bitte euch um eure Hilfe."

„Jederzeit und immer", erwiderte Patrick.

„Schieß los!", sagte Melanie eifrig.

Werner nickte.

Jana atmete tief durch. „Ich werde gestalkt. Von wem, weiß ich nicht. Aber es nervt. Und ich will, dass das aufhört."

Sie berichtete, was bisher vorgefallen war, von den anonymen Mails und Anrufen, den Rosen, den Schuhen. Als Melanie sie mit Zwischenfragen unterbrach, legte Patrick ihr die Hand auf die Schulter. „Bitte lass sie fertig erzählen. Das ist ganz schön heavy."

„Es muss jemand aus der Kletterszene sein, der Bruno und mich kennt“, sagte Jana. „Und ich bitte euch, die Augen offen zu halten. Vielleicht erwischt ihr ihn bei irgendeiner Aktion. Oder habt ihr eine Idee, wer das sein könnte? Habt ihr jemanden beobachtet, der mich irgendwie komisch anschaut?“

Schweigen hing in der Luft.

Nach einer Weile sagte Werner: „Es könnte einer von uns sein.“

Unsinn. Ferdl hatte nie besonderes Interesse an ihr gezeigt. Patrick war eher jemand, der von den Mädels verfolgt wurde als umgekehrt. Werner? Wollte er mit der Frage von sich ablenken? Als Stalker hätte er statt vieler Worte ein Herzchen gemailt.

Melanies Kichern unterbrach ihre Überlegungen. „Mich kann man ausschließen. Ich stehe nicht auf Frauen. Und Bruno auch, der muss dich ja nicht verfolgen.“

„Fällt euch noch jemand ein?“, fragte Jana.

Die Diskussion ging hin und her, Patrick schlug den etwas schmierigen Richard vor, einen der Kletterhallen-Betreuer. Bruno meinte, auch Harry käme in Frage. Er hätte so einen seltsamen Blick, wenn er Jana anschaute. Aber sie konnte die Idee nicht ernst nehmen, obwohl Harry manchmal etwas zu fürsorglich die Hand auf ihre Schulter legte. Er war verheiratet und ein erfolgreicher, gesetzter Mann.

Später am Abend drehte sich die Diskussion darum, wie Jana sich vor dem Stalking schützen konnte.

„Du solltest deine Handynummer und Mailadresse ändern“, schlug Ferdl vor.

„Daran habe ich natürlich schon gedacht“, erwiderte Jana. „Aber ich muss für meine Kunden erreichbar sein, und eine Website ohne Kontaktdaten ist sinnlos. Solange es nicht sehr viel schlimmer wird, möchte ich das lieber nicht tun.“

Gegen Mitternacht fuhren Jana und Bruno nach Hause. „Warum hast du eigentlich nichts dazu gesagt, dass ich Sektionschef werden will, Jana? Du hast mich überhaupt nicht unterstützt.“

„Du hättest vorher mit mir darüber reden können.“

Er schwieg, beschleunigte wie ein Verrückter, um noch bei Dunkelorange über die Ampel zu kommen und schimpfte, dem alten Mann in dem Volvo da vorne gehöre der Führerschein entzogen.

Erst als sie daheim vor ihrem Haus im Grünen anlangten und darauf warteten, dass das Garagentor sich hob, sagte Bruno: „Du hast recht, Jana. Ich bin gar nicht auf die Idee gekommen, dass ich meine Pläne mit dir abstimmen sollte. Doris war viel sanfter als du, weniger anspruchsvoll. Ich bin es noch nicht gewohnt, mit dir verheiratet zu sein.

8. KAPITEL

Jana trat hinaus auf die Terrasse und sog den Geruch von Gras und feuchter Erde ein. Nach einem kräftigen Regenschauer glänzten die Blätter der Sträucher, die Rosen leuchteten tiefrot und goldgelb vor dem Grün des Rasens.

In einer Hand trug sie eine Schüssel Erdbeeren, in der anderen das neue Buch von Andreas Eschbach. Sie stellte beides neben dem Liegestuhl ab und wischte mit dem Ärmel ein paar Tropfen vom Bezugsstoff weg, die der Wind in die überdachte Zone getrieben hatte. Dann ließ sie sich mit einem Seufzer des Behagens darin nieder.

Was für ein angenehmes Leben. Bis heute Nachmittag hatte sie an dem neuen Bild gearbeitet und war dabei völlig abgetaucht. Keine Sekunde hatte sie an den Stalker gedacht. Oder daran, dass es eigentlich an der Zeit wäre, ein paar neue Kunden zu gewinnen. Sie wollte keine klassische Rollenverteilung, bei der Bruno das Geld hereinbrachte und sie Haus und Garten in Ordnung hielt. Aber es kostete Überwindung, im Beruf zu ackern, wenn es eigentlich nicht notwendig war.

Bruno war in Asien, um dort mit Zulieferern für sein Möbelhaus zu verhandeln. Sie hatte einen langen Seufzer der Erleichterung ausgestoßen, als er endlich die Tür hinter sich zugeschlagen hatte.

Bei der Planung der Palastrevolution hatte er noch vor Energie gesprüht, aber schon am nächsten Tag war seine Laune im Keller gewesen. Er sah müde aus, saß auf der Couch und starrte vor sich hin. Als sie ihn fragte, was los sei, sagte er: „Nichts. Ich entspanne.“ Sie ließ es gut sein. Obwohl das für Bruno höchst ungewöhnlich war.

Am folgenden Abend war es noch schlimmer: Er lief herum wie ein Zombie und strahlte eisige Ablehnung aus. Es war offensichtlich, dass er nicht reden wollte, aber Jana ließ sich nicht einschüchtern. „Du bist immer noch schlecht drauf. Warum?“

„Ich habe gerade wahnsinnig viel Arbeit mit der Firma, ein großer Deal“, erwiderte er. „Morgen früh fliege ich nach Shanghai.“

„Aber sonst macht dir viel Arbeit doch nichts aus“, sagte Jana.

Brunos Stimme klang genervt. „Halte endlich die Klappe, ich will meine Ruhe!“ Danach trank er eine Flasche Bordeaux aus und fiel wie ein Stein ins Bett.

Bruno war am Freitagmorgen abgeflogen. Seitdem war Jana allein daheim – ein unbehagliches Gefühl.

Nun saß sie auf der Terrasse, bückte sich zu der Schüssel mit den Erdbeeren, pickte eine heraus und führte sie zu ihren Lippen. Was für ein Duft! Sie schob sie in den Mund… Mmmm…

Die Früchte stammten aus Werners kleinem Garten, er war vor Kurzem vorbeigekommen und hatte sie ihr mitgebracht. Was für ein Unterschied zu denen aus dem Supermarkt, die meistens nach nichts oder sogar bitter-chemisch schmeckten. Noch eine Erdbeere…

Etwas rotbraun Gestreiftes huschte Richtung Rosenbeet. Erst gestern hatte sie dort Katzenkacke herausgeklaubt.

Jana stemmte sich aus ihrem Liegestuhl und brüllte: „Hau ab, verschwinde, scheiß woanders hin!“

Die Katze blieb stehen, eine Pfote erhoben, was niedlich aussah, und schaute sie an. Jana rannte mit wedelnden Armen auf sie zu. Das Tier drehte ab und hüpfte Richtung Zaun, duckte sich geschmeidig darunter hindurch und verschwand.

Jana kehrte zurück zu ihrem Liegestuhl. Verflixt, sie hatte die Schüssel mit den Erdbeeren umgestoßen! Sie sammelte sie wieder ein und ging in die Küche, um sie noch einmal zu waschen. Dabei fiel ihr Blick auf den Einkaufszettel auf dem Tisch. Es war kein Großeinkauf, sie würde mit dem Rad zum Supermarkt fahren. Aber nein – Mist, sie hatte ja einen Platten, der Mantel war gerissen. Also zuerst zum Fahrradhändler.

Sie ging zu dem Schuppen neben der Garage, trat ein und schnappte sich ihr Rad, das gleich am Eingang an der Wand lehnte.

Als es draußen war, sah sie es. Der Reifen war nicht mehr platt. Er war makellos sauber, roch intensiv nach Gummi und hatte ein tiefes Profil. Jemand hatte einen neuen Mantel aufgezogen. Bruno? Ausgeschlossen. Janas Rad war kaputtgegangen, als er schon abgeflogen war.

Ihr wurde flau im Magen, sie zitterte am ganzen Körper. Das Rad glitt ihr aus den Händen und krachte auf den gepflasterten Weg.

Der Stalker! Er war hier gewesen, in ihrem Garten, ihrem Schuppen. Woher hatte er von ihrem Platten gewusst? Sie hatte niemandem davon erzählt. Er musste sie beobachtet haben. Ob er irgendwo zwischen den Büschen hockte? Oder hatte er einen der Bäume am Rand des Gartens erklommen und spähte mit dem Fernglas auf sie herab? Kam er jeden Tag und schaute ihr zu, wenn sie im Liegestuhl las oder die verblühten Rosen abschnitt? Vielleicht sah er sie sogar im Inneren des Hauses, abends, wenn das Licht angeschaltet war und sie noch keine Rollläden heruntergelassen hatte …

Bloß keine Panik! Denk nach!

Sie stellte das Fahrrad wieder auf und lehnte es an die Hausmauer.

Die Polizei? Nein. Was würden die sagen, wenn sie sich beschwerte, dass jemand ungefragt ihr Fahrrad repariert hatte? Sie würde es in ihrem Stalking-Tagebuch notieren. Was darin stand, war noch lange nicht genug für eine Anklage. Und obendrein wusste sie nicht einmal, wer sie verfolgte. Einen kleinen Hinweis gab es aber: Sie war am Freitag gegen 11 Uhr mit dem kaputten Rad heimgekommen. Der Stalker musste sie um diese Zeit damit gesehen haben. Also hatte er wohl keinen Vollzeit-Job als normaler Angestellter.

Harry war selbständig. Auch Richard von der Halle arbeitete unregelmäßig. Und wenn es einer ihrer Kletterkumpel war? Wer hatte an einem Freitagvormittag Zeit?

Patrick studierte, Werner verdiente sein Geld, indem er Kunden mit Computerproblemen beriet, Ferdl hatte einen halben Job in der Stadtbibliothek. Verdammt. Im Prinzip kamen alle in Frage. Typisch Kletterer eben. Die richteten sich ihr Leben gern so ein, dass sie Luft für spontane Trips an den Fels hatten.

Und vom Typ her? Welcher von ihnen war wenig selbstbewusst und vielleicht psychisch krank, entsprach also dem Profil eines Stalkers? Der wortkarge Werner? Oder der zurückhaltende Ferdl? Das war irgendwie denkbar. Aber sicher nicht Patrick.

Sie schob das Rad über den Gehweg, der durch einen kleinen Nutzgarten mit Johannisbeeren, Kräutern und Tomaten führte. Hinter den Büschen raschelte etwas, eine schnelle Bewegung – eine heiße Welle fuhr durch Janas Glieder, ihre Knie wurden weich. Eine fette Amsel flatterte hoch. Sie seufzte erleichtert auf.

Mach dir nichts vor. Spiel nicht die Starke. Du hast Angst.

Dieser Kerl hat dich mit dem Rad beobachtet, wer weiß, wie oft er hier herumschleicht. Vielleicht hat er sogar irgendwo eine versteckte Kamera installiert. Er könnte wissen, dass Bruno nicht da ist. Und dass ich heute Nacht allein bin. Oh nein, nein. Das will ich nicht. Das halte ich nicht aus.

***

Halb neun Uhr. Gleich würde ihr Besuch da sein. Jana knipste das Licht im Flur an und musterte sich kritisch in dem mannshohen Spiegel neben dem Schuhschrank. Ihre Nase war zu breit, ihr Mund auch. Das lange, dunkelbraune Haar und ihre Augen waren okay, das locker sitzende T-Shirt verbarg ihre nicht gerade perfekte Taille. Sie zupfte ihren Pony zurecht.

Was sollte das jetzt überhaupt? Ihr Gast war doch nur ein Kumpel, den sie mochte.

War er wirklich die einzige Möglichkeit gewesen?

Vanessa war auf irgendeiner Esoterik-Veranstaltung in Stuttgart, Melanie musste die Kinder ihrer Schwester hüten. Werner und Ferdl kamen nicht in Frage, denn es bestand eine schwache Möglichkeit, dass einer von ihnen ihr unerwünschter Verehrer war.

Natürlich hätte sie in ein Hotel gehen können. Aber das hätte der Stalker vielleicht mitbekommen, und sie wollte ihm ihre Angst nicht zeigen.

Es klingelte. Sie öffnete die Haustür.

Patrick strahlte sie an. „Hi Jana. Das war eine gute Idee, mich anzurufen."

Er trat auf sie zu, umarmte sie flüchtig und küsste sie auf die Wange. Das hatte er bisher noch nie getan, obwohl sie sich in letzter Zeit öfter getroffen hatten, um Vanessa das Klettern beizubringen.

Ein wenig kurzatmig sagte Jana: „Danke, dass du gekommen bist, Patrick."

„Ich freue mich immer, dich zu sehen."

Sie gingen ins Wohnzimmer, ließen sich in der Couchlandschaft nieder und nippten an Brunos Lieblings-Bordeaux.

Jana blickte durch die Fensterfront, die eine ganze Wand einnahm, in den nächtlichen Garten hinaus. Der Wind brauste ums Haus, Sturmböen bogen die schwarzen Silhouetten der Bäume. Wenn jemand im Garten herumgeisterte, würde man ihn nicht hören.

„Du kannst mich jederzeit wieder anrufen, ich komme sofort, wenn ich nicht gerade in den Bergen oder auf Reisen bin", sagte Patrick. „Ich habe sehr viel Zeit."

„Zeit zu haben ist großartig", erwiderte Jana. „Aber wie machst du das eigentlich? Du studierst doch Geologie. Gibt es da keine Prüfungen?"

„Eigentlich schon. Aber ich habe noch keine einzige absolviert. Irgendwann ist das meinem Vater aufgefallen, und er hat sich beschwert, dass ich dauernd in den Bergen bin, statt zu studieren. Worauf ich ihm geantwortet habe, ich studiere die geologischen Schichten in alpiner Umgebung. Er hat das zähneknirschend geschluckt, weil meine Mutter mich verteidigt hat, und sie hat ihn gut im Griff."

Er trank einen Schluck, seufzte genießerisch. „Mama unterstützt mich, wo immer sie kann. In ihren Augen kann ich gar nichts falsch machen."

Einen Augenblick lang sah er nachdenklich aus. „Okay, lassen wir das. Was stellen wir mit deinem Stalker an, wenn wir ihn erwischen?“

„Ich schnappe ihn mir und donnere seinen Kopf gegen die Wand.“

„Das ist nicht gerade ladylike.“

„Ja. Aber der Kerl erzeugt bei mir ein Gefühl von Hilflosigkeit und sogar Angst. Das macht mich aggressiv.“

Patrick wühlte mit den Fingern in seinem ohnehin chaotischen schwarzen Haar, sodass es in alle Richtungen vom Kopf wegstand. „Hmm … Ich glaube, das ist eine normale Reaktion für eine Frau wie dich, die sich nichts gefallen lässt.“

Da irrte er sich. Sie war zu allen nett und freundlich, nahm sich zu oft zurück. Brunos Prahlereien, Vanessas Geschwalle über Auren, Ferdls längliche Beschreibungen von Bergtouren … Warum fiel sie denen nicht einfach ins Wort, wenn es ihr zu viel wurde? Und sie wehrte sich zu wenig gegen Bruno. Warum hatte sie es ihm noch nicht gesagt, dass sie ihr gemeinsames Zuhause gerne anders einrichten würde? Sie war konfliktscheu, zumindest ein bisschen. Aber jetzt hatte sie andere Sorgen.

Sie lehnte sich in die weichen Polster und versuchte zu entspannen. In letzter Zeit schmerzte ihr öfter der Nacken und auch der Rücken.

Der Sturm orgelte und rannte gegen das Haus, dass die Scheiben vibrierten. Ein kalter Luftzug wehte vom Fenster her.

Jana fröstelte. „Das Gefühl, heimlich beobachtet zu werden, ist gruselig.“

„Du könntest dir einen Hund anschaffen. Einen scharfen Schäferhund zum Beispiel oder eine Dogge. Da traut sich keiner mehr hierher.“

„Ich auch nicht“, gab Jana zurück. „Kleine knuffige Hunde sind mir lieber. Und so ein Vierbeiner schafft maximal den zweiten Schwierigkeitsgrad. Das ist unpraktisch, wenn man im Gebirge herumklettern will.“

Im Lauf der nächsten anderthalb Stunden leerten sie die Rotweinflasche, Jana holte eine zweite aus dem Keller und öffnete sie.

Regenschauer prasselten gegen die Fensterscheiben, und Patrick erzählte von extrem unwirtlichen Abenteuern am vereisten Frêneypfeiler und einem Schneesturm am Cerro Torre, sodass Jana es umso mehr genoss, in einem warmen Zimmer zu sitzen.

Dagegen waren seine Erlebnisse als Animateur im Club Med alles andere als kalt. „Aber jetzt habe ich darauf keine Lust mehr", erklärte er. „Irgendwann wurde mir das zu viel mit den Frauen."

Jana fühlte sich ein bisschen benommen, ihre Glieder waren schwer, der Kopf leicht. Sie kicherte. „Zu viele gleichzeitig?"

Patrick grinste. „Nein, hintereinander. Oder abwechselnd. Aber inzwischen bin ich viel erwachsener." Plötzlich wurde sein Gesicht ernst, er starrte sie aus seinen dunklen Augen an. „Eine Frau, die mir gefällt und mit mir auf wilde Berge steigt, das ist alles, was ich mir wünsche."

Dieser Blick – irrte sie sich? Wie sollte sie damit umgehen?

Vanessa suchte seit Jahren verzweifelt nach dem idealen Mann, doch den gab es nicht einmal bei Amazon oder gebraucht bei Ebay. Patrick war charmant und hübsch, aber für diesen Job total ungeeignet. Märchenprinzen waren reich und treu und flirteten niemals mit anderen Frauen. Ärger wallte in Jana auf. „Du weißt genau, dass meine Schwester in dich verliebt ist. Was willst du eigentlich von ihr?"

Er zuckte mit den Schultern. „Nichts. Ich mag sie ganz gern. Ihre esoterischen Ideen sind manchmal durchaus interessant. Vor Kurzem hat sie mir erklärt, dass ich bei den neun Zahlen des Lebens als Sieben eingeordnet werden müsste. Und sie selber als Sechs."

„Ja, von solchen Dingen redet sie gern", gab Jana zurück. „Aber lenk nicht ab, Patrick! Du musst es Vanessa sagen, wenn du keine langfristige Beziehung mit ihr willst. Ich glaube, sie macht sich Hoffnungen."

„Es tut mir leid, wenn ich einen falschen Eindruck erweckt habe. Mir geht es nur um eine nette Freundschaft mit ihr.“

Patrick saß im rechten Winkel zu Jana auf dem wie ein L geformten Sofa. Nun schob er sich um die Ecke und legte den Kopf auf ihre Schulter. „Bei dir ist das etwas anderes.“

Jana rückte schnell ein Stück weg, Patrick kippte gegen sie und richtete sich lachend wieder auf. „He, Jana. Hast du gar keine mütterlichen Instinkte? Du könntest einem einsamen jungen Mann eine Schulter zum Anlehnen bieten. Das ist doch vollkommen harmlos, oder?“

„Bruno wäre da anderer Ansicht.“

In einem Universum ohne ihren Ehemann hätte sie sich an Patrick gekuschelt.

Er räusperte sich. „Gerade eben habe ich gar nicht daran gedacht, dass du verheiratet bist. Mich stört das nicht.“

„Mich schon.“

„Logisch. Weil Bruno nicht zu dir passt.“

Sie brauchte ein paar Sekunden, bis sie begriff. „Das habe ich nicht gemeint. Ich bin gegen schnelle Abenteuer.“

„Und langsame?“

„Noch weniger. Klettern ist spannend genug, da brauche ich keine Kicks durch andere Sportarten.“

Patrick seufzte. „In Ordnung. Dann stehe ich dir eben nur als Beschützer zur Verfügung. Wo soll ich eigentlich schlafen? Ich wäre gerne in deiner Nähe, wenn …“

Das war gefährliches Pflaster. „Wie wär es mit der Couch in meinem Arbeitszimmer?“

„Nein. Gib mir lieber eine Isomatte und einen Schlafsack. Damit lege ich mich als Wachhund vor deine Tür. Du musst nur aufpassen, dass du nicht über mich stolperst, wenn du nachts raus musst.“

Sie gingen miteinander durchs Haus, ließen die Rollläden herunter, schauten nach den Fensterriegeln und schlossen die Haustür ab.

***

Immer wieder schreckte Jana aus dem Schlaf, lauschte dem Sturm, döste eine Weile, tauchte in wirre Träume.

Ein lautes Krachen. Jana fuhr hoch. Das war ganz nah gewesen, gleich nebenan. Die Tür zum Flur sprang auf.

Patrick tappte herein. „Was ist los, Jana?“

Sie schaltete die Nachttischlampe an. Patricks Oberkörper war nackt, dazu trug er Boxershorts. Schöner Sixpack.

„Der Lärm kam von dort, vom Balkon“, sagte sie und wies in die Richtung.

„Na dann schauen wir mal“, erwiderte Patrick.

Jana beobachtete, wie sich seine Muskeln spannten, während er den Rollladen hochzog. Sie trat neben ihn und spähte hinaus. Dort hing etwas über dem Balkongeländer, das an eine schwarze Riesenschlange erinnerte – ein Ast, der vom nahen Ahornbaum abgebrochen war.

„Alles paletti“, sagte Jana mit einem Seufzer. „Gehen wir wieder schlafen.“

Patrick drehte sich zu ihr und legte seine Hand an ihre Wange, eine weiche, liebevolle Geste. „Schlafen ist langweilig.“

Sie schaute ihn an, einen Moment unschlüssig.

Er nahm sie in seine Arme und drückte sie an sich. Eine süße Wärme durchflutete sie.

Sie riss sich von ihm los, rettete sich in Sarkasmus. „Du solltest die Situation einer schutzlosen Dame nicht ausnutzen!“

Er atmete schwer. „Okay. Okay. Wie du willst, Jana. Gute Nacht.“

Abrupt drehte er sich um und ging hinaus.

Am nächsten Morgen frühstückten sie miteinander. Patrick machte keine Annäherungsversuche mehr.

Beim Abschied sagte sie: „Bruno sollte nicht wissen, dass du hier übernachtet hast. Das gäbe nur blöde Diskussionen.“

Er nickte. „Schon klar. Wir sehen uns dann in der Kletterhalle.“ Ein schneller Wangenkuss, und er war fort.

Jana räumte die Küche auf und arbeitete ein bisschen, dann ging sie vor die Tür, um nach dem Wetter zu schauen. Überall lagen kleine Zweige herum. Es war kühl und immer noch windig. Wenn sie mit dem Fahrrad zum Klettern wollte, musste sie sich gut verpacken.

Sie nahm ihren Anorak vom Haken und zog ihn über. Und jetzt der Schal. Hatte sie den gestern nicht auf der Kommode liegen lassen? Sie schaute in die Schubladen, suchte auf der Ablage beim Spiegel danach – nichts. Typisch. Sie war nicht besonders ordentlich in Alltagsdingen, nur bei ihrer Arbeit.

Sie warf einen Blick in den Spiegel. Oh je. Der Rotwein und der schlechte Schlaf beim Toben des Sturms hatten Spuren hinterlassen. Sie hatte Ringe unter den Augen. Also noch mal ins Bad.

Sie öffnete den Spiegelschrank, in dem sie ihre Kosmetika aufbewahrte, und griff nach dem beigefarbenen Abdeckstift. Sie stutzte. Schaute noch mal. Das Fläschchen mit dem schweineteuren Parfum, das Bruno ihr von seiner letzten Auslandsreise mitgebracht hatte – es war nicht mehr da!

Hatte sie es woanders abgestellt? Sicher nicht. Gestern Nachmittag hatte es neben ihrer Hautcreme gestanden, sie hatte sich noch überlegt, ob sie es vor Patricks Besuch benutzen sollte, und dann darauf verzichtet, weil ihr der Geruch zu süßlich war.

Jemand hatte das Fläschchen geklaut. Sie schnappte nach Luft, über ihren Rücken rieselte etwas Kühles. Ein Fremder in ihrem Badezimmer! Es lag im ersten Stock … Wäre er nach dem Treppenaufgang links abgebogen, wäre er an ihrem Schlafzimmer vorbeigekommen und über Patrick gestolpert.

9. KAPITEL

Kriminalhauptkommissar Ekkehard Pirner beobachtete die Fliege, die auf dem Computerbildschirm vom Ordner „Sofort erledigen“ zu dem mit „Bald erledigen“ kroch. Arbeit, Arbeit bis über die Ohren. Eigentlich könnte er den mit „Bald erledigen“ direkt in den Papierkorb werfen, er würde sowieso nie dazu kommen. Und „Sofort erledigen“?

Konnte warten. Die Leberkässemmel nicht. Der ganze Raum war erfüllt von ihrem würzig-fleischigen Geruch.

Er biss kräftig hinein.

Das Telefon klingelte. Er kaute und ließ es klingeln. Aber es schien immer lauter zu werden, mit vorwurfsvollem Unterton. Das Display zeigte die Nummer von Hummel am Empfang.

Mit einem Seufzer schluckte er den Bissen hinunter und nahm den Hörer.

„Bei mir ist jemand wegen Stalking“, ertönte Hummels Stimme. „Host grad Zeit?“

„Na. Mittagspause.“

„Es is a Madl.“

„Mit oder ohne?“

„Mit ned arg viel.“

„Schad. Soll trotzdem kommen.“

Pirner erschlug die Fliege, die sich auf eine Ablage gesetzt hatte, und wartete.

Ein kurzes, energisches Klopfen.

„Herein!“

Die Tür ging auf, und eine junge Frau mit schulterlangem, dunkelbraunem Haar marschierte ins Büro.

„Ned arg viel“ war richtig. Aber sie war ein hübscher Anblick, obwohl sie nicht so viel Holz vor der Hüttn hatte, dass es für einen ganzen Winter reichen würde.

Pirner stand auf, reichte ihr die Hand. „Grüß Gott, mein Name ist Pirner“, sagte er, ganz der höfliche Bürgerbetreuer, wie er es beim Kurs über den Umgang mit den „Kunden“

gelernt hatte. Er wies auf den Stuhl vor seinem Schreibtisch. „Bittschön, setzen S' eana."

Er nahm ihre Personalien auf; dabei redete sie ihm nicht mit ihrem Anliegen dazwischen, wie es viele andere taten, die sich über irgendeine Straftat aufregten.

„Sie wollen also eine Anzeige machen wegen Stalking."

„Ja. Leider habe ich keine Ahnung, wer mich belästigt."

Das war ungewöhnlich. Meistens waren Stalker Ex-Ehegesponse oder -Geliebte. Oder Fans irgendwelcher Promis, aber auch die gaben sich meistens zu erkennen. „Und? Solln mir jetzt rauskriegen, wer des is?"

„Ich dachte, das wäre Ihr Job."

Was für ein Lächeln, da kriegte man sofort gute Laune. Für sie würde er gerne Verbrecher zur Strecke bringen, wenn er nur die Zeit dazu hätte. „Also, dann erzählen Sie mal."

Sie berichtete konzentriert und der Reihe nach.

Er hörte zu, wegen des mangelnden Holzes nur mäßig abgelenkt, und beobachtete sie. Ihr Blick wirkte unstet, sie verzwirbelte die Henkel ihrer Umhängetasche. Als sie dazu kam, dass ihr ein Schal und ein Fläschchen Parfum fehlten, zitterte ihre Stimme. „Er muss in meiner Wohnung gewesen sein. Seine Aktionen werden immer schlimmer. Sie machen mir Angst."

„Des is scho klar. Aber Sie san eh noch ganz guat beinand für des, wos bassiert is. Vielleicht weil Sie a Bergsteigerin san. Da braucht man sicher Nerven wie Drahtseile."

„Seit der Kerl in meinem Badezimmer war, habe ich das Gefühl, er könnte jeden Augenblick auftauchen und ..."

Sie presste die Lippen aufeinander.

Andere würden heulen und ihn um Hilfe bitten. Aber die war kein Hascherl.

„Leider können mir keine Leut abstellen, die Ihr Haus beobachten", erklärte Pirner. „Mir ham einfach ned die Kapazitäten."

Sie nickte grimmig. „Natürlich. Parksünder aufschreiben und Terroristen jagen geht vor."

Er ließ sich nicht aus der Reserve locken. „Sie können den Einbruch anzeigen. Dann kommen mir und schauen uns das an."

„Das bringt nichts. Der Typ ist längst weg, und man sieht rein gar nichts, das Schloss und die Tür sind okay. Mir geht es nur darum, dass das Stalking aufhört, nicht um ein paar Euro von der Versicherung."

Pirner erklärte ihr, wie sie das Haus mit einfachen Maßnahmen besser sichern konnte, und schlug dann vor, die Handynummer und Mailadresse zu ändern, was die junge Frau wegen ihres Berufs ablehnte. Zuletzt fragte er: „Ham Sie an Verdacht? Is jemand, den Sie kennen, psychisch auffällig?"

Sie schüttelte den Kopf. „Nein. Höchstens meine Schwester, die spinnt ein bisschen, aber nur esoterisch."

Der Leberkäseduft war penetrant. Pirner hatte Hunger und wenig Lust auf Papierkram. „I woaß ned, ob a Anzeige gegen Unbekannt im Moment viel bringt."

Sie nickte. „Schon klar. Aber ich möchte trotzdem, dass Sie den Fall aufnehmen." Sie zog ein Notizbüchlein aus ihrer Tasche und reichte es ihm über den Schreibtisch. „Hier habe ich alles aufgelistet, was der Kerl bisher gemacht hat. Vielleicht kommt ja doch noch raus, wer er ist."

Pirner erledigte die nötige Bürokratie mit mäßiger Begeisterung, dann verabschiedete er sie: „Bassen S' auf sich auf, ois Guade!"

Er blickte ihr beim Hinausgehen hinterher. Eine schöne Hüftkurve, ein rundlicher Hintern in engen Jeans. Nett, wirklich nett.

Kurz darauf war Hummel am Apparat. „Und, hat's dir gfallen?"

„Ja mei. Scho. Aber a bissl arg emanzipiert."

„Au weh."

„Halt was zum Anschaun."

***

Jana stand vor ihrer Haustüre und steckte den Schlüssel ins Schloss. Man sah nirgendwo Spuren eines Einbruchs. Angeblich gab es da diesen Kreditkarten-Trick. Ob der hier funktionierte? Sie würde den Sicherheits-Experten fragen, den sie für heute Nachmittag zu einer ersten Beratung bestellt hatte.

Sie betrat den Flur und blieb plötzlich stehen. Und wenn… Patrick? Sie hatte dem Polizisten nichts über ihn erzählt, weil das zu Komplikationen mit Bruno führen konnte. Für Patrick wäre es einfach gewesen, etwas mitgehen zu lassen. War er der große Unbekannte? Nein, nein. Ausgeschlossen. Das passte überhaupt nicht zu ihm.

Wenn der Stalker zu ihrem Kletterer-Bekanntenkreis gehörte, hätte er das Schloss an der Haustüre nicht einmal knacken müssen. Ihr Schlüssel war immer in der Deckeltasche ihres Rucksacks, und es war möglich, ihn zu klauen, zu kopieren und wieder zurückzubringen, während sie beim Klettern war.

Verdammt. Es nervte, wie dieser Kerl ihre Gedanken in Anspruch nahm.

War es wirklich notwendig, sich im Garten umzusehen, bevor sie sich an ihren Computer setzte? Leider schon. Sonst würde sie die Vorstellung verfolgen, dass er sich irgendwo dort draußen herumtrieb.

Jana ging hinaus auf die Terrasse und folgte dem mit Granitplatten belegten Weg, der sich zwischen den Beeten hindurchwand. Die Sonne hatte den Rasen getrocknet, aber der Boden war noch weich von dem heftigen Regen gestern Nacht. Wie schade, der Rittersporn war abgeknickt, die Glockenblumen zerrupft.

Wahrscheinlich war der Stalker trotz des Sauwetters eine Weile ums Haus geschlichen, bevor er es wagte, dort einzudringen – und das nur, um ein paar Gegenstände zu erbeuten, die ihr gehörten.

Wie getrieben und verrückt war denn so was?

Konnte sie sicher sein, dass er ihr am helllichten Tag nichts antun würde?

Wegen der Bäume war der Garten von den Nachbarhäusern aus kaum einsehbar. Wahrscheinlich würde es niemand bemerken, wenn der Typ plötzlich über sie herfiel.

Sie hatte Bruno angerufen und ihm von dem Rad und den fehlenden Sachen erzählt, und dass sie Anzeige erstatten würde. Er hatte sehr besorgt reagiert, aber erklärt, er könne nicht vor morgen Abend heimkommen. Dass sie ihm Patricks Besuch verheimlichte, war eigentlich nicht okay. Aber sie hatte absolut keine Lust auf ein Verhör und schlechte Laune.

Heute würde Vanessa bei ihr übernachten.

Sie war nun im hintersten Teil des Gartens angelangt, wo Büsche entlang des Zauns wuchsen und Schmetterlinge um den Sommerflieder schaukelten, der einen intensiven Duft verströmte.

Sie stutzte. Unter dem Fliederbusch lag etwas Rötlich-Braunes.

Die Katze. Sie war tot.

***

Die Villa von Janas Nachbarin war von alten Bäumen und einer hohen Mauer umgeben, sodass von der Straße her nur ein Teil des Dachs und ein Erker im ersten Stock aus dem Geflecht der Zweige herausschauten. Neben dem geschlossenen Tor war ein Schild mit der Aufschrift „Melisande Krauth-Hombach“ angebracht, daneben eine Sprechanlage und eine Klingel. Jana drückte darauf und wartete.

Als sie noch neu in der Gegend gewesen war, hatte sie die Bewohnerin des Anwesens einmal aus dem Haus gehen sehen und sich ihr bei der Gelegenheit vorgestellt. Die alte Frau hatte sie nur kurz gemustert und erklärt: „Guten Tag. Nett, Sie kennengelernt zu haben.“ Dann hatte sie sich umgedreht und Jana stehen lassen.

„Ja?“, tönte eine raue Stimme aus der Sprechanlage.

„Ich bin Jana Henteler von nebenan, Nummer dreiundzwanzig. Ich komme wegen Ihrer Katze.“

„Darüber diskutiere ich nicht. Ich kann Mimi nicht daran hindern, dass sie Ihre Beete für ihre Bedürfnisse nutzt. Und ich muss Sie schon bitten, meine Katze in Zukunft mit ihren Schimpftiraden zu verschonen.“

„Sie wird nicht mehr in meine Beete kacken. Ich muss dringend mit Ihnen reden."

Einen Augenblick Schweigen. Es klackte. Jana öffnete das Tor und ging auf den Hauseingang zu.

Es war düster im Schatten der Fichten und Buchen. Unter ihnen wuchsen nur schütteres Gras und Unkraut, und in den Rechtecken von ehemaligen Beeten wucherten Brennnesseln.

Die von Säulen flankierte Tür öffnete sich, und eine gebückte Gestalt schob sich heraus.

Melisande Krauth-Hombach mochte zwischen achtzig und neunzig Jahre alt sein; ihr kurzes, dunkelrot gefärbtes Haar war perfekt geschnitten, und sie trug ein beiges Kleid, das wohl ein Designerstück war. Ihre hellen Augen musterten Jana scharf. „Was gibt's?"

„Es tut mir sehr leid. Ihre Katze ist tot. Ich habe sie unter meinem Fliederbusch gefunden."

Der Mund der Frau wurde zu einem Strich, die Falten am Hals spannten sich an. Jana wich unwillkürlich einen Schritt zurück.

„Sie haben Mimi umgebracht! Sie... Sie... Mörderin! Sie haben Mimi vergiftet, sie war total gesund. Ich zeige Sie an!"

„Ich habe Ihrer Katze nichts getan!", stieß Jana hervor. „Das war wohl der Stalker, der mich seit einiger Zeit verfolgt." Sie hob die Plastiktüte in ihrer Hand etwas an. „Ich habe Ihre tote Katze mitgebracht, weil ich dachte, Sie wollen sie vielleicht begraben."

Schlagartig wich der Zorn aus dem Gesicht der alten Frau. Sie sog heftig die Luft ein und atmete sie in zitternden Stößen wieder aus. Dann schlug sie die Hände vors Gesicht. Offenbar gelang es ihr nicht mehr, ihre Trauer durch Zorn zu verdrängen.

Jana wartete. Auf einmal war es ihr egal, dass ihre Nachbarin so unfreundlich war. Sie tat ihr leid.

Es dauerte eine Weile, bis sie die Hände herunternahm. Ihre Stimme klang brüchig. „Ach meine Mimi. Geben Sie her."

Plötzlich sprangen Tränen aus Janas Augen und liefen warm über ihre Wangen. Sie wandte sich um, wollte gehen, da sagte die alte Dame hinter ihr: „Und was ist das für eine Geschichte mit einem Stalker? Bitte kommen Sie doch herein."

Zehn Minuten später saß sie zusammen mit Frau Krauth-Hombach an einem Tischchen in ihrem Erker, eine große Tasse Tee in der Hand. Sie erzählte ihr, was alles mit dem Stalker passiert war. Ihre Nachbarin schluchzte manchmal auf oder trocknete sich die Augen mit einem bestickten Taschentuch, hörte aber aufmerksam zu.

„Und ich halte es für sehr wahrscheinlich, dass dieser Kerl Ihre Katze umgebracht hat, weil er glaubte, mir damit einen Gefallen zu tun", schloss Jana. „Dabei mag ich Katzen. Auch wenn sie sich nicht so benehmen, wie es mir gefällt." Sie trank einen Schluck Tee, dann fuhr sie fort: „Ich habe bei der Polizei angerufen und gefragt, ob man eine Untersuchung anstellen könnte, wie Mimi gestorben ist – durch Gift vielleicht. Aber ich bekam die Antwort, der Richter würde die Obduktion einer Katze nur dann anordnen, wenn es um ein schweres Verbrechen ginge, etwa um einen Mord."

„Es war Mord, an einer Katze!", sagte die alte Frau. „Wenn ich den Täter erwische, dann mache ich ihn fertig!"

„Wie denn, wollen Sie ihn verprügeln?"

Die Nachbarin ballte ihre Faust und reckte sie in die Höhe. „Mindestens."

10. KAPITEL

Wow. Der Sicherheitsberater hatte einen Dreitagebart, blitzblaue Augen und schwarzes Haar. Er war fast zu schön, um wahr zu sein.

„Okay, wir können Ihr Haus zu einer Festung machen“, sagte er, während sie miteinander durch den Garten gingen. „Kein Dieb wird reinkommen, ja, er wird sich nicht einmal in die Nähe des Gartens trauen.“

„Es geht hier nicht um Diebe, Herr Emrich, sondern um einen Stalker“, gab Jana zurück.

„Ach so. Ich dachte, Sie hätten Angst, dass jemand Ihre Diamanten klaut.“

„Dieser Stalker würde mir eher welche schenken.“

„Okay. Aber ich nehme an, dass Sie trotzdem nicht begeistert sind, wenn er plötzlich in Ihrem Schlafzimmer steht. Da gibt es ein paar einfache, aber sehr wirksame Maßnahmen, die Sie nichts kosten.“

„Die Polizei hat mich schon darüber aufgeklärt. Ich lege weder den Schlüssel unter die Fußmatte noch lasse ich Fenster im Erdgeschoss gekippt, und eine Leiter zur Besteigung des Dachs steht auch nicht bereit.“

„Okay, verstehe.“ Er schlug vor, Scheinwerfer mit gekoppeltem Bewegungsmelder einzurichten. Worauf Jana die Geschichte von Brunos Auto erzählte. Da hatte die Alarmanlage die ganze Nachbarschaft terrorisiert, weil im Innenraum eine Fliege eingesperrt gewesen war. „Und ich will den Stalker ja nicht in erster Linie vertreiben“, erklärte sie, „sondern herauskriegen, wer er ist, und ihn vor Gericht bringen. Ich habe an Videokameras gedacht …“

„Verstehe“, sagte Emrich. „In Frage kommen Netzwerkkameras zum direkten Anschluss an Netzwerke und PAL- oder SDI-Überwachungskameras, die Videosignale über Koaxialkabel übertragen. Die Koaxial-Übertragung garantiert eine verzögerungs- und ruckelfreie Live-Wiedergabe.“

„Ach so", sagte Jana. „Alles klar."

„Mein Chef hat mich schon oft gelobt, dass ich prima erkläre", erwiderte Emrich mit todernster Miene.

Jana bekam einen Lachanfall. Sie war wohl ein bisschen hysterisch, ihre Nerven waren dünn zurzeit.

Als sie endlich aufhören konnte zu lachen, sagte der Sicherheitsberater: „Könnte es sein, dass Ihnen das mit der Koaxial-Übertragung nicht ganz geläufig ist?"

Der nächste Lachanfall. Der Mann sah verwirrt aus. Vermutlich hielt er Jana für eine alberne Ziege. „Ich habe null Ahnung von koaxialen Angelegenheiten, aber das ist erst mal egal. Meinen Sie, man kann eine Kamera so anbringen, dass der Stalker sie nicht bemerkt?"

„Natürlich. Ich schlage vor, wir verteilen Kameras an allen strategisch wichtigen Orten, zum Beispiel in der Nähe der Haustür. Man könnte die Installation durch einen Blumenkasten am Fenster oben tarnen. Wichtig ist auch Ihr Balkon. Der wäre für einen Einbrecher ein typischer Weg ins Haus, zumindest, wenn er körperlich geschickt ist. Er muss dazu nur den Baum hinaufklettern und sich zum Geländer hinüberlehnen. Ich würde mir das gerne näher anschauen."

Sie gingen hinauf ins Schlafzimmer.

***

Bruno war fix und fertig nach allem, was geschehen war. Und dann dreizehn Stunden Flug von Shanghai nach München. Dass er überhaupt eine frühere Maschine erwischt hatte, war ein glücklicher Zufall. Jana brauchte ihn. Natürlich hatte sie nicht um Hilfe gebeten, das war nicht ihre Art. Aber er konnte sie jetzt doch nicht allein lassen!

Dieser Stalker machte ihn wahnsinnig. Schon der Gedanke, dass er seine Frau beobachtete … In seinen Garten, seinen Schuppen, sein Haus eindrang …

Bruno bremste jäh. Idiot, hier steht manchmal die Polizei, pass auf, sonst ist der Führerschein weg.

Er bog in die von alten Buchen gesäumte Seitenstraße ab, die zu seinem Haus führte.

Er hatte Jana nicht gesagt, dass er früher daheim sein würde. Und zwar mit Absicht. Sie sollte ruhig glauben, er wäre im Ausland. Vielleicht hatte sie die Story von dem Stalker erfunden, um zu bemänteln, dass sie einen Liebhaber hatte. Dieses Ahnen und Vermuten war unerträglich, ein Messer, das sich in seinen Eingeweiden hin und her drehte.

Jana wurde sauer, wenn er ihr Fragen über ihr Verhältnis zu diesem sogenannten Stalker stellte. Reagierte sie so, weil sie ins Schwarze trafen? Hatte sie ihn nur wegen seines Geldes geheiratet?

Vor dem Haus parkte ein roter Sportwagen.

Bruno wurde gleichzeitig heiß und kalt, er begann am ganzen Körper zu zittern. Also doch! Das war nicht das Auto eines Bekannten oder eines Handwerkers.

Er stieg aus. Den Wagen in die Garage zu fahren, würde zu viel Lärm machen. Er musste die beiden auf frischer Tat ertappen!

Er betrat das Haus. Im Flur standen schicke braune Herrenschuhe.

Ihm wurde schwindlig; er lehnte sich einen Moment an die Wand. Er hatte es schon immer gewusst, nur die Wahrheit verdrängt. Nun musste er sich ihr stellen. Wie den anderen Wahrheiten auch.

Er zog seine Schuhe aus und ging auf leisen Sohlen ins Wohnzimmer, in die Küche, durch alle Zimmer im Erdgeschoss – nichts.

Sie waren oben.

Er schlich die Treppe hinauf, hörte Gemurmel aus der Richtung des Schlafzimmers.

Einen Augenblick lang blieb er vor der geschlossenen Tür und horchte. Jana kicherte.

Bruno riss die Tür mit einem Ruck auf.

Ein junger Mann hockte auf der Bettkante und blickte zu Jana empor, die Bruno ihre Rückseite zudrehte.

Sie fuhr herum. Ihre Augen waren weit aufgerissen. „Bruno, du bist schon zurück?“

Er ballte seine Fäuste und stieß hervor: „Offenbar zu früh.“

Der Feind stand auf, lächelte freundlich. Bruno atmete schwer.

Der andere trat auf ihn zu und streckte die Hand aus. „Sie müssen Herr Henteler sein. Mein Name ist Emrich.“

„Raus!“, brüllte Bruno. „Raus hier, oder ich poliere dir die Fresse!“

Emrich drückte sich schnell an ihm vorbei. Getrampel auf der Treppe, dann schlug die Haustür.

Jana war reglos mitten im Zimmer stehen geblieben. Ihre Stimme bebte: „Bruno, bist du verrückt geworden? Der Mann hat mich wegen Überwachungskameras beraten. Ich werde nicht mit dir diskutieren, ob das mein Liebhaber war. Du bist krank, Bruno. Mach eine Therapie. Tu was gegen deine Eifersucht, oder ich lasse mich scheiden.“

11. KAPITEL

Zwei Tage vor dem Tod eines Mannes an der Alpspitze

Seit vielen Jahren machte Ferdl Lipp Urlaub in einer Pension in Garmisch, die seiner Großmutter gehörte. Die alte Frau freute sich, ihren Enkel zu sehen, und nahm dafür die Horde wilder Kletterer in Kauf, die er immer mitbrachte. Sie verlangte von jedem nur zehn Euro; so billig kam man sonst nirgendwo in Garmisch unter.

Nun waren zum ersten Mal zwei Frauen dabei, Jana und Vanessa, und auch Patrick war neu in der Pension „Bergheimat"; Vanessa hatte ihn eingeladen. Die übrige Truppe bestand aus den alten Kumpels Bruno, Ferdl und Werner.

Jana hatte zusammen mit Bruno eine schwere Klettertour unternommen, und ihre Arme und Finger schrien nach einer Pause. Daher machte sie am folgenden Tag mit ihrer Schwester eine Wanderung in der Arnspitzgruppe.

Ein steiler Pfad führte durch Kiefernwald zum Zwirchkopf hinauf. Es fiel Jana nicht leicht, sich Vanessas Schneckentempo anzupassen. Aber ohne Bruno unterwegs zu sein, war wunderbar entspannend. Gestern hatte er sie wieder einmal mit seinen Vorschlägen genervt, wie sie eine schwierige Stelle zu klettern hatte, und sie hatte ihn angeblafft, er solle die Klappe halten, sie habe ihm doch schon hundertmal gesagt, dass sie das selbst herausfinden wolle. Daraufhin hatte er sie angeschrien, sie solle sich nicht so anstellen.

Die Stimmung zwischen ihnen wurde immer mieser. Nach seiner Rückkehr aus Asien war Bruno sehr schlecht gelaunt gewesen, wegen jeder Kleinigkeit wurde er wütend. Sie hatte mehrmals versucht, mit ihm darüber zu reden, aber er wollte einfach nicht. Es sei doch alles in Ordnung, er wäre nur etwas gestresst. Sie hatte gehofft, jetzt im Urlaub würde ihre Beziehung wieder besser. Und nun machte nicht einmal mehr das Klettern mit ihm Spaß.

Der rot-weiß markierte Weg führte aus den Bäumen heraus auf einen mit Latschen bewachsenen Kamm. Jana sog den harzigen Duft ein und genoss die Aussicht, die sich vor ihnen auftat. Rechts von ihr erhoben sich die wilden Gipfel des Karwendel, links stand die lang gestreckte Felsmauer des Wettersteingebirges über dem Leutaschtal.

Vanessa wandte sich zu ihr um. „Ich würde gerne ein bisschen ausruhen, ich bin nicht so fit wie du."

Jana musterte die weißen Wolkenbäusche, die über den blauen Himmel trieben. „Kein Problem. Das Wetter hält, wir haben den ganzen Tag Zeit."

Sie legte ihren Rucksack ab und ließ sich neben Vanessa auf einer Felsplatte nieder. Sie war warm von der Mittagssonne, bald würde sich die Hitze zwischen den Latschen stauen.

Jana zog eine Flasche mit Apfelschorle aus dem Rucksack und reichte sie ihrer Schwester.

„Danke, Jana", sagte Vanessa. „Es ist lange her, seit wir das letzte Mal miteinander unterwegs waren."

Sie beherrschte die Kunst, Schuldgefühle zu wecken. „Stimmt. Aber seit ich klettere, gehe ich nur noch unter der Woche wandern, da hättest du sowieso nicht frei."

„Tja. Nicht jede hat einen reichen Ehemann. Du bist ein Glückskind."

Jana stieß einen langen Seufzer aus. „Hast du eine Ahnung. Bruno … ist schwierig. Seit ich mit ihm verheiratet bin, mag ich ihn immer weniger."

Vanessa gab ihr die Flasche zurück. „Das ist mir ja völlig neu! Er hat doch Geld wie Heu und sieht gut aus. Und das Beste: Ihr teilt eure Leidenschaft fürs Bergsteigen!"

„Ich fürchte, ich habe mich nicht in Bruno verliebt, sondern in die Berge. Ich habe das Gefühl, hierher zu gehören. Wo man etwas erleben kann, das intensiv und echt ist. Wo ich mich irgendwie frei fühle. Aber wenn ich gewusst hätte ..." Janas Stimme brach. Sie zog ein Tempo aus der Tasche ihrer Shorts und wischte sich damit über die Augen.

„Wenn du was gewusst hättest?"

„Dass Bruno so eifersüchtig ist! Er schnüffelt hinter mir her und will immer wissen, wo ich gerade bin und was ich vorhabe."

„Das ist typisch Jana", erwiderte ihre Schwester. „Deine Freiheit geht dir über alles."

„Ja."

Vanessa kramte zwei Nusshörnchen aus dem Rucksack und gab eins an Jana weiter. „Man kann eben nicht alles haben. Ich weiß noch gut, wie unglücklich du in deinem Job mit Fünfzig-Stunden-Woche warst."

„Das war pure Sklaverei. Ohne die Arbeit an meinen Bildern und das Klettern war ich nur ein halber Mensch. Bruno hat mir versprochen, sich wegen seiner Eifersucht behandeln zu lassen, aber bisher hat er sich nicht einmal für Adressen von Therapeuten interessiert, angeblich hat er keine Zeit. Er hofft wohl, einfach so weitermachen zu können. Immerhin hat er in den letzten Tagen nicht mehr gefragt, ob dieser Stalker mein Liebhaber ist."

„Wie läuft es denn momentan mit diesem Kerl? Hat es etwas genutzt, dass ihr jetzt Videokameras am Haus habt?"

„Ich denke schon. Vielleicht hat er das irgendwie mitgekriegt. Das mit der Katze war die bisher letzte fiese Aktion. Vielleicht hat er aufgegeben."

„Du musst vorsichtig sein. Wer eine Katze umbringt, ist ein bösartiger Verbrecher", erwiderte Vanessa.

Jana biss in das Hörnchen, das saftig war und nussig schmeckte, und musterte den Weiterweg über den breiten Gratrücken, ein munteres Auf und Ab zwischen Latschen und Schrofen zum Weißlehnkopf. Dahinter spitzte der Felszacken der Arnplattenspitze in den Himmel.

Jana schulterte wieder den Rucksack, und sie wanderten über den Kamm und auf der Ostseite des Weißlehnkopfs hinab zu dem Sattel, wo der Aufstieg zur Arnplattenspitze ansetzte. Zuerst war das Gelände nicht allzu steil, aber dann kam ein Felsaufschwung, der nach einem Vierer aussah.

Vanessa blickte zweifelnd empor. „Geht da wirklich ein Wanderweg hinauf?"

„Nur eine Stelle soll ein Zweier sein, und das ist echt nicht schwer."

„Ich bin noch nie im Fels geklettert, nur in der Halle, und das war immer furchtbar anstrengend."

„Macht nichts. Für einen Zweier braucht man keine Kraft, nur ein bisschen Bewegungsgefühl."

Vanessa warf Jana einen giftigen Blick zu. „Manchmal redest du ganz schön von oben herab. Nicht alle Leute sind so sportlich wie du."

Mit leichter Ironie erklärte Jana: „Richte deine Achtsamkeit einfach auf das Hier und Jetzt. Und wenn du Angst bekommst, gib Bescheid, dann drehen wir um."

Der Fels erwies sich als fest und griffig, und die beste Aufstiegslinie war mit roten Punkten markiert. Zuerst zögerlich, dann mit immer mehr Selbstvertrauen und sogar Spaß kraxelte Vanessa hinauf. Bald wurde das Gelände flacher, ein paar Schritte noch, und sie standen vor dem Gipfelkreuz. „Das hätte Patrick sehen sollen!", rief Vanessa aus. „Ich hätte nie gedacht, dass ich so einen felsigen Berg besteigen könnte!"

„Ich schon", erwiderte Jana. „Von Weitem wirkt es meistens schlimmer als es dann ist."

Sie studierte das Schild zum Gedenken an einen Pfarrer namens Kneisl aus Leutasch, das die Bergrettung am Kreuz angebracht hatte. Das war vor mehr als dreißig Jahren gewesen.

In dreißig Jahren wäre sie über sechzig. Wollte sie dann noch immer mit Bruno zusammen sein?

Nein! Um Himmels willen, nein!

Alles in ihr schrie nein.

Sie wollte Bruno nicht mehr. Obwohl er sie liebte. Und wie stand es mit ihr selber? Von ihren Gefühlen für ihn war nichts mehr übrig. Fast nichts.

Sollte sie Schluss machen? Gleich heute Abend? Aber das wäre mitten im Kletter-Urlaub … Zwei oder drei Wochen würde sie die Trennung noch hinausschieben. Mit der vagen Hoffnung, dass Bruno doch eine Therapie anfing und sich etwas zwischen ihnen änderte.

Gib es zu. Du hast einen Horror davor, die Scheidung anzupacken. Eigene Wohnung und Job suchen, jede Menge Papierkram und Streit.

Jana schüttelte die Gedanken an Bruno ab. Es war so schön hier oben. In der Ferne glänzte die bläuliche Kette der Stubaier Alpen.

Die Überschreitung zur Mittleren und Großen Arnspitze sah verlockend aus, aber das wäre für ihre Schwester zu weit und zu schwierig.

Sie suchten sich einen Lagerplatz etwas abseits einer Familie mit drei Kindern, die mit ihren Handys herumspielten. Jana blinzelte in die Sonne und genoss die Wärme auf ihren nackten Armen. Ihre Schwester hatte sich neben ihr ausgestreckt und benutzte den Rucksack als Kopfkissen.

„Sag mal, Vanessa, was willst du eigentlich von Patrick?"

„Er ist genau der Richtige für mich."

„Ähm … da bin ich mir nicht so sicher. Ich glaube, er ist ein Hallodri und passionierter Frauenjäger. Vor Kurzem hat er mir von seinen Abenteuern im Club Med erzählt."

Vanessa stützte sich zum Sitzen hoch. „Wann habt ihr denn darüber geredet?"

„Er hat mich besucht, als ich mich wegen dieses verdammten Stalkers gefürchtet habe. Du hattest ja gerade keine Zeit."

Jana rupfte einen Grashalm aus und wickelte ihn um ihren Finger. Als sie aufblickte, starrte ihr Vanessa direkt ins Gesicht. Eine steile Falte stand zwischen ihren Brauen. „Er ... er war bei dir? Als Bruno in Shanghai war? Was hat er dazu gesagt?"

„Er weiß nichts davon."

„Du hast ... Hast du Bruno mit ihm ..."

„Nein, nein. Aber du solltest wissen, dass Patrick nichts anbrennen lässt. Er hat mir Avancen gemacht. Die ich natürlich zurückgewiesen habe."

Vanessas Stimme klang heiser. „So. Natürlich hast du das. Und plötzlich findest du Bruno nicht mehr so toll."

„Patrick ist ein Schürzenjäger, aber meine Schürze kriegt er nicht“, gab Jana zurück. „Ich habe dir das erzählt, damit du Bescheid weißt. Er wird dich nicht glücklich machen.“

„Du willst ihn nur für dich behalten!“

Jana stand auf. „Das ist eine saublöde Unterstellung! Gehen wir.“

***

Am Abend trafen sich die Mitglieder der Urlaubsgruppe in einem Aufenthaltsraum, der sich laut Ferdl seit seiner Kindheit nicht geändert hatte – bis auf den großen Flachbildfernseher. Er stand gegenüber einer Sitzecke aus abgeschabtem Brokat und einer Anrichte, die nach Möbelpolitur roch.

Es war nach Mitternacht, Jana war schlafen gegangen, und auch Patrick hatte sich zurückgezogen. Vanessa, Bruno, Ferdl und Werner waren nach einer ordentlichen Dosis Bier und Wein ziemlich angeschlagen. Nun entkorkte Bruno einen Toskaner – nicht ohne zu verraten, dass er fünfzig Euro gekostet hatte – und probierte den ersten Schluck mit Kennermiene. Danach schenkte er den anderen mit großer Geste davon ein.

Vanessa fand sein Getue blöd. Musste er seinen Reichtum so heraushängen lassen?

Im müden Licht der verstaubten Lampe sahen die Gesichter gelb und krank aus. Ferdl saß mit eingezogenen Schultern auf der Couch, den Hals vorgereckt wie ein Huhn. Neben ihm lümmelte Werner, mit seiner Scheitelfrisur von vorgestern ebenfalls kein Highlight an männlicher Schönheit. Aber sein breites Gesicht strahlte eine Festigkeit und Ruhe aus, die Vanessa mochte. Sie wandte sich an den neben ihr sitzenden Bruno, wobei sie sich bemühte, nicht zu nuscheln. Es war ihr peinlich, beschwipst zu sein. „Bist du jetzt stolz darauf, so eine schwere Tour gemacht zu haben?“

Er prostete ihr zu. „Klar doch. Die ‚Unvergessene Heimat‘ ist ein knalliger Achter. Und besonders freut es mich, dass ich alles vorgestiegen bin. Obwohl das an einigen Stellen ganz schön kühn war.“

Ferdl kratzte sein Kinn. „Du hast viele Haken geschlagen und dich an ihnen hochgezogen. In dem Stil hätte ich das auch hingekriegt."

„Aber du hast mir den Vorstieg überlassen. Weil du genau weißt, dass ich mehr Reserven habe als du, wenn's hart auf hart geht", erwiderte Bruno mit schwerer Zunge. „Vom reinen Kletterkönnen her, meine ich."

Ferdl drehte sein Weinglas zwischen den Fingern. Er sah so verärgert aus, als hätte ihm jemand den Geldbeutel samt Personalausweis geklaut.

Werner warf Bruno einen kritischen Blick zu.

Vanessa versuchte, die Spannung zu lockern, die in der Luft lag. Sie kicherte. „Ach ihr Männer! Warum müsst ihr dauernd darum streiten, wer den Größten hat?"

Bruno lachte. „Wenn ich eine Frau wäre, würde ich das natürlich nicht tun. Ein bisschen Dominanzgehabe gehört eben zu unseren Affengenen." Er nickte Ferdl zu. „Nix für ungut. Ich bin froh, dass du mitgekommen bist. Jana ist noch nicht so weit, dass sie solche Touren nachsteigen kann."

Sie unterhielten sich eine Weile über den Stalker, und Bruno besprach mit Ferdl langweilige technische Details, wie ein Haus am besten gegen unerwünschte Besucher zu sichern sei.

Vanessa ruckte hoch. Ihr Kopf war auf ihre Brust gefallen. Sie wollte das Gespräch wieder auf eine persönliche Ebene bringen. „Na ja, jetzt habt ihr eine Festung. Fehlt nur die Zugbrücke. Aber das ist gut so, ich hatte den Eindruck, dass die Sache mit dem reparierten Rad Jana damals ziemlich mitgenommen hat, ja, sie war in Panik. Sie hat mich sogar angerufen, ob sie bei mir übernachten kann."

Ferdl fuhr auf. „Jana in Panik? Ausgeschlossen. Die hat supergute Nerven."

Vanessa war ein bisschen schwindlig. Sie sollte sich bald aufraffen, ins Bett zu gehen. Immer dieses Getue, wie toll und cool Jana war! „Nein, sie hatte wirklich echte Angst. So sehr, dass sie Patrick gebeten hat, sie vor dem Stalker zu beschützen, und ..."

Sie hielt inne. Oh je. Das hätte ihr nicht herausrutschen dürfen! Schnell ergänzte sie: „Ich hatte gerade keine Zeit, ich war auf einer Esoterikmesse in Stuttgart."

„Hat Patrick dann in dieser Nacht auf Jana gut aufgepasst?", fragte Ferdl.

Vanessas Blick glitt zu Bruno. Sein Gesicht war versteinert.

Sie musste irgendetwas sagen, um die Sache zu entschärfen, auch wenn das nicht ganz der Wahrheit entsprach. „Ich weiß nicht, ob Patrick sie besucht hat. Sie hat nur gesagt, dass sie ihn um Hilfe gebeten hat. Und das kann ich verstehen. Ich fände es schrecklich, allein zu sein und zu fürchten, dass jemand um mein Haus herumschleicht."

Bruno trank seinen Rotwein in einem Zug aus. Dann stand er auf und nickte in die Runde. „Für mich wird's Zeit, ich bin müde. Bis morgen."

Er ging hinaus und schloss die Türe mit einem sanften Klack.

Was würde Bruno tun? Jana befragen, ob Patrick tatsächlich bei ihr übernachtet hatte? Es wäre schrecklich peinlich, wenn er ihr sagte, Vanessa hätte ihn auf diese Idee gebracht. Sie hätte sich ohrfeigen können. Verflixter Alkohol.

Andererseits … Es war eigentlich ganz gut, wenn Bruno Bescheid wusste. Vielleicht hatte ihr Unterbewusstes bei ihrem verbalen Ausrutscher eine Rolle gespielt.

Heute Abend hatte Jana mit Patrick Blicke gewechselt. Selbst wenn die beiden nicht miteinander im Bett gewesen waren, knisterte es zwischen ihnen. Bruno würde alles tun, um Jana in Zukunft von Patrick fernzuhalten. Womit sich für Vanessa neue Chancen ergaben. Manchmal hatte sie den Eindruck gehabt, Patricks Aura zu sehen, ein Zeichen, dass sie auf tiefere Art mit ihm verbunden war. Ein rötliches Flimmern …

Ferdl räusperte sich. „Ich verstehe nicht, dass Bruno so leicht eifersüchtig wird. Jana würde ihren Mann niemals betrügen."

Er ließ sich also nicht durch die Fassade seines alten Freundes täuschen.

„Das wollte ich wirklich nicht, dass Bruno sich aufregt", erklärte Vanessa. „Wie kann ich das bloß wiedergutmachen?"

„Indem du nicht mehr über deine Schwester tratschst", gab Ferdl gnadenlos zurück.

Werners Stimme klang entschieden. „Das spielt keine Rolle. Jana wird sich von Bruno trennen."

Werner redete nie nur so daher. Was er sagte, hatte Hand und Fuß.

„Bloß das nicht!", erwiderte Vanessa. „Es wäre sehr hart für sie, sich scheiden zu lassen. Dann müsste sie den ganzen Tag lang arbeiten, und sie hätte keine Zeit und Energie mehr, um zu malen und zu klettern. Und nur das macht sie glücklich."

12. KAPITEL

Einen Tag vor dem Tod eines Mannes an der Alpspitze

Bruno schob den Vorhang zur Seite und schaute zum Fenster hinaus. Wolken quollen in den blauen Himmel.

„Ab Mittag wird es gewittrig“, sagte er. „Heute ist Sportklettern angesagt.“

Alltagsgeschwätz. Um zu verbergen, wie es in ihm aussah.

Er drehte sich zu ihr. Sie räkelte sich im Bett und gähnte. Ihre Haare waren zerwuschelt, ihre Schultern nackt. Er begehrte sie. Und hasste sie. Nun verstand er, warum Männer ihre Frauen prügelten.

„Krankhaft eifersüchtig“ hatte Jana ihn nach der Sache mit dem Sicherheitsberater genannt. Wahrscheinlich wollte sie mit diesem Gerede davon ablenken, dass seine Eifersucht absolut berechtigt war. Aber Bruno würde sich das nicht gefallen lassen. Jana war seine Frau. Seine.

Gestern Nacht hatte er Patrick in seinem Zimmer aufgesucht. Am liebsten hätte er ihn aufgefordert, sofort abzureisen. Aber damit wäre für die anderen offensichtlich gewesen, dass Bruno fürchtete, seine Frau würde einen anderen vorziehen. Er hatte von Patrick verlangt, nach diesem Urlaub die Sektion zu wechseln und Jana nie wieder zu sehen. Und Patrick würde es nicht wagen, sich zu widersetzen. Da war sich Bruno ganz sicher.

Danach hatte er nicht mehr geschlafen. Mehrmals war er nahe daran gewesen, seine Frau zu wecken und zur Rede zu stellen. Die Tatsachen waren eindeutig: Jana hatte Bruno verschwiegen, dass sie Patrick um Hilfe gebeten hatte, und sogar gesagt, er solle seine Geschäftsreise nicht wegen ihrer Schwierigkeiten mit dem Stalker abbrechen. Natürlich war Patrick sofort herbeigeeilt, um der Strohwitwe beizustehen, so wie er Jana immer anschaute … Dass er für Jana schwärmte, war Bruno schon früher aufgefallen, aber er hatte geglaubt, seine Frau ließe sich nicht von einem jungen Kerl beeindrucken, der keinen richtigen Beruf hatte. Wie vertrauensselig er gewesen war!

„Hast du schon wieder schlechte Laune, Bruno? Hättest du heute lieber eine Bergtour gemacht?“

„Nein. Sportklettern ist auch gut, das baut Power auf.“

Sie schwang die Beine aus dem Bett und griff nach dem Haufen Kleidungsstücke, die sie achtlos auf den Boden geworfen hatte.

Bruno drehte ihr den Rücken zu und tat so, als schaue er hinaus in die Landschaft. Er konnte nicht weitermachen, als wäre nichts passiert. Was sollte er tun, wenn Jana ihren Betrug gestand? Ihm wurde heiß, er atmete schnell. Er musste es wissen. Unbedingt. Jetzt sofort. Er wandte sich ihr wieder zu und fasste sie scharf ins Auge.

Inzwischen hatte sie ihr T-Shirt und ihre Jeans angezogen. „Du schaust so seltsam. Ist was mit dir, Bruno?“

Er fühlte sich schwach auf den Beinen, die Worte stolperten aus seinem Mund, klangen plump.

„Als ich in Shanghai war – hast du da mit Patrick geschlafen?“

Einen Moment lang starrte sie ihn mit aufgerissenen Augen an. Aber ihre Antwort klang gelassen: „Nein. Wie kommst du darauf?“

„Vanessa hat erzählt, dass du ihn um Hilfe gebeten hast wegen des Stalkers.“

„Diese dumme Kuh!“

„Stimmt es?“

„Ja. Aber ich habe nichts mit ihm!“

Er trat auf sie zu und packte sie bei den Handgelenken. „Er war bei dir. Bei uns zu Hause. Gib es zu!“

Sie versuchte, sich aus seinem Griff zu winden. „Lass mich los, Bruno! Ja, er war zu Besuch. Aber so rede ich nicht mit dir. Reiß dich zusammen und höre mir vernünftig zu.“

Also doch. Brunos Herz hämmerte wild gegen seine Brust, ihm war ein bisschen schwindlig. Er ließ sich aufs Bett sinken. „Du hast ... hast du wirklich ...“

„Nein!“ Sie schrie es fast. „Ich bin nicht mit Patrick ins Bett gegangen! Er ist über Nacht geblieben, weil ich mich gefürchtet habe. Das ist alles.“

„Warum hast du mir nichts davon erzählt?“

„Ist doch logisch. Weil du so eifersüchtig bist.“

***

Das Klettergebiet Hanger nahe Ehrwald war ein mehr als dreißig Meter hoher Felsabbruch in einem von Fichten bewachsenen Hang. Gegenüber, jenseits der Loisach, baute sich das Zugspitzmassiv auf, ein dunkler Riesenklotz mit ein paar Schneeflecken. Am Gipfel glitzerte der Gebäudekomplex der Zugspitzbahn in der Sonne; dahinter wuchsen Wolken zu einem riesenhaften Blumenkohl empor.

In der Ferne grollte Donner, einzelne Tropfen klatschten in das Schotterfeld unterhalb der Wand und fleckten den hellen Kalk dunkelgrau.

Jana, Werner und Vanessa flüchteten vom rechten Sektor in den stark überhängenden Teil der Wand; hier würden sie trocken bleiben. Jana ließ sich auf ihrem Rucksack nieder und schaute zu, wie Bruno in einer gruselig glatt und steil aussehenden Route herumzappelte. Mit einem Fluch flog er aus der Wand. „Das ist echt hart. Will das noch jemand versuchen?“, fragte er.

Ferdl runzelte die Stirn. „Hmm. Mal sehen, wie weit ich komme.“

Bruno schwebte am Seil herab zum Boden. „Na dann zeig mal, was du kannst, Ferdl.“

Während Werner sicherte, verfolgte Bruno mit kritischen Blicken, wie sich sein Kumpel abmühte.

Jana, Vanessa und Patrick feuerten Ferdl an. „Auf geht’s! Super! Allez, allez, Ferdl!“

Ein gutes Stück unterhalb der Stelle, an der Bruno gescheitert war, wurde es ernst. Ferdl schnaufte schwer und versuchte, mit dem rechten Arm zu blockieren und die linke Hand zum nächsten Griff zu strecken. „Scheißeee!“ Ferdl kippte rückwärts aus der Wand und baumelte im Seil.

Janas Blick glitt zu Bruno. In seinem Gesicht stand ein zufriedenes Grinsen. „Das Ding heißt ‚Monster AG‘. Klar, dass das nichts für Spargeltarzane ist.“

Es wäre schrecklich für ihn gewesen, wenn Ferdl weiter gekommen wäre als er.

„Dein Powertag ist es aber heute auch nicht, Bruno“, gab Ferdl zurück. „Bist wohl schlecht drauf wegen gestern Abend.“

Brunos Miene verfinsterte sich. „Die Tour an der Dammkarnadel sitzt mir noch in den Knochen. Alles vorzusteigen hat ganz schön Kraft gekostet.“

Patrick stand dicht neben Jana. Sie spürte eine leichte, wie zufällige Berührung an ihrem Arm und erschauerte. Sie wandte sich zu ihm. Sein Blick war intensiv. Eindeutig. Ihr wurde warm. Sie schlug die Augen nieder und trat einen Schritt zur Seite.

Heute beim Frühstück hatte Bruno sein Image als cooler Kerl gewahrt. Aber für einen kurzen Moment, als Patrick sich zu Jana neigte, um ihr Kaffee einzuschenken, hatte er seinem Rivalen einen Blick voll unbändiger Wut zugeworfen.

Es blitzte, ein Donnerschlag krachte. Regen rauschte und fiel hinter dem Überhang herab wie ein Vorhang. Der rechte Wandteil mit den leichteren Routen war innerhalb einer Minute patschnass.

Jana holte ihre Regenjacke aus ihrem Rucksack. „Also für uns Softmover gibt’s hier nichts mehr zu tun“, sagte sie zu Bruno. „Probierst du die ‚Monster AG‘ noch mal?“

Er schüttelte den Kopf. „Hat keinen Zweck. Auch wenn die Wand trocken bleibt, ist die Luftfeuchtigkeit zu hoch, da kann ich diese Griffe nicht halten. Hoffentlich schafft es Ferdl, da technisch hochzukommen, damit er die Karabiner aushängen kann.“

„Der Ferdl sieht ziemlich platt aus“, sagte Patrick. „Ich kümmere mich drum. Wenn ich nicht frei hochkomme, nehme ich eben eine Trittschlinge. Aber vorher muss ich noch einen

Anruf erledigen.“ Er nahm sein Handy aus der Hosentasche und ging damit ein gutes Stück weit weg.

Bruno zog sein Kletterzeug aus und stopfte es in den Rucksack. „Genug für heute. Ich gehe schon mal zum Auto.“

Offenbar hatte er keine Lust, Patrick bei seinem Versuch zuzusehen.

Als Patrick zurückkehrte, war sein Gesicht ernst, ja verstört.

„Schlechte Nachrichten?“, fragte Jana.

„Ja. Meiner Mutter geht es nicht gut.“

13. KAPITEL

Vanessas Füße standen auf einem in den Fels geschlagenen, fingerbreiten Stahlbügel, ihre Fersen hingen in der Luft. Mit Geröll gefüllte Rinnen und Schluchten zogen das Auge in die Tiefe. Ihr wurde schwindlig. Schau nicht runter, halte dich gut fest!

Ihre Finger umklammerten das Drahtseil, ihre Handflächen brannten. Hätte sie doch nur Handschuhe angezogen wie die meisten anderen hier! Patrick und Jana hatten sie zwar mit Gurt, Klettersteig-Set und Helm ausgestattet, aber nicht daran gedacht, dass Vanessas zarte Hände das Zupacken nicht gewohnt waren.

„Du machst das echt super“, erklang Patricks Stimme über ihr. Und Jana, die hinter ihr herkletterte, sagte immer wieder: „Lass dir Zeit. Wir haben keine Eile.“

Aber Vanessa wollte sich nicht vor Patrick blamieren, indem sie bei der nachfolgenden Kolonne von Klettersteiglern einen Stau verursachte. Hatte er doch gestern bei der Planung gesagt, das wäre ein leichter Klettersteig, ideal für Anfänger. Dass man dabei tödlich abstürzen konnte, hatte er nicht erwähnt.

Offenbar machte auch guten Kletterern wie Patrick, Werner und Jana die Alpspitz-Ferrata Spaß. Sie hatten sich heute dafür entschieden mit der Erklärung, sie wären von den knallharten Routen im Klettergarten Hanger total geschafft, und nun bräuchten sie einen Ruhetag. Ruhetag – in der Alpspitze-Nordwand! Bruno und Ferdl hatte Vanessa heute Morgen nicht gesehen. Sie hatte keine Ahnung, was die beiden vorhatten.

Nun legte sich die Wand zurück, und sie konnte auf Schuttfeldern und schrägen Felsplatten aufrecht gehen.

Werner überholte eine Gruppe mit Bergführer und war bald so weit voraus, dass er nicht mehr zu sehen war.

Vanessa hätte gerne gewusst, ob Bruno sich wegen ihres verbalen Ausrutschers mit Jana gestritten hatte, aber sie hatte noch keine Gelegenheit gehabt, ohne Zeugen mit ihrer Schwester zu reden. Irgendetwas stimmte nicht mehr zwischen ihnen. Was aber auch an Vanessa liegen konnte. Es nagte an ihr, wie Patrick Jana anschaute. Was für ein hässliches Gefühl! Und doch seit ihrer Teenagerzeit so vertraut …

Wenigstens kümmerte sich Patrick sehr nett um Vanessas Fortkommen in der Ferrata. Nur dass er heute nicht so charmant und fröhlich war wie sonst. Verständlich. Gestern Abend war er nach München zu seiner Mutter gefahren, weil sie krank war. Er hatte ein gutes Herz.

Auf einmal war es vorbei mit der Gemütlichkeit. Der nächste Felsaufschwung sah anstrengend aus. Vanessa atmete tief durch und erklomm die Eisenkrampen. Klick, den Karabiner aushängen, klick, wieder am Drahtseil einhängen. Das klappte schon ganz gut. Aber allmählich wurde sie müde.

Patricks hübsches Jungengesicht blickte auf sie herab. „Auf geht's! Bald hast du es geschafft, es ist nicht mehr weit!"

Hinter ihr ein Keuchen, dann ein Geruchsschwall von Zwiebeln und Schweiß, jemand streifte ihre Hüfte. Wieso … was? Ein Mann drückte sich an ihr vorbei, und er war nicht am Drahtseil eingehängt! Mein Gott, das war ja Ferdl! Vanessa blieb stehen und blickte der langen Gestalt nach, die manchmal an einem verblüfften Ferrata-Begeher vorbeihangelte und dann wieder vollkommen ungesichert über den geneigten Fels links des Steiges hinaufstürmte.

Lautes Schimpfen ertönte. Das war wohl der Dicke mit dem Radlerhelm, der nächste in der Reihe hinter ihrer Schwester. „Hä, seids ihr bläd, ihr Deppen!"

Vanessa schaute zu ihm hinunter. Und sah einen kräftigen Mann mit einem blauen Helm, der ein paar Meter vom Drahtseil entfernt die Wand hinaufeilte. Nun überholte er Jana. Bruno! Die Stimme ihrer Schwester klang schrill. „Was soll das? Bist du verrückt geworden?"

„Konditionstraining!", schnaufte Bruno.

„Obifoin sollts, ihr godvareckdn Oaschlöcher!", plärrte der mit dem Radhelm.

Bruno wandte sich kurz um. „Quod licet jovi, non licet bovi." Dann hastete er hinter Ferdl her.

„Wos für an Schmarrn hat der Depp do verzählt?", fragte der Dicke.

Vanessa übersetzte das lieber nicht. „Was dem Jupiter erlaubt ist, ist dem Ochsen nicht erlaubt" klang alles andere als höflich.

Bald waren Ferdl und Bruno hinter einer Felskante verschwunden.

Vanessa mühte sich, an Patrick dranzubleiben, obwohl die Muskeln ihres Hinterns vom ständigen Aufrichten auf hohen Tritten krampften und ihre Arme schlapp waren.

Puh. Endlich eine Pause, weil jemand an dem kurzen Grat dort oben Schwierigkeiten hatte. Vanessa schaute hinüber zum gezackten Kamm des Waxensteins mit seinen Schuttreißen und Felsabbrüchen zwischen wilden Flanken aus Gras und Latschen. Unfassbar, dass dort ein Weg hinaufführte. Das sah ja noch schlimmer aus als das letzte Stück hinauf zur Arnplattenspitze.

Schon das Wandern konnte furchterregend sein. Und nun wollte Vanessa das alpine Klettern lernen, um mit Patrick zusammen etwas unternehmen zu können. Sie mochte die Berge, die Natur. Aber diese Abgründe, die Tiefe, die an ihren Nerven zerrte …

Ein Schrei!

***

Dem würde er es zeigen! Wo das Gelände nicht so steil war, im „Herzl", hatte Bruno nicht mit Ferdl mithalten können, der hatte eine Lunge wie ein Marathonläufer. Aber im Fels war Bruno um Welten besser – und schneller!

Mindestens drei Viertel der Alpspitz-Ferrata hatte er nun hinter sich. Die Sonne knallte auf die Felsen. Brunos Funktionsshirt klebte am Rücken, Schweiß lief ihm über die Stirn, die feuchten Haare juckten unter dem Helm. Es war lästig, all diese Klettersteiggeher zu überholen, die nach Lehrbuch angeschirrt im Gänsemarsch emporschlichen, wobei sich manche sogar im Gehgelände am Drahtseil sicherten und dabei fast auf dem Bauch krochen.

Ein richtiger Kletterer wie Bruno brauchte das nicht. Er musste nur aufpassen, keine Steine loszutreten und brüchige Stellen zu meiden. Natürlich war er ein bisschen arrogant, aber er genoss die erstaunten Blicke der Lahmärsche.

Die gezackte Linie des gespannten Drahtseils führte nun über einen Grat, Bruno quetschte sich an einer Familie mit Kindern vorbei und bog um die Ecke.

Schlagartig wurde es kalt. Er tauchte in den Schatten einer düsteren Wand mit waagrechten, parallel laufenden Schuttbändern. Wo war Ferdl? Da oben, ein ordentliches Stück voraus; er hielt auf eine Felszacke zu und verschwand dahinter. Bruno gab Gas, sein Hals war rau von seinem keuchenden Atem, einmal rutschte ihm der Fuß, aber er fing sich schnell wieder – kein Problem, hier war es zu flach für einen Absturz. Es wurde steiler, er packte das Drahtseil. Die Klettersteiggeher drückten sich ängstlich an die Wand, um ihn vorbeizulassen. Weiter, schnell weiter, um einen Vorsprung herum, dann über eine düstere, splittrige Wand und in eine breite Rinne mit Resten von dreckigem Schnee. Eng gesetzte Eisenkrampen zogen an ihrem linken Rand hinauf; bis zum Ausstieg in die Gipfelfelsen war es jetzt nicht mehr weit. Da – Ferdl – eingeklemmt in einer Reihe von Ferratisten.

Das war Brunos letzte Chance, ihn zu überholen. Aber dazu musste er ungesichert und in heiklem Gelände an ihm vorbei.

Wenn er das nicht riskieren wollte, würde er die Wette verlieren. Dann musste er Ferdl ein Bier zahlen, und die anderen aus der Sektion würden sich das Maul zerreißen, dass er sich von Ferdl hatte abhängen lassen. Und wenn er gewann, war das ein super Gefühl. Ein Gefühl, das nicht lange anhalten würde.

Trotzdem … Ein kleiner Fehler genügte …

Ach was. Welche Rolle spielte das jetzt noch?

Er ließ das Drahtseil los, querte drei Schritte nach rechts und stand in geneigtem, glatt geschliffenem Fels. An den flacheren Stellen hatten sich Steinchen gesammelt.

Schnell und sicher stieg er empor. Nun eine Stufe mit hartem Altschnee – darauf zu treten wäre riskant. Bruno setzte einen Fuß sehr hoch auf einen Tritt im Fels oberhalb des Schnees und verlagerte sein Gewicht darauf. In diesem Moment glitt der untere Fuß auf der mit Steinchen bedeckten Fläche weg wie auf Rollsplitt. Brunos Oberkörper kippte aus der Wand, er schlug auf den Rücken und schlidderte mit dem Kopf voran abwärts. Er schrie, wälzte sich auf den Bauch – da, ein großer Felsblock kam auf ihn zu – er klammerte sich daran fest. Ein Ruck, der Brocken setzte sich in Bewegung und polterte die Rinne hinunter. Bruno rutschte hinterher, seine Hände fuhren hilflos über harten Kalk, er wurde schneller und schneller. Sein Helm krachte gegen etwas, ein hässliches, splitterndes Geräusch, weiter hinab, immer weiter … Plötzlich stand alles still. Schreie von weiter oben.

Er lag bäuchlings auf geneigtem Fels – am Rand eines Steilabbruchs.

Glück gehabt.

Rühr dich nicht, sonst stürzt du vollends ab. Die Bergwacht wurde sicher sofort alarmiert, sie kommt bald. Durchhalten, nicht bewegen, nur nicht bewegen …

Minuten. Stunden. Nicht bewegen.

Brunos Körper fühlte sich eigenartig kompakt und schwer an, er spürte keinen Schmerz. Blut rann warm über seine Stirn und Nase und tropfte auf den Fels. Er schaute zu, wie die roten Flecken sich vermehrten und in einer Vertiefung einen kleinen See bildeten.

Steine hüpften an Bruno vorbei und verschwanden im Abgrund, Schutt knirschte, Schritte! Bruno schluchzte auf. Die Rettung. Endlich!

***

Da oben musste etwas passiert sein. Rufe hallten von den Wänden wider. Die Reihe der Klettersteiggeher kam ins Stocken. Jana schaute empor, konnte aber nichts Ungewöhnliches entdecken.

„Da ist jemand abgestürzt!“, sagte Vanessa mit kieksiger Stimme. „Oh Gott! Bruno oder Ferdl ...“

In Janas Magen breitete sich ein flaues Gefühl aus.

„Bleib cool, Vanessa“, tönte Patrick von oben. „Geh einfach weiter. Wir werden bald wissen, was los ist. Vielleicht ist jemand von einem Stein getroffen worden.“

Allmählich ging es wieder vorwärts in der Kolonne. Vanessa kletterte, von Patrick ermutigt, tapfer nach oben. Jana schob jeden Gedanken an einen schlimmen Unfall weg. Vorerst hatte es keinen Sinn, sich aufzuregen. Der Aufstieg schien ewig zu dauern, immer wieder musste sie im Stau warten. Am liebsten wäre sie wie Bruno und Ferdl jenseits der Sicherungen hinaufgesprintet.

Auf horizontalen Bändern querte Jana durch eine schattige Wand, bog um eine Felskante und erblickte Werners stämmige Figur. Er hatte sich ins Drahtseil eingehängt und telefonierte. Drei andere Klettersteigler hatten sich in seiner Nähe festgemacht; die Herde zog an ihnen vorbei Richtung Gipfel. Was sinnvoll war, denn der Platz reichte nur für wenige Helfer. Wenn es denn Helfer waren und keine neugierigen Zuschauer. Zwei hielten ihre Smartphones schussbereit.

Endlich kam Jana bei Werner an und klippte ihren Karabiner neben ihm, Patrick und Vanessa ein.

Werner steckte sein Handy ein und räusperte sich. „Bruno ist abgestürzt.“

Jana wurde gleichzeitig heiß und kalt. Sie zitterte am ganzen Körper. Nein. Nein. Das konnte nicht sein! Alles um sie herum verschwamm, einen Moment wurde ihr schwarz vor den Augen.

„Ferdl ist zu ihm abgestiegen“, fuhr Werner fort. „Ah, da kommt er!“

Er zeigte in die Tiefe. Ferdl tauchte zwischen Felsplatten, Geröll und Schneeflecken auf.

Patrick und Werner redeten miteinander, aber der Sinn ihrer Worte drang nicht zu Jana durch. Sie beobachtete Ferdl, er stieg mit Bedacht empor, wie immer mit ein wenig hölzernen Bewegungen. Er machte sich am Drahtseil fest. Sein hageres Gesicht war aschgrau. „Das Gelände war brüchig. Ich konnte nicht bis zu ihm absteigen. Es tut mir leid."

„Du hast getan, was du konntest", sagte Werner. „Jetzt sind die Profis dran. Ich warte hier auf die Bergwacht und weise sie ein. Du solltest dabei sein, Ferdl, du hast die Wand weiter unten gesehen. Die anderen stehen hier nur im Weg herum. Geht rauf zum Gipfel, in zehn Minuten seid ihr oben. Aber passt gut auf, so etwas geht auf die Psyche."

Das waren sehr viele Worte für Werner. Und sie waren vernünftig. Aber Jana konnte hier nicht weg. Was war mit Bruno passiert? Lebte er noch? Lag er verletzt da unten? Sollte sie versuchen, zu ihm hinunterzuklettern? Sie hielt sich am Drahtseil fest, lehnte sich ein Stück hinaus und blickte die düstere Flanke hinab. Fels und Geröll schienen in die Tiefe zu stürzen, drohten, sie mitzureißen… Aus ihrem Magen stieg etwas Säuerliches empor, sie schaute schnell weg und stellte sich wieder aufrecht hin.

Feigling! Beruhige dich erst mal. Wie stehen die Chancen? Sie war in brüchigem Fels nicht besonders gut. Wenn schon Ferdl es nicht geschafft hat… Aber vielleicht brauchten die Profis von der Bergwacht viel zu lange. Sie würde sich ewig Vorwürfe machen, wenn sie nicht…

Patricks Stimme klang fest. „Ich klettere runter. Vielleicht schaffe ich es bis zu Bruno und kann ihm irgendwie helfen."

„Nein, Patrick, das ist zu riskant!", sagte Werner.

Ferdl schüttelte den Kopf. „Du solltest das der Bergwacht überlassen. Sie wird bald da sein."

„Bald kann zu spät sein", erwiderte Patrick. „Es ist zumindest einen Versuch wert. Schlechter Fels macht mir nichts aus. Ich kann das."

Jana stieß einen Seufzer der Erleichterung aus. Und schämte sich.

So viel selbstlosen Einsatz hätte sie Patrick nicht zugetraut. Aber wenn jemand in diesem Gelände absteigen konnte, dann er. Immerhin war er in der Sektion wegen seiner gruseligen alpinen Abenteuer berüchtigt.

Ferdl zog zwei Erste-Hilfe-Päckchen aus seinem Rucksack und reichte sie Patrick.

„Hat jemand von euch noch was dabei?", fragte Patrick. „Ich nehme alles mit, was wir haben."

Jana sah Bruno vor sich, in Blut gebadet, zerschmettert, schob das Bild schnell wieder weg. Sie musste sich auf das konzentrieren, was zu tun war.

Rucksack vom Rücken nehmen – bloß nicht fallenlassen – Deckelklappe öffnen, den Reißverschluss aufziehen. Ihre Finger bebten, als sie das Erste-Hilfe-Set herausnahm und an Patrick weitergab. Es passte gerade noch in seinen Biker-Rucksack. Er setzte ihn auf.

„Kopf hoch, Jana. Vielleicht ist alles gar nicht so schlimm. Die Wand ist nicht besonders steil." Er klinkte sich aus dem Drahtseil, querte in die felsige Rinne hinein und stieg mit ruhigen, geschmeidigen Bewegungen ab. Bald war er nicht mehr zu sehen.

„Mir ist kalt", sagte Vanessa. „Ich möchte hier weg. Bitte geh mit mir zum Gipfel."

Jana schaute ihre Schwester an. „Bist du fit genug?"

Vanessa nickte. „Ich glaube schon."

Eine Reihe Stahlkrampen führte aus der schattigen Wand empor in die Sonne. Während Jana hinaufstieg, verbannte sie jeden anderen Gedanken und achtete darauf, dass ihre Schwester keinen Fehler machte.

Plötzlich Wärme im Gesicht und eine Helligkeit, die Jana blinzeln ließ. Nur noch ein paar Meter, dann waren sie am Gipfelkreuz. Vanessa setzte sich auf ihren Rucksack, Jana ließ sich auf einem Felsblock nieder.

Postkartenblauer Himmel, ein herrlicher Tag für viele Klettersteiggeher und Wanderer. Und Bruno lag irgendwo da unten in der Wand, tot oder schwer verletzt.

Eigenartig. Jana empfand nichts als eine seltsame Taubheit und Trägheit. Es war zu anstrengend, sich zu bewegen. Oder zu denken.

Sie schaute herab auf den Talboden von Garmisch mit seinem Gewimmel von Häusern, dann zur Kramerspitze und der wuchtigen Form des Hohen Fricken. In der Ferne breitete sich die blaue Ebene des Voralpenlandes aus.

Sie fühlte sich wie in einem wirren Traum, ausgesetzt auf einem hohen Berggipfel und ohne eine Ahnung, was sie dort tun sollte.

Vanessa hockte neben ihr und sagte kein Wort.

Ein dumpfes Wummern, das immer lauter wurde. Ein gelber Fleck im Himmel, der näher und näher kam.

Der Hubschrauber!

Über den Gipfel wuselten Menschen, die von einem Unfall erzählten, andere stellten Fragen. Jana reagierte nicht darauf. Sie fühlte sich wie in Rauchglas eingeschlossen. Sie konnte nichts tun, nichts sagen. Nur warten.

Am Stamm des Gipfelkreuzes waren zahlreiche Aufkleber angebracht: „Friseur Walther“, „Patagonia“, „Gönn Dir!“ und ein Schild mit irgendeinem Raubtier, zu dem die Aufschrift „Danger“ gehörte. Was für eine absurde Kollektion.

Der Hubschrauber knatterte heran, dröhnte in ihren Ohren, nun stand er über der Nordwand. Die Rotorblätter drehten sich so schnell, dass sie am Himmel zu einem Schatten verschwammen. Auf dem plumpen gelben Bauch stand „ADAC“, auf dem Schwanz „Notarzt“.

Vielleicht noch rechtzeitig … Rollstuhl … Hör auf mit den Fantasien. Warte erst mal ab.

Jana räusperte sich: „Hoffentlich ...“ Ihre Stimme versagte.

Ihre Schwester ergriff ihre Hand und drückte sie.

Warten. Warten.

Die Sonne brannte heiß auf Janas Nacken. Sie saß reglos auf ihrem Felsbrocken. Warten.

Vanessas Stimme. „Jana, da kommt Werner. Mit Patrick und Ferdl.“

Sie schreckte hoch, schaute hinüber zum Ausstieg der Ferrata. Jana stand langsam auf – ihre Glieder waren steif vom langen Sitzen – und ging ihnen entgegen.

Die Gesichter der drei Männer waren ernst.

„Ach Jana, es tut mir leid“, sagte Patrick. „Ich habe ihn gefunden. Aber es war zu spät.“ Er nahm sie in die Arme.

14. KAPITEL

Jana parkte vor der Polizeistation der Garmischer Kripo. Das gedrungene Gebäude mit den hölzernen Fensterläden erinnerte an einen Bauernhof, erschien aber zu groß dafür.

Sie blieb einen Moment im Auto sitzen, um sich zu sammeln, und warf einen Blick auf die Uhr: halb acht.

Sie konnte sich kaum erinnern, wie sie die letzten Stunden zugebracht hatte. Bergwachtler hatten ihre Adresse aufgenommen und auch die weiterer Zeugen, die Brunos Absturz gesehen hatten.

„Des kommt davo", hatte der mit dem Radhelm immer wieder gesagt und behauptet, es sei ein Wunder, dass der andere Typ nicht auch noch zu Tode gekommen sei.

Und dann war ein Hubschrauber aufgetaucht, grün-weiß mit der Aufschrift „Polizei".

Jana hatte zugesehen, wie er ein längliches Bündel aus der Wand emporgehievt hatte.

Bruno. Ein eigenartiger Moment, ein Bild, das sich in klaren Farben und scharf gezeichnet in ihr Gedächtnis gebrannt hatte.

Sie hatte nichts gefühlt, keine Träne vergossen. Die Retter von der Bergwacht hatten sie gefragt, ob sie imstande sei, den stellenweise recht ausgesetzten Abstieg von der Alpspitze zu bewältigen. Sie hatte erklärt, das sei kein Problem, sie würde gut aufpassen. Und Ferdl und Patrick, zwei erfahrene Bergsteiger, würden sie begleiten. Auch einen späteren Besuch des Kriseninterventions-Teams hatte sie abgelehnt. Sie hatte keine Krise. Jedenfalls im Moment nicht.

Ob die Trauer sie irgendwann überfallen würde? Sie fürchtete sich davor, darüber nachzudenken. Vielleicht hatte sie deshalb zugesagt, als die Polizei sie noch für heute Abend um ein Gespräch gebeten hatte.

Nach dem Abstieg war sie mit der Alpspitz-Bahn vollends ins Tal gefahren, hatte sich in eine Wiese in der Nähe des Parkplatzes gelegt und in den Himmel gestarrt. Zuerst war Vanessa bei ihr gewesen, dann Werner, während ihre Schwester von der Polizei befragt wurde.

Alle außer Jana hatten nun schon ihre Aussage gemacht, sie war die Letzte in der Gruppe. Sie stieg aus, ein wenig schwerfällig, ihre Glieder fühlten sich seltsam eckig an. Dann ging sie in das Gebäude hinein und meldete sich am Empfang. Ein Polizist führte sie zu einer Tür mit dem Schild „Sebastian Oberleitner".

Sie trat ein. Ein Mann mit abstehenden Ohren wandte sich von seinem Computerbildschirm ab und stand auf. Er war ein großer Kerl mit breiten Schultern und trug ein graues Hemd mit dem Schriftzug „Polizei". Er umrundete den Schreibtisch und gab ihr die Hand. „Oberleitner. Ich bin Polizeibergführer und ermittle wegen Ihres Mannes. Mein Beileid."

Seine Stimme war tief und hatte einen leichten bayerischen Akzent. Er machte eine Geste in Richtung des Stuhls vor seinem Schreibtisch. Sie setzte sich, er nahm ihr gegenüber Platz.

„Wahrscheinlich fragen Sie sich, warum Sie hierher kommen sollten", fuhr er fort. „Die Bergwacht benachrichtigt grundsätzlich bei jedem tödlichen alpinen Unfall die Polizei. Es ist dann unsere Aufgabe, das Geschehen zu untersuchen und den Verunglückten zu bergen.

„Woran ist mein Mann gestorben?"

„Vermutlich an einem Schädelbruch. Der Obduktionsbericht steht noch aus."

Diese Befragung war wohl nur Formsache. Auf einmal fühlte sie sich völlig erschöpft. Hätte das nicht auch noch bis morgen Zeit gehabt?

Sie begegnete seinem Blick, helle Augen in einem kantigen Gesicht. „Darf ich Ihnen etwas zu trinken anbieten? Mineralwasser oder etwas anderes?"

Plötzlich war sie durstig. Und hungrig. Sie hatte seit heute Morgen nichts zu sich genommen. „Ein Wasser bitte."

Er holte eine Flasche und ein Glas, goss ein und stellte alles vor sie auf den Schreibtisch.

Sie nahm einen langen Schluck, dann noch einen. „Danke."

Der Polizist öffnete eine Aktentasche und zog eine Schachtel aus Plastik heraus – eine Großpackung Ferrero Rocher, bereits angebrochen. Er klappte den Deckel hoch und legte sie neben Janas Glas. „Bedienen Sie sich. Ich wette, Sie haben heute nicht viel gegessen."

Sie nickte und griff zu. Der Ferrero-Ball zerbarst in ihrem Mund und schmeckte nach nichts.

Nun musste sie ihre Personalien angeben und viele Fragen beantworten: wann sie aufgebrochen waren, wer zur Gruppe gehörte, wann das Unglück passiert war.

Während Oberleitner die Antworten in den Computer tippte, beobachtete sie ihn. Sein mausbraunes Haar war so kurz geschnitten, dass sie ständig die volle Breite seiner Ohren im Blick hatte. Es irritierte sie. So ein Unsinn. Als ob das jetzt wichtig wäre.

Er druckte ihre Antworten aus, sie unterschrieb.

Als Jana nach ihrer Handtasche griff, sagte Oberleitner: „Und nun würde ich noch gerne einiges zum Hintergrund des Geschehens erfahren."

„Es war ein Unfall. Ich dachte, die Polizei würde das jetzt zu den Akten legen."

„So einfach machen wir es uns nicht. Ihre Schwester hat erzählt, dass Ihr Mann und Ferdl Lipp sich ein Wettrennen zum Gipfel geliefert haben. Angesichts der vielen Leute in der Ferrata war das ein ziemlich ungewöhnliches Unternehmen."

Die höfliche Umschreibung ärgerte sie. „Sagen Sie doch gleich, dass das dumm und leichtsinnig war!"

„Moralische Urteile tun nichts zur Sache. Was hat die beiden Ihrer Ansicht nach zu der Wette motiviert?"

„Das war typisch Bruno. Er muss ... musste immer der Beste sein."

„Zu einem Wettrennen gehören zwei. Haben die beiden so etwas öfter gemacht?"

Sie zuckte mit den Schultern. „Soviel ich weiß nicht an einem Klettersteig. Aber sie haben ihre Leistungen immer gern miteinander verglichen."

Er pickte ein Ferrero aus der Schachtel und pulte das Glitzerpapier ab. „Ich bin auch nicht zum Essen gekommen heute“, erklärte er entschuldigend. „Unterzucker im Hirn ist nicht gut für meine Arbeit.“

Irgendwie sympathisch, dass er ihre Schwäche für Süßigkeiten zu teilen schien. Ob er ebenfalls Schaumküsse liebte? Was für ein unpassender Gedanke in ihrer Situation!

Er fragte weiter, wie Bruno zu Ferdl gestanden hatte.

„Sie waren seit vielen Jahren Kletterkumpel“, erwiderte Jana. „Wobei ich nicht sicher bin, ob man von Freundschaft sprechen kann. Ich hatte eher den Eindruck, sie bildeten eine Zweckgemeinschaft. Sie träumten von denselben Touren und sind daher viel miteinander geklettert.“

„Warum glauben Sie, dass es keine echte Freundschaft war?“

„Bruno redete von Ferdl immer ein bisschen herablassend. Er brauchte ihn zum Sichern, das war alles.“

Oberleitner nickte langsam. „Und warum ist er dann nicht lieber mit Patrick Schmiedel auf Tour gegangen? Werner Strieck hat ausgesagt, er sei ein viel stärkerer Kletterer und Alpinist als Ferdl Lipp. Er wäre der perfekte Partner für große Unternehmungen in den Bergen gewesen.“

Ja, das war seltsam. Bisher hatte Jana nicht darüber nachgedacht. Nun erkannte sie plötzlich die Wahrheit. „Bruno fühlte sich gerne überlegen. Ein gleichwertiger oder gar besserer Kletterpartner kam für ihn nicht in Frage.“

Oberleitner schwieg, runzelte die Stirn. Dann schaute er sie an. „Ich habe da noch eine Frage zu Schmiedel. Ich habe gehört, er hätte Interesse an Ihnen.“

„Wer hat denn das erzählt?“, fragte Jana.

„Das spielt keine Rolle. Stimmt es?“

„Ich glaube schon.“ Sie fühlte sich unbehaglich unter seinem prüfenden Blick. „Aber zwischen uns läuft nichts“, fügte sie schnell hinzu.

Ihr Gegenüber hob die Brauen. „Könnte es sein, dass Ihr Mann das anders gesehen hat?“

„Er war eifersüchtig, zu Unrecht. Aber warum wollen Sie das alles wissen? Werner – Werner Strieck – hat mir erzählt, dass er beobachtet hat, wie Bruno in die Schlucht gequert und ausgerutscht ist. Es war ein Unfall.“

„Es sieht so aus.“ Der Satz hing in der Luft.

Da war er wieder, der Schatten einer Idee … Nein, sie wollte nicht darüber nachdenken.

„Sie sind in letzter Zeit von einem Stalker verfolgt worden“, sagte der Polizist.

„Ja, ich habe Anzeige erstattet. Und der Polizei ein Stalking-Tagebuch überlassen.“

„Geben Sie mir bitte eine kurze Zusammenfassung.“

Sie erzählte der Reihe nach, er stellte ein paar Zwischenfragen.

„Es wurde immer schlimmer“, sagte Jana abschließend. „Das mit der Katze hat mich fast umgehauen. Obwohl es keinen Beweis gibt, dass das der Stalker war.“

„Es sieht so aus, als gebe es für alle Aktionen des Stalkers eine Erklärung“, sagte Oberleitner. „Für die Rosen, die neuen Schuhe, das reparierte Fahrrad. Und dass er die Katze umgebracht hat, über die Sie sich geärgert haben. Er hat versucht, Ihre Wünsche zu erfüllen.“

Sie keuchte auf und krallte sich mit beiden Händen an der Stuhllehne fest.

Oberleitners Blick war scharf. „Vielleicht dachte der Stalker, Sie würden vom Tod Ihres Mannes profitieren.“

Jana brachte keinen Ton hervor. Ihr Herz hämmerte wie verrückt.

„Ich sage nicht, dass Sie sich seinen Tod gewünscht haben“, schränkte der Polizist ein. „Ich stelle nur die Hypothese auf, dass der Stalker das geglaubt haben könnte. Halten Sie das für möglich?“

Am liebsten hätte sie ihm ein lautes „Nein!“ ins Gesicht geschleudert.

„Ja“, flüsterte Jana. „Das könnte sein.“ Sie schluchzte auf, Tränen rannen über ihre Wangen.

Oberleitner reichte ihr eine Packung Tempotaschentücher. „Es tut mir leid, dass ich solche Fragen stellen muss."

Sie kauerte auf dem Stuhl, die Tränen flossen und flossen, Taschentücher sammelten sich auf ihrem Schoß. Und dann breitete sich in ihr wieder jene seltsame innere Taubheit aus.

„Ich kann Sie ein andermal befragen", sagte der Polizeibergführer.

Noch einmal hier aufkreuzen? Noch einmal über diese Dinge reden? Sie brachte es lieber gleich hinter sich.

Sie schniefte und warf die Taschentücher in den Papierkorb. „Ist schon okay."

„Warum könnte der Stalker geglaubt haben, der Tod Ihres Mannes sei für Sie wünschenswert?"

Jana atmete tief durch. „Wahrscheinlich gehört er zu meinem Bekanntenkreis. Und hat mitbekommen, dass es zwischen Bruno und mir seit einiger Zeit gekriselt hat. Nach der Heirat ist mir allmählich klar geworden, dass Bruno und ich nicht wirklich zusammenpassen. Seine Eifersucht ist... war kaum zu ertragen."

„Und er besaß ein Haus in Gräfelfing und eine Möbelfirma", fügte Oberleitner hinzu. „Eine Scheidung hätte Ihnen finanziell gewaltige Verluste beschert."

„Oh, natürlich habe ich Bruno wegen seines Geldes geheiratet und dann meinen treuen Verehrer, den Stalker, dazu angestiftet, ihn umzubringen. Tolle Idee. Aber er kann es höchstens durch magische Ferneinwirkung geschafft haben, dass Bruno ausgerutscht und abgestürzt ist."

15. KAPITEL

„Wir nehmen heute Abschied von Bruno Henteler, der plötzlich und unerwartet aus unserer Mitte gerissen wurde“, tönte Toms kräftige Stimme vom Rednerpult.

In der Aussegnungshalle des Waldfriedhofs waren außer Brunos Freunden und Kletterkameraden auch seine Schwestern angerückt, seine Exfrau Doris, Geschäftspartner und viele Mitglieder der Sektion „Alpenfreunde“. Unter ihnen war auch der dicke Harry, der nun wahrscheinlich nie erfahren würde, wie nahe er daran gewesen war, sein Amt als Vorstand zu verlieren.

Der Chef sein, vorne stehen, bewundert werden. Das hatte Bruno immer angetrieben, und Jana war wie viele andere Frauen von seiner starken Persönlichkeit beeindruckt gewesen. Dabei hatte er auch weiche Seiten gehabt: sein Gefühl für die Natur und Schönheit der Berge – und seine Sorge um Jana, egal ob die Gefahr ein Stalker war oder eine ausgesetzte, schlecht absicherbare Passage in einer Klettertour.

Aber je länger sie mit ihm zusammen gewesen war, desto mehr war es ihr auf die Nerven gegangen, wenn er den Helden und Beschützer herauskehrte. Und dazu noch diese verrückte Eifersucht… Sie hatte sich innerlich schon seit einer Weile von ihm abgewandt. Konnte sie deshalb nicht um ihn trauern?

„Er war zielstrebig, ein Selfmademan“, hörte sie Tom sagen. „Durch harte Arbeit und Gespür fürs Geschäft hat er ganz allein eine Firma aufgebaut.“ Jana hörte jemanden prusten, als unterdrücke er ein Lachen. Das Geräusch kam aus der Richtung von Doris, Brunos Ex. Jana kannte sie kaum, sie wusste nur, dass die goldblond gefärbte Dame aus einer wohlhabenden Familie stammte und so wenig Lust auf Sport hatte wie eine Schnecke. Bruno hatte seine Ehe mit ihr als „große Dummheit“ beschrieben und erklärt, Doris sei eine hohle Tusse.

„Er hatte immer ein offenes Ohr für seine Freunde", salbaderte Tom weiter.

Bruno hatte es genau umgekehrt geschätzt: wenn alle ihm zuhörten.

„Er starb bei der Ausübung seiner Leidenschaft in seinen geliebten Bergen."

Diese Trostworte für Angehörige durften bei keiner Trauerfeier für einen verunglückten Bergsteiger fehlen.

„Wir alle werden ihn vermissen." Tom trat vom Rednerpult weg.

Janas Blick wanderte zu dem mit weißen und roten Rosen geschmückten Sarg. Die Dekoration hatte sie dem Beerdigungsunternehmen überlassen, wie überhaupt alles, was sie irgendwie hatte delegieren können.

Die letzte Woche war angefüllt gewesen mit Organisation und Papierkram, eigentlich Tätigkeiten, die sie hasste. Aber wenigstens war sie dadurch kaum zum Nachdenken gekommen.

Musik erklang, Wagner, schwergewichtig und pompös. Das war bei Beerdigungen normalerweise der Moment, in dem die Leute weinten. Jana gelang es nicht. Wie gefühllos von ihr. Seit ihrem Besuch in der Polizeistation hatte sie keine einzige Träne vergossen.

Zwei Sitze von ihr entfernt hockte Ferdl zusammengekrümmt da, die Hände vor dem Gesicht, seine Schultern zuckten. Ob ihn wegen dieses bescheuerten Wettrennens Schuldgefühle plagten?

Ihr Blick wanderte durch die Reihen, blieb an Patrick hängen. Mit dem dunklen Anzug, gekämmt und mit ernster Miene, sah er um einiges älter aus als Mitte zwanzig. Er war wirklich attraktiv. Aber wenn … Bloß nicht dran denken. Das war doch abwegig.

Sie richtete ihre Aufmerksamkeit wieder auf die Bühne. Von links und rechts wanderten Vorhänge auf den Sarg zu und verschlangen ihn. Brunos Schwestern schluchzten im Duett.

Die Musik verhallte.

Jana hängte ihre Handtasche über die Schulter, stand auf und ging an den Stuhlreihen vorbei hinaus. Ah, da war ja dieser Polizeibergführer mit den abstehenden Ohren.

Offenbar hatte er den Fall noch nicht zu den Akten gelegt.

***

Zwei Tage nach der Beerdigung bekam Jana einen Anruf von Sebastian Oberleitner. Er schlug vor, sie in einem Münchner Lokal in ihrer Nähe zu treffen.

Am frühen Nachmittag saßen sie einander im Biergarten des Restaurants „Grappabrenner" in Gräfelfing gegenüber. Der Polizeibergführer war in Zivil aufgekreuzt, in Jeans und einem kurzärmeligen Hemd, das seine kräftigen Arme betonte. Die Mittagsgäste waren schon fort und die Kaffeetrinker noch nicht da, sie konnten sich ohne Zuhörer in ihrer Nähe unterhalten.

Jana blickte Oberleitner über den Rand ihrer Cappuccinotasse an. „Schießen Sie los. Was wollen Sie wissen?"

„Ich schieße nicht, sondern schaue meinem Wild lieber beim Grasen zu. Dadurch erfährt man eine Menge."

„Ich grase nicht. Ich habe keinen Hunger."

Er pickte eine Himbeere von seinem mit Kokosraspeln bestreuten Vanilleeis. „Haben Sie in den letzten Tagen überhaupt irgendetwas gegessen?"

„Ja, so aus Gewohnheit. Seit ich in Garmisch Ihre Ferreros dezimiert habe, war ich nicht mehr hungrig."

Hellgraue, wache Augen musterten sie. „Sie könnten eine Depression haben."

„Überlassen Sie solche Diagnosen bitte jemandem, der etwas davon versteht!"

So schroff war Jana sonst nicht. Vor Kurzem hatte sie auch Vanessa angeblafft. Waren ihre Nerven dünn geworden? Nein, es war etwas anderes. Seit Brunos Tod hatte sie es einfach satt, immer nett zu sein. Sie befand sich in einem eigenartigen Zustand; ihre Stimmung schwankte zwischen Aggression,

Hilflosigkeit und einer Trägheit, die sie überhaupt nicht an sich kannte. Manchmal fühlte sie sich, als wäre sie aus einem Granitblock gehauen.

Eine Brise ließ das Blätterdach der Kastanien rauschen, es war angenehm im Schatten.

„Ich bin ein bisschen vorbelastet, was Psychologie betrifft", erklärte Oberleitner. „Ich habe das ein paar Semester lang studiert. Natürlich macht mich das nicht zu einem Experten."

Jana musterte Oberleitners sonnenverbranntes, kantiges Gesicht mit den unübersehbaren Ohren. Bisher hatte sie ihn für einen eher einfach gestrickten Naturburschen gehalten.

„Warum sind Sie dann Polizeibergführer geworden?"

„Das Studium war mir zu abgehoben. Aber ich interessiere mich eben für Menschen, was sie antreibt, was hinter ihrer Fassade steckt, und arbeite auch gerne mit Kollegen zusammen. Also bin ich zuerst einmal Polizist geworden. Polizeibergführer wird man dann durch eine Zusatzausbildung, die sich über drei Jahre erstreckt. Natürlich muss man dazu entsprechend klettern und Ski fahren können."

Es wäre leicht, mit ihm über Bergerlebnisse zu plaudern …

Plötzlich stürzte wieder auf Jana herab, was geschehen war. Bruno tot! Warum hatte Oberleitner sie noch einmal treffen wollen? Es war doch ein Unfall gewesen, alles schien geklärt … Gab es neue Erkenntnisse? Ihr seltsames Gefühl, war daran etwas …?

„Mir ist aufgefallen, dass Sie bei der Trauerfeier nicht geweint haben", fuhr Oberleitner fort. „Das ist nicht gut. Vielleicht sollten Sie einen Arzt aufsuchen."

„Sie sagen dasselbe wie meine Schwester. Die will mich auch zu einem Seelenklempner schleppen. Aber ich habe kein Interesse daran, dass meine Tränenanlage wieder Wasser produziert."

Der Polizeibergführer schob sich einen Löffel Vanilleeis zwischen die Lippen. „Sie haben gesagt, die Eifersucht Ihres Mannes sei kaum zu ertragen gewesen. Es wäre verständlich, wenn Sie sich durch seinen Tod erleichtert fühlen würden."

Am liebsten hätte sie ihm eine gescheuert. Was wohl ein Zeichen war, dass sie doch nicht depressiv war. „Das geht Sie nichts an!"

„Indirekt schon. Wegen des Stalkers, der offenbar Ihre Wünsche erfüllen möchte. Natürlich hat er den Absturz Ihres Mannes nicht herbeigeführt. Aber …" Er verstummte.

Schon wieder dieser flüchtige Gedanke. Seit Brunos Tod lauerte er knapp unter der Oberfläche von Janas Bewusstsein. Plötzlich bemerkte sie, dass sie die rote Serviette des Kaffeegedecks in immer kleinere Fetzen riss. Sie ließ davon ab und fragte: „Haben Sie inzwischen das Ergebnis der Obduktion?"

„Ihr Mann ist an einem Schädelbruch gestorben. Davon abgesehen hatte er keine lebensgefährlichen Verletzungen."

Ein Unfall. Ein Unfall, ein Unfall, ein Unfall. Es musste ein Unfall gewesen sein. Aber wenn doch nicht … Nein, ein Unfall, ein …

Oberleitners Stimme riss sie heraus. „Man konnte nicht feststellen, ob Ihr Mann den Schädelbruch beim Absturz erlitten hat oder …" Er schwieg einen Moment, dann sagte er leise: „Oder erst hinterher."

Janas Knochen schienen auseinanderzufallen. Er hatte es ausgesprochen.

Sie sah eine Gestalt vor sich, die sich über den hilflosen Bruno beugte, in der Hand einen dicken Felsbrocken …

„Zwei Männer sind zu dem Verunglückten abgestiegen", fuhr Oberleitner fort. „Vom Klettersteig aus war er nicht zu sehen, es gab also keine Zeugen. Wenn Ihr Mann nach dem Absturz noch gelebt hat, hatten sowohl Patrick Schmiedel als auch Ferdl Lipp die Gelegenheit, ihn umzubringen. Und wenn einer der beiden der Stalker ist, hatte er auch ein Motiv."

Patrick oder Ferdl. Ferdl oder Patrick …

„Vielleicht werden wir nie erfahren, was passiert ist", fuhr der Polizist fort. „Aber wenn Sie mit mir zusammenarbeiten, sehe ich eine Chance, den Fall aufzuklären. Und sagen Sie jetzt bitte nicht, dass es Ihnen egal ist, ob es Mord oder ein Unfall war. Denn es stimmt nicht."

Er glaubte zu wissen, was in ihr vorging. Das nervte. Aber er hatte zumindest in dieser Sache verdammt noch mal recht. Sie atmete tief durch. „Ja, ich will es wissen, sonst werde ich ewig herumgrübeln. Und mich jedes Mal höchst seltsam fühlen, wenn ich Patrick oder Ferdl in der Sektion oder in der Kletterhalle begegne."

„Was sagt Ihnen Ihr Gefühl? Könnte einer der beiden der Stalker sein?"

Sie schüttelte den Kopf. „Ferdl hat auf mich nie den Eindruck gemacht, als interessiere er sich für mich. Und zu Patrick passt Stalking überhaupt nicht. Er ist nicht der Typ, der hinter einer Frau herschleicht und Heinzelmännchen spielt, das hat er nicht nötig bei seinem Aussehen. Beide sind ganz normale Bergsteiger."

Oberleitner hatte sein Eis aufgegessen. Nun schob er den Becher zur Seite und schaute sie an. „Nach zehn Jahren bei der Polizei ist mir eins klargeworden: Bei manchen Menschen ist die Fassade so perfekt, dass auch die besten Freunde keine Ahnung haben, was dahinter steckt."

Jana spielte mit ihrem Cappuccinolöffel. Da war etwas dran. Bruno hatte keine Vorstellung von ihrem Innenleben gehabt, auch Vanessa hatte sie wenig davon gezeigt. Und sogar sie selbst gestand sich nur in seltenen Momenten ein, was wirklich in ihr vorging. Wie konnte sie erwarten, Ferdl oder Patrick zu durchschauen, mit denen sie nichts verband, als dass sie gelegentlich mit ihnen kletterte?

Sie winkte der Bedienung. „Bitte noch einen Cappuccino."

„Wenn Ihr Mann tatsächlich ermordet wurde, so stehen die Chancen schlecht, das jemals durch Indizien nachzuweisen", sagte Oberleitner. „Die Tatwaffe wäre wahrscheinlich ein Stein, und der liegt wohl irgendwo im Abgrund, zusammen mit ziemlich vielen anderen Steinen, wie es eben im Gebirge so ist. Aber vielleicht lässt sich herausfinden, ob einer der beiden Männer der Stalker ist. Was sicher auch in Ihrem Interesse läge."

„Der Stalker hat sich seit Brunos Tod nicht mehr gemeldet."

„Das könnte sich ändern. Sie sollten mir alle Informationen über seine Aktionen liefern, und zwar mit so vielen Details wie möglich. Wenn er weitermacht – und ich denke, das wird er –, kriegen wir ihn irgendwann."

Jana nickte langsam. „Klingt logisch."

„Und vielleicht können Sie in Ihrem Bekanntenkreis einige Fragen stellen und bessere Antworten bekommen als ein Polizist", fuhr Oberleitner fort.

„Verbrecher jagen ist Ihr Job, nicht meiner!"

Sie wurde schon wieder ausfällig.

Im Gesicht des Polizisten zeigte sich keine Regung. „Es könnte Sie aus Ihrer Niedergeschlagenheit reißen."

„Das kann ein bisschen Prozac sicher auch."

„Tabletten eignen sich wohl kaum, um den Stalker zu vertreiben. Und wenn er gemordet hat: Soll er dann ungestraft davonkommen?"

Nein, alles in ihr sträubte sich dagegen. Sie konnte sich nicht dazu zwingen, um Bruno zu trauern. Aber sie konnte zur Aufklärung seines Todes beitragen.

„Ich werde mich bemühen, der Polizei zu helfen."

Er schaute sie ernst an. „Versuchen Sie, hinter die Fassade Ihrer Kletterkumpel Ferdl und Patrick zu schauen. Und fragen Sie Leute aus der Sektion ‚Alpenfreunde' oder dem Bekanntenkreis der beiden nach ihren Familien, ihrer Arbeit, Beziehungen, ihren Erlebnissen mit den beiden Männern. Aber seien Sie vorsichtig, vermeiden Sie es unbedingt, mit einem von ihnen allein zu sein. Der Stalker ist ein Verrückter. Er könnte gefährlich werden."

***

In den nächsten Wochen lebte Jana wie im Nebel.

Sie konnte sich nicht aufraffen, irgendwohin zu gehen. Ihre Schwester, Melanie, Harry, auch Ferdl und Patrick riefen öfter an und fragten, wie es ihr ginge. Und sogar ihre Mutter. Jana hatte es ihr übelgenommen, dass sie sich nicht imstande gefühlt hatte, zu Brunos Beerdigung zu kommen. Aber immerhin sagte sie nun zu Jana, dass sie sich Sorgen um sie machte. So viel Interesse an ihr hatte sie in den letzten Jahren nicht gezeigt; seit dem Auszug ihrer Töchter hatte sie sich immer mehr von der Welt abgekapselt. Und Jana war mit sich selbst beschäftigt gewesen, anstrengende Jobs, ebenso anstrengende Liebesgeschichten mit den falschen Männern, die alle nicht ihre Freude an der Natur und dem Draußensein teilten. Sobald sie wieder einigermaßen im Gleichgewicht war, würde sie versuchen, den Kontakt mit ihrer Mutter zu verbessern.

Allen anderen Anrufern erklärte sie, sie wolle eine Weile in Ruhe gelassen werden. Sich mit jemandem zu treffen und wegen Patrick und Ferdl nachzuforschen, wie Oberleitner ihr vorgeschlagen hatte – sie brachte es einfach nicht über sich.

Sie schlief miserabel, manchmal wachte sie mit Herzrasen auf. Dass Sommer war, bemerkte sie kaum, ihr Garten verwilderte. Und sie ließ den Papierkram liegen. Sie würde sich damit befassen, aber noch nicht jetzt. Um das Möbelhaus kümmerte sich Tom, er war kompetent und zuverlässig. Ihre alten Kundenaufträge arbeitete sie nach und nach ab, mehr schlecht als recht, aber sie nahm keine neuen an.

Und sie malte. Tag für Tag viele Stunden, wie besessen. Warf die Bilder in die Mülltonne, wohin sie gehörten. Danach weinte sie.

Jeden Abend überprüfte sie die Alarmanlage und schloss die Haustür sorgfältig ab. Sicherheitshalber. Obwohl es so aussah, als hätte der Stalker aufgegeben. Keine SMS, kein Anruf, gar nichts.

Dann begann sie wieder in den Bergen herumzukraxeln, lange, leichte Grate im Alleingang. Und sie arbeitete an einem neuen Bild. Das erste, bei dem sie das Gefühl hatte, es könnte etwas daraus werden, was ihr gefiel.

Es war Zeit, sich wieder um die Welt zu kümmern – und um Brunos Tod.

16. KAPITEL

Jana lag ausgestreckt auf dem Rücken im gelben Gras. Es roch nach Erde und Herbst. Durch die Neigung des Hangs war ihr Kopf erhöht, und sie blickte auf das Dreieck der Alpspitze und die Gipfelkette des Wetterstein. Die Zacken und Grate standen glasklar gezeichnet gegen einen durchsichtigen Himmel, in dem bunte Gleitschirme schwebten.

Eine Brise trocknete ihr vom Aufstieg verschwitztes T-Shirt. Scharen von Touristen und Wanderern schwärmten von der Seilbahnstation aus. Die vielen Menschen störten Jana nicht, solange sie keinen unnötigen Lärm machten. Wenn sie die Einsamkeit gesucht hätte, wäre sie nicht auf den Wank gestiegen.

Vanessa würde bald auftauchen. Sie hatte Jana erklärt, sie fände es angenehmer, wenn sie in ihrem eigenen Rhythmus gehen konnte, ohne sich Gedanken darüber zu machen, ob das für Jana zu langsam war.

Den Weg vom Parkplatz am Farchanter Schwimmbad hinauf und die Forststraße Richtung Esterbergalm war sie gejoggt, den Anstieg zum Ameisberg hatte sie in schnellem Wanderschritt hinter sich gebracht. Ein plötzlicher Energieschub – war sie wieder die alte? Noch nicht ganz. Die Ereignisse hatten sie niedergedrückt, verwirrt, auch überfordert. Aber sie fühlte sich allmählich besser.

Ein Schatten fiel auf sie. Vanessas Stimme. „Hallo, wie lange bist du schon oben?"

„Seit etwa einer Stunde. Noch mal danke, dass du den Rucksack genommen hast. Der schlägt beim Joggen wirklich arg ins Kreuz."

Vanessa ließ sich neben ihr nieder. „Der ist ja nicht schwer. Was macht eigentlich dein Stalker? Immer noch nichts?"

„Nein. Vielleicht hat er ein schlechtes Gewissen, seit Brunos Tod hat er sich nicht mehr gemeldet. Ich habe das Gefühl, dass da etwas nicht normal war."

„Was? Wie meinst du das?“

„Mich verfolgt der Gedanke, dass Bruno nach dem Absturz noch gelebt hat. Und dann ... dann hat ihn jemand mit einem Stein ...“ Jana schluckte. „Mit einem Stein erschlagen.“

Vanessa schaute verwirrt drein, dann weiteten sich ihre Augen. „Du spinnst!“

„Gerade du bist doch diejenige von uns beiden, die Gefühle immer ernst nimmt.“

Vanessa schüttelte heftig den Kopf. „Sie können auch täuschen. Aber wenn du diese abwegige Idee hast, kann ich gut verstehen, dass dich das beschäftigt.“

Jana erklärte ihr, wie der Mordverdacht mit dem Stalking zusammenhängen konnte, und schloss: „Ich gebe mich nicht damit zufrieden, dass weder Ferdl noch Patrick den Eindruck machen, dass sie zu einer solchen Tat fähig sind.“

Vanessa hatte ihr erstaunlich ruhig zugehört. Nun schaute sie Jana an, als wäre sie nicht ganz richtig im Kopf. „Patrick? Das ist vollkommen absurd!“

„Vielleicht hielt er sich immer für einen charmanten Herzensbrecher“, gab Jana zurück. „Und dass er bei mir nicht landen kann, ist ein schwerer Schlag für sein Ego. Deshalb macht er sich vor, ich würde ihn lieben und es mir nur nicht eingestehen.“

„Jana, du siehst Patrick völlig falsch. Ich spüre, dass er ein guter Mensch ist, er ist so verständnisvoll und freundlich. Komm du mir nicht mit deiner Küchenpsychologie!“

Sie versuchte, Vanessas Ärger zu dämpfen. „Ich behaupte ja nicht, dass Patrick der Stalker ist. Ferdl wäre wohl eher der Typ des heimlichen Verehrers. Kannst du mir mehr über ihn erzählen? Du bist ja schon viel länger in der Sektion als ich.“

„Das stimmt, aber ich hatte bisher nur wenig mit ihm zu tun. Ich bin nicht in der Klettergruppe, und beim Yoga haben wir uns kaum unterhalten, wir haben nicht dieselbe Wellenlänge.“

Jana ließ nicht locker. „Und wie steht es mit Patrick? Du bist in ihn verliebt. Da hast du doch sicher gut aufgepasst, wenn die Leute im Verein über ihn geredet haben.“

Vanessa lachte. Offenbar hatte sie ihren Ärger überwunden. „Ertappt, Schwesterchen. Niemand kennt Patrick besonders gut, er war ja in den letzten Jahren meistens zwischen Patagonien und dem Karakorum unterwegs. Die Urteile über ihn schwanken zwischen ‚arbeitsscheuer Tunichtgut' bis zu ‚hervorragender Alpinist'."

„Das passt doch super zusammen", erwiderte Jana. „Hervorragende Alpinisten haben eben keine Zeit, normal zu arbeiten. Und wohl auch keine Lust. Weißt du sonst noch etwas? Wie ist seine Familie?"

„Über seine Mutter gibt es einige Gerüchte. Sabine ist eine begeisterte Kletterin, und sie geht seit vielen Jahren mit einem Typen namens Jürgen im Gebirge auf Tour. Die Leute machen gerne Witze darüber."

„Was sagt denn ihr Mann, Patricks Vater, dazu?"

Vanessa zuckte mit den Schultern. „Keine Ahnung. Er ist kein Bergsteiger." Sie stand auf und klopfte ein paar Grashalme von ihrem schmalen Hintern. „Und jetzt habe ich Hunger. Meinst du, die haben etwas Vegetarisches in der Hütte dort?"

Sie wies auf das Wankhaus, das durch das flache Dach und die mit Holzschindeln verkleideten Wände gemütlich wirkte.

„Einen Kaiserschmarrn gibt's auf fast jeder Alpenvereinshütte", sagte Jana.

Unter den blauen Sonnenschirmen der Terrasse wimmelte ein aus Wanderern, Radlern und Seilbahntouristen gemischtes Volk, geeint durch die Begeisterung für die Aussicht und das Essen mit dem bayerischen Touch.

Jana und Vanessa sahen sich nach freien Plätzen um – hoffnungslos. Aber dann stand ein Pärchen mit breitem australischem Akzent auf: „What a wanderful, waanderful landscape!"

Eine halbe Stunde später landete ein goldgelber, süß duftender Kaiserschmarrn mit einem Schüsselchen Apfelmus vor Vanessa auf dem Holztisch, dazu Cappuccino. Die Aromen kontrastierten mit Janas Bestellung, Kässpatzen mit gerösteten Zwiebeln und Salat.

Sie plauderten eine Weile über Vanessas Arbeit als Goldschmiedin, mit der sie sicher nie Millionärin werden würde.

„Aber du bist wohlhabend – toll!", sagte Vanessa. „Ein Haus, eine Möbelfirma, da musst du eigentlich keine Websites basteln. Was machst du nun mit deinem Leben?"

„Puh. Keine Ahnung. Bisher weiß ich nicht mal, wie reich ich bin. Ich sollte mich wohl bald durch Brunos Finanzkram wühlen, aber ich habe so was von keine Lust darauf."

„Dann wird's aber Zeit. Du kannst nicht einfach alles Tom überlassen."

„Stimmt. Aber ich habe erst jetzt allmählich wieder die Energie, um die Dinge anzupacken. Daheim geht alles drunter und drüber, ich habe es erst vor Kurzem geschafft, die Rechnung für die Beerdigung zu zahlen … Übrigens habe ich mit dir auch noch eine offen."

„Ich weiß", sagte Vanessa. „Wir sollten endlich darüber reden."

Sie verließen das Wankhaus, schauten sich das Kreuz mit dem goldenen Christus im Strahlenkranz an und genossen den Blick auf den Rücken des Estergebirges, das sich weit in den Dunst des Voralpenlandes hinausstreckte, eine Reihe von Gipfeln vom Hohen Fricken bis zur Hohen Kiste. Wilde Schluchten durchfurchten die Waldhänge über dem Loisachtal, nach Osten hin schwangen von den Bergrücken sanfte Almwiesen hinab in ein weitläufiges Forstgebiet, in das sich nur selten Wanderer verirrten.

Jana und Vanessa stiegen Richtung Garmisch ins Tal hinunter. Die blauen Gondeln der Wankbahn klapperten über ihren Köpfen.

„Ich schiebe es schon eine Weile vor mir her, mit dir darüber zu sprechen", sagte Jana, „irgendwie war ich nach Brunos Tod so fertig, dass ich mich nicht an das schwierige Thema herangetraut habe."

„Ich auch nicht", erwiderte Vanessa. „Ich habe mir vorgemacht, dass du dich erst mal wieder fangen musst, aber tatsächlich war ich feige. Es tut mir leid, ich habe Mist gebaut.

Meine einzige Entschuldigung ist, dass ich ziemlich betrunken war."

In Jana stieg Ärger hoch. „Du hast den anderen erzählt, dass Patrick bei mir übernachtet hat! Dabei hast du von Brunos Eifersucht gewusst!"

„Ich habe das nicht direkt so gesagt, aber Bruno hat diesen Schluss gezogen", verteidigte sich Vanessa. „Bitte glaub mir! Ich wollte dich nicht reinreiten."

Jana riss sich zusammen. Ihre Schwester stellte sich oft blöd an, aber eigentlich hielt sie immer zu ihr. „Versuche dich bitte genau zu erinnern, was du gesagt hast. Und wie die anderen darauf reagiert haben."

Jana hörte aufmerksam zu, während sie weiter talab wanderten, mit Blick zum Kramer auf der gegenüberliegenden Talseite. „Hat Werner tatsächlich gesagt, dass ich mich von Bruno trennen würde?", fragte sie.

„Ja. So, als wäre das eine unverrückbare Tatsache. Ich habe mich damals gewundert, warum er sich da so sicher war."

„Ich glaube, Werner beobachtet gut", erwiderte Jana. „Deshalb trifft er meistens den Nagel auf den Kopf."

Sie folgten dem Wegweiser zur Daxkapelle.

„Ist nun alles wieder in Ordnung mit uns?", fragte Vanessa.

„Ja, aber in Zukunft bekommst du einen Maulkorb, was mich betrifft. Vor allem gegenüber Patrick und Ferdl. Sag ihnen um Himmels willen nicht, was ich vorhabe oder wo ich bin! Es ist nicht völlig ausgeschlossen, dass einer der beiden ein Mörder ist!"

„Das sind doch Hirngespinste", gab ihre Schwester zurück.

„Schon möglich. Aber es gibt mir zu denken, dass dieser Polizeibergführer Brunos Tod nicht einfach als Unfall zu den Akten gelegt hat. Vielleicht weiß er mehr, als er mir erzählt hat. Irgendetwas von der Obduktion zum Beispiel. Und er glaubt, ein Mord an Bruno hätte gut ins Verhaltensschema des Stalkers gepasst."

„Ach Jana! Dieser Stalker ist sicher nur ein harmloser, ein bisschen schräger Bewunderer, einer von vielen. Die umschwärmen dich doch alle wie die Motten das Licht, Patrick, Tom, Harry, Richard…“

„Unsinn. Ich bin keine Schönheit.“

„Darauf kommt es nicht an. Du bist freundlich zu jedem, hast eine offene, natürliche Art und eine sinnliche Ausstrahlung.“

„He, Vanessa, da werde ich ja rot bei so viel Lob.“

Vanessa kicherte. „Wenn ich an meiner Aura arbeite, werde ich vielleicht irgendwann so attraktiv wie du.“

Sie wanderten an der Daxkapelle vorbei, die hellgelb zwischen zwei alten Buchen hervorleuchtete, und nahmen dann den Weg links hinunter zum Schwimmbad von Farchant, ihrem Ausgangspunkt.

Dort stand Janas Auto, ein rostiger Fiat, ein Überbleibsel aus ihrem früheren Leben ohne Brunos Geld. Sie hatte sich geweigert, ein noch funktionierendes Fahrzeug abzuschaffen, nur weil es nicht elegant aussah.

Unter dem Scheibenwischer klemmte ein Briefumschlag, vielleicht irgendeine blöde Reklame. Aber dafür war er ziemlich dick. Jana hob den Wischer und nahm ihn an sich. „Für Jana“ stand darauf. Nicht handgeschrieben, sondern gedruckt.

Ihr wurde ein bisschen schwindlig. Das sah nach dem Stalker aus.

Sie riss den Umschlag hastig auf.

17. KAPITEL

Hauptkommissar Pirner hatte Fotos von sämtlichen Seiten aus Jana Hentelers Stalking-Tagebuch an Sebastian gemailt.

Der Tod von Bruno Henteler lag nun fast einen Monat zurück. Sebastian hatte die Witwe immer wieder angerufen, aber sie erklärte jedes Mal, sie bräuchte im Moment ihre ganze Energie, um wieder auf die Füße zu kommen. Sie steckte in einer Depression – um das zu erkennen, hätte Sebastian keine drei Semester Psychologie studieren müssen.

Er schob die Tagebuchseiten an den Rand des Bildschirms, klickte ein Porträt von Jana Henteler an und starrte auf das von üppigem Haar gerahmte Gesicht.

Was faszinierte den Stalker so sehr an ihr?

Ihr Lächeln konnte die Antarktis zum Schmelzen bringen. Wie viel Lebensfreude und Wärme sie ausstrahlte! Selbst in ihrem niedergedrückten Zustand nach dem Tod ihres Mannes hatte Sebastian das noch gespürt. Wenn sie einen Raum betrat, schien er heller zu werden. Vielleicht war der Stalker ein unglücklicher Mensch, für den diese Frau die Hoffnung auf Erlösung aus seiner düsteren Welt bedeutete. Was durchaus ein Motiv für einen Mord sein mochte.

Ihr Mund. Voll, sinnlich …

„Herr Bergführer!“

Er fuhr herum. Im Türrahmen stand sein Vorgesetzter, Jasper Hilling, und grinste breit. „Störe ich?“, fragte er. Und dann setzte er mit einer Geste Richtung Computer hinzu: „Ist das Ihre neue Freundin?“

„Die Frau des Mannes, der an der Alpspitze gestorben ist“, erwiderte Sebastian. „Jana Henteler.“

Hilling ließ sich auf dem Besucherstuhl gegenüber Sebastian nieder. „Ah. Die, mit der Sie sich in einer Kneipe mit Schnapsnamen getroffen haben.“

Sebastian runzelte die Stirn. „Eine weitere Befragung war notwendig.“

Sein Chef nickte. „Natürlich. Verstehe. Aber wir müssen mit unseren Ressourcen haushalten, auch mit den menschlichen. Diese Sache weiterzuverfolgen, halte ich für nicht zielführend, auch wenn Sie der Meinung sind, dass Gespräche mit der Witwe zu interessanten Ergebnissen führen könnten. Ihr nächster Fall ist ein Wanderer. Er ist beim Abstieg vom Herzogstand zur Talstation der Seilbahn abgestürzt und hat sich das Genick gebrochen."

„Ein Unfall?", fragte Sebastian.

„Mit Sicherheit. Er war allein unterwegs. Hat sich, wie sich der Bergwachtchef auszudrücken beliebte, die einzig ungünstige Stelle zum Stolpern herausgesucht: auf den Treppen kurz vor der Schlucht mit dem kleinen Bach."

Natürlich konnte Hilling Sebastian befehlen, sofort zum Herzogstand aufzubrechen. Aber er gab sich gern den Anstrich, auf Teamarbeit zu setzen, und daher lohnte es sich manchmal, zu argumentieren.

„Den Job könnte Haimbichler übernehmen", erwiderte Sebastian. „Soviel ich weiß, ist der gerade nicht allzu beschäftigt. Ich würde lieber hier noch ein wenig recherchieren. Frau Henteler wurde von einem anonymen Stalker belästigt. Ich möchte herausfinden, wer der Kerl ist."

„Ah. Der Freund und Helfer verfolgter Frauen. Aber dafür braucht es keinen Polizeibergführer, und es wäre mir lieber, Sie würden sich mit dem verunglückten Wanderer befassen."

Es wäre mir lieber – das sagte der Chef gerne, um direkte Befehle zu verschleiern.

„Gibt es irgendwelche Gründe dafür, dass gerade ich die Sache am Herzogstand bearbeiten soll?"

Hilling warf ihm einen scharfen Blick zu. „Ja. Meine Verpflichtung gegenüber dem Steuerzahler, der eine effektive Polizeiarbeit erwarten darf. Eine weitere Beschäftigung mit dem Fall Henteler halte ich für nicht sinnvoll, und ein Zusammenhang mit dem Stalking ist höchst unwahrscheinlich."

„Aber diese Sache mit dem offenen Kinnriemen am Helm des Abgestürzten –"

Ein kurzes Klopfen.
„Herein!"
Jana Henteler stürzte ins Büro, das Haar zerzaust, in den Augen einen gehetzten Ausdruck.
Sebastian sprang auf. „Was ist passiert?"
„Der Stalker... der Stalker hat..." Sie verstummte und begann heftig zu zittern.
Hilling stand auf und begrüßte die Besucherin, dann erklärte er: „Ich überlasse Sie unserem Herrn Oberleitner. Er wird sich um diese Angelegenheit kümmern und sie an die dafür zuständige Dienststelle weiterleiten."
Er ging hinaus.
Sebastian unterdrückte einen Seufzer, wie jedes Mal, wenn Hilling sein Büro verließ. „Setzen Sie sich, Frau Henteler. Und erzählen Sie mir, was geschehen ist."
Sie warf sich auf den Stuhl. „Die Rechnung. Der Kerl hat die Rechnung von Brunos Beerdigung bezahlt. Ich fasse es nicht. Den genauen Betrag von 9487,30 Euro! Woher hat er das gewusst?"
Oha. Da war es kein Wunder, dass die junge Frau so durcheinander war. „Haben Sie diese Summe gegenüber jemandem erwähnt?"
„Nein!"
„In welcher Form hat er das Geld gezahlt? Per Überweisung an Sie oder an das Beerdigungsunternehmen?"
Jana Henteler rang die Hände, sie atmete schwer. „Ich war heute mit meiner Schwester auf dem Wank. Hinterher fand ich an der Windschutzscheibe meines Autos das hier!"
Mit Hilfe eines Tempotaschentuchs zog sie einen Umschlag aus ihrer Handtasche und legte ihn auf den Schreibtisch. „Natürlich habe ich sofort an den Stalker gedacht, als ich diesen Brief gefunden habe. Aber Geld, das war das Letzte, was ich von ihm erwartet hätte! Ich habe nicht nachgezählt – mir ist eingefallen, dass da vielleicht Fingerabdrücke drauf sind –, aber obenauf lag ein Zettel, ein Computerausdruck. Darauf stand: ‚9487,30 Euro. Für die Beerdigung'."

„War irgendein Hinweis dabei, dass das der Stalker war?"

Ihre Stimme klang nun etwas ruhiger. „Nein. Vielleicht ist das in seinen Augen wieder eine Art Geschenk. Oder er hat ein schlechtes Gewissen wegen Brunos Tod … Auf jeden Fall ist jetzt eins klar: Der Typ ist reich oder total verrückt. Mein Auto stand beim Freibad in Farchant auf dem Parkplatz. Jeder, der dort zufällig vorbeikam, hätte den Umschlag mit dem Geld an sich nehmen können. Vielleicht war er in der Nähe und hat das Auto beobachtet. Ich habe schon gehofft, er hätte nach Brunos Tod aufgegeben …" Ihre Stimme zitterte. „Hinterher sind wir direkt in Ihr Büro gefahren."

Sebastian hob die Brauen. „Wir? Wo ist Ihre Schwester jetzt?"

„Sie sitzt draußen im Auto, sie ist total fertig. Deshalb bin ich ohne sie zu Ihnen gegangen."

„In welcher Form bekamen Sie die Rechnung des Beerdigungsunternehmens?", fragte Sebastian.

„Als Brief."

„Wo ist dieser Brief jetzt?"

„Er müsste auf meinem Schreibtisch liegen. Ich habe natürlich darüber nachgedacht, ob der Stalker vielleicht bei mir eingebrochen ist und meine Korrespondenz geklaut hat. Aber das Haus ist gut gesichert … Ich vermute, er hat meinen Computer gehackt. Und hat meine Online-Überweisung gesehen, ich habe die Rechnung nämlich schon bezahlt."

Sebastian nickte. „Vielleicht hat er auch Ihr Handy unter Kontrolle und kann Sie jederzeit orten. Daher könnte er gewusst haben, dass Sie in Farchant waren."

„Daran habe ich auch schon gedacht."

„Unsere Spezialisten werden sich mit Ihrem Smartphone und Ihrem Computer befassen. Die finden schon heraus, ob sich da jemand eingeschlichen hat."

„Verdammt! Ich muss mir ein neues Handy kaufen."

„Ja, die Untersuchung könnte eine Weile dauern. Sie sollten Ihre Nummer wechseln und sie vorerst niemandem außer Ihrer Schwester und mir mitteilen."

Sebastian erkundigte sich noch nach einigen Details des Ausflugs zum Wank, tippte ein Protokoll und ließ sie unterschreiben.

„Was werden Sie jetzt tun?", fragte er. „Wollen Sie weiter nachforschen, wie wir es im ‚Grappabrenner' abgesprochen haben?"

„Selbstverständlich. Dieser Mensch verfolgt mich, ängstigt mich, macht mich zu einem Opfer. Das lasse ich mir nicht gefallen."

18. KAPITEL

Jana wollte mehr über Ferdl wissen. Bisher hatte sie mit ihm hauptsächlich über Bergtouren und Schwierigkeitsgrade geredet. Manchmal ging es auch um Umweltprobleme und die Aufgaben des Alpenvereins. Oder über Technisches, etwa die Vorzüge von Ferdls Lumix-Kamera.

Wenn sie auf einmal damit anfing, ihn über sein Leben zu befragen, konnte das auffallen. Und alleine treffen wollte sie ihn sowieso nicht.

Jana hatte beim Urlaub in der Pension „Bergheimat" Ferdls Großmutter flüchtig kennengelernt; sie hatte ihren Enkel und seine Freunde öfter in ein Gespräch verwickelt. Damals war Jana ihrer Gastgeberin ausgewichen, sie hatte sie nicht sympathisch gefunden. Um einen Besuch zu rechtfertigen, musste sie zu einer Lüge greifen.

Sie rief an und erklärte, dass sie seit ihrem Urlaub in Garmisch einen Ring vermisse, den ihr Bruno geschenkt hätte. Er wäre ein wichtiges Andenken an ihren verstorbenen Mann, und er könnte vielleicht irgendwo in Theresa Lipps Haus oder Garten zu finden sein.

Ferdls Großmutter erklärte sich sofort bereit, mit ihr danach zu suchen.

Noch am selben Tag fuhr Jana nach Garmisch.

Die Pension „Bergheimat" war von einem Kranz alter Fichten umgeben, den kurz geschnittenen Rasen zierten Zwerge, Pilze und Gartenkugeln in bunten Farben.

Theresa Lipp war klein und rund, ihr weißes Haar hatte einen Stich ins Gelbliche, und sie roch nach Mottenkugeln. Sie begrüßte Jana freundlich und führte sie ins Haus. Die hohen Bäume ließen nur wenig Licht zu den Fenstern herein. Schwere Möbel, Perserteppiche, verstaubter Wohlstand. Damals im Urlaub hatte Jana die Atmosphäre nicht als so düster empfunden, vielleicht, weil in der Gruppe die Stimmung lebendiger, aktiver gewesen war.

Die Suche nach dem Schmuckstück verlief logischerweise ergebnislos. Danach wurde Jana zum Tee eingeladen.

Sie atmete auf, als sie aus dem Haus hinaus auf die Terrasse trat, wo bereits ein gedeckter Tisch auf sie wartete. Jana setzte sich auf einen der hölzernen Gartenstühle. Die Lehne war so hart, dass man sich besser gerade hielt.

Ihr Blick schweifte über Dächer und Gärten hinweg. Die Luft war klar, das Dreieck der Alpspitze zum Greifen nah. Dort oben, in der Wand mit den auffälligen parallelen Schichten … dort war es passiert … Jana wischte schnell die Tränen aus den Augenwinkeln und griff nach der geblümten Porzellantasse mit dem Tee, der einen feinen, blumigen Duft verströmte.

Ferdls Großmutter schien Janas Gefühle nicht zu bemerken. „Es ist schön, wieder einmal ein junges Gesicht zu sehen", sagte sie. „Mich besuchen sonst nur alte Leute, die über Krankheiten klagen. Und meine Pensionsgäste sind meistens arrogante Preußen, die nichts mit mir zu tun haben wollen. Die sind noch schlimmer als die Japaner mit ihren Kameras und die dicken Neger aus Amerika, die mal hier gehaust haben." Sie verzog verächtlich ihre Mundwinkel. „Ich weiß, das darf man nicht sagen, aber ich bin zu alt, um politisch korrekt zu sein."

Jana versuchte, das Gespräch auf Ferdl zu lenken.

„Kommt der Ferdl nicht manchmal zu Besuch?"

„Nur eine Woche im Sommer zusammen mit seinen Freunden. Dabei hätte er nach seinen Bergtouren hier in der Gegend sicher noch Zeit, bei seiner alten Großmutter vorbeizuschauen. Meine anderen Enkel wohnen zu weit weg, Hans ist Professor für Mathematik in Hamburg, er ist richtig berühmt und hält überall in der Welt Vorträge. Und der Bernd hat eine Zahnarztpraxis in Ingolstadt, zwei Kinder und ein großes Haus."

Es schien ihr zu gefallen, mit den Erfolgen ihrer Enkel zu prahlen.

Sie warf zwei Stück Zucker in ihre Teetasse. „Die Brüder vom Ferdl sind etwas geworden. Das hätte ich nie gedacht bei dem Vater."

Oberleitner hatte Jana einige Informationen über die Familie Lipp geliefert. Ferdls Vater Benedikt war Theresa Lipps einziger Sohn. Früher hatte er sich mit Gelegenheitsarbeiten durchgeschlagen, jetzt lebte er auf einem Campingplatz in Südfrankreich und soff.

„Mein Sohn, der Beni, wollte Bergführer werden", fuhr die alte Frau fort. „Aber er ist nicht einmal zur Ausbildung zugelassen worden, weil er nicht gut genug Skifahren konnte. Und das als Garmischer! Bei ihm klappt nie etwas, und er hat auch nichts gelernt, was Geld bringt. Und der Ferdl ist wie sein Vater, er hat es auch zu nichts gebracht. Bibliotheksangestellter, was ist das schon!"

„Ich finde, bei einem Menschen kommt es nicht auf seinen Beruf und Erfolg an, sondern auf sein Herz", sagte Jana.

Theresa Lipp runzelte die Stirn. „Sie sind wohl eine Romantikerin, oder? Na dann passen Sie mal gut auf, was Ihnen das Herz nutzt, wenn Sie kein Geld haben. Dafür können Sie sich nichts kaufen, auch wenn es aus Gold ist."

Jana wechselte das Thema. „Hat Ferdl das Klettern von seinem Vater gelernt?"

„Ja, er hat ihn schon mitgenommen, als er erst acht Jahre alt war. Der kleine Ferdl hat sich arg Mühe gegeben, damit ihn sein Papa lobt. Aber der hat gesagt, der Ferdl hätte kein Talent zum Klettern."

„Und seine Brüder, waren die auch dabei?"

Theresa Lipp schüttelte den Kopf. „Die hatten das nicht nötig. Der Beni war sowieso stolz auf sie, weil sie in der Schule nur Einser und Zweier hatten."

„Da tut mir Ferdl leid", erwiderte Jana. „Für ein Kind ist es hart, wenn nur seine Geschwister bewundert werden."

„Das Mitleid können Sie sich sparen. Da war der Ferdl schon selber schuld! Er hat sich nicht angestrengt in der Schule. Und später hat er das Maschinenbau-Studium abgebrochen, weil es ihm zu wenig Zeit für die Berge gelassen hätte."

Eine Weile redete die alte Frau Lipp noch über jene Enkel, die ihrer Ansicht nach gelungen waren. Ferdls Mutter erwähnte sie mit keiner Silbe. Jana ahnte, warum, Oberleitner hatte auch über sie recherchiert, aber die Hintergründe waren unklar. Wusste Theresa Lipp mehr darüber?

„Was hat denn Ihre Schwiegertochter davon gehalten, dass Ferdl das Studium an den Nagel gehängt hat?"

Natürlich konnte sie nichts dazu gesagt haben. Jana wollte die alte Frau nur zum Reden bringen.

Sie musterte ihren Gast neugierig. „Eigentlich geht Sie das alles nichts an. Oder interessieren Sie sich etwa für den Ferdl?" Sie trank einen Schluck Tee. „Wie auch immer, es schadet ja nicht, wenn ich darüber rede, das habe ich seit Jahren nicht mehr getan. Es war furchtbar, ich werde es nie vergessen... Ich habe alles genau mitgekriegt, wir haben ja alle zusammen hier in meinem Haus gewohnt."

Jana reagierte, wie es von ihr erwartet wurde. „Was ist denn passiert?"

„Meine Schwiegertochter, die Petra, die hatte schwache Nerven. Und das als Lehrerin! Manchmal ist sie heulend heimgekommen. Vielleicht, weil sie zu der frechen Bagage zu nett war. Auch bei ihren Kindern hat sie nie klipp und klar gesagt, mach sofort deine Hausaufgaben, bring den Müll raus, putz das weg." Theresa Lipp spitzte die Lippen und säuselte: „Bitte sei so lieb und räume dein Zimmer auf. Tu mir den Gefallen und geh für mich zum Bäcker. Und wenn die Kinder keine Lust hatten, brachte sie nicht die Kraft auf, ein Machtwort zu sprechen. Der Hansi und der Bernd waren brave Jungs, aber der Ferdl! Der war ein Kotzbrocken, absolut unausstehlich, als er in die Pubertät gekommen ist. Er hätte eine harte Hand gebraucht. Vielleicht hat er dann das Fass zum Überlaufen gebracht. Die Petra war nach der Schule total fertig. Und hat den Ferdl gebeten, die Musik in seinem Zimmer leiser zu stellen, sie würde ihr nicht gefallen, und außerdem brauche sie jetzt Ruhe. Da hat der Ferdl sie angeblafft, das wäre seine Musik und er würde sich einen Scheißdreck drum kümmern, ob sie ihr gefällt oder nicht. Und dann hat er sie noch lauter gestellt."

Die alte Frau schöpfte Luft. „Eine halbe Stunde später ist die Petra mit dem Auto weggefahren. Ich habe mir zuerst nichts dabei gedacht. Aber als sie um Mitternacht nicht wieder daheim war, haben der Beni und ich die Polizei verständigt. Wir dachten... na ja, an eine Kurzschlussreaktion. Dann hat sie angerufen. ‚Ich fliege nach Australien. Zu jemandem, den ich sehr mag. Euch alles Gute. Ich komme nicht zurück.' "

19. KAPITEL

Jana stieß die Tür zum Nebenraum des Gasthauses auf. Etwa sechzig Leute standen plaudernd herum oder saßen an langen Holztischen. Die Luft war stickig und erfüllt von Stimmengewirr; es roch nach dem Schweiß der vielen Sektionsmitglieder, die mit dem Rad gekommen waren.

Heute trafen sie sich anlässlich von Harrys sechzigstem Geburtstag, an dem auch der sogenannte Tourenberichtsabend stattfinden sollte. Dabei durfte jeder Bilder von seinen Unternehmungen zeigen und dazu erzählen. Bruno hätte das sicher genossen. Auch Jana gefiel die Idee, aber nicht wegen der Möglichkeit, ein bisschen zu prahlen. Ein solcher Abend war familiär, persönlich und unperfekt, eine schöne Abwechslung zu Multimedia-Vorträgen von Staralpinisten und kommerziellen Film-Events, bei denen jede Menge Sponsorenaufkleber zu sehen waren.

Harry stand in der Nähe des Eingangs neben einem Tisch mit gefüllten Sektgläsern, Orangensaft und Grissini. Er reichte Jana ein Glas Sekt, sie stießen miteinander an. „Hast du Fotos dabei?“, fragte er.

„Nein. Ich habe kaum welche gemacht.“

Harry tätschelte ihren Arm. „Wie schade. Schon wegen der Erinnerung an Bruno. Eigentlich muss man die Bilder schon vorher beim Tourenwart abgeben, aber in diesem Fall hätten wir natürlich eine Ausnahme gemacht.“ Er stieß mit dem nächsten Neuankömmling an.

Jana entdeckte Ferdl und Patrick in der Nähe des Bierausschanks. Etwas Schweres legte sich auf ihre Brust. Wenn … Reiß dich zusammen. Sprich ganz normal mit den beiden. Wahrscheinlich sind deine Ängste und Verdächtigungen total daneben.

Jetzt blickte Ferdl in Janas Richtung; er drängte sich durch eine Menschentraube und stand dann verlegen vor ihr. Offenbar wusste er nicht, wie er nach Brunos Tod mit ihr umgehen sollte. Sie begrüßten einander wie immer mit Handschlag. Er räusperte sich. Bei der Beerdigung hatte er sein Beileid ausgesprochen, seitdem hatten sie einander nicht gesehen. Endlich sagte er: „Ähm. Jana. Morgen ist das Wetter schön, ich habe Zeit. Also wenn du einen Kletterpartner brauchst … Ich weiß nicht, ob … Also ich steige gerne vor, du hast ja nicht so viel alpine Erfahrung."

Jana hatte total Lust darauf, im Gebirge zu klettern, aber nicht mit Ferdl. Der Gedanke, dass er der Stalker und ein Mörder sein könnte, machte ihr das unmöglich. „Danke, dass du fragst. Aber momentan fühle ich mich nicht danach."

„Natürlich. Ich verstehe." Ferdl verdrückte sich.

Die Ausrede war nicht besonders geschickt gewesen, nun konnte sie weder Melanie noch Werner fragen, ob sie mit ihr klettern wollten. Ferdl hätte davon erfahren und wäre zu Recht beleidigt gewesen.

Aber es war hart, zu verzichten. Der Bergahorn hatte sich schon golden gefärbt, klare Herbstluft, eine unglaubliche Fernsicht … Vielleicht würde sie alleine wandern gehen.

Ein Geruch, der an Läden mit indischen Schals und Buddhaköpfen erinnerte, hüllte Jana ein.

„Hallo Schwester", sagte Vanessa.

„Ist sie da?", fragte Jana.

„Ja. Dort vorne links, die mit den langen blonden Haaren, das ist sie."

Patricks Mutter. Jana war bisher kaum bei Sektionsveranstaltungen dabeigewesen und ihr bisher nicht über den Weg gelaufen. Sie hatte gehofft, sie heute kennenzulernen. Vielleicht konnte sie sich mit ihr über Patrick unterhalten und sich dadurch ein besseres Bild von ihm und seiner Familie machen. Diese Gerüchte über Sabine Schmiedel …

„A Ruah!", brüllte Harry. Das Stimmengewirr ebbte ab.

Er hielt eine Rede über die Sektion, erklärte, warum sie etwas Besonderes war und ihm so viel bedeutete.

Es wäre wirklich nicht nett gewesen, ihn als Sektionschef abzusägen.

Im Hintergrund klapperte Geschirr, es roch würzig. Harrys Frau schleppte eine Schüssel mit ihren berühmten Grünkern-Pflanzln an. Hmmm. Jana lief das Wasser im Mund zusammen, ihr Magen knurrte.

Nun führte Harry mit vielen historischen Details aus, wie sich seine Sektion im Lauf der Zeit entwickelt hatte. Leider gab es die „Alpenfreunde" schon seit dem Jahr 1875. Endlich sagte Harry: „Des Buffet is eröffnet. An Guaten!"

Jana grinste. Harry hatte Buff-Fett gesagt, wie passend!

Außer den vegetarischen Frikadellen gab es Leberkäse, Würstl, Butterbrezen und Kartoffelsalat.

Die Leute suchten sich Plätze, meistens in der Nähe von alten Freunden. Jana schnappte sich zwei Grünkern-Pflanzl, schenkte sich eine Schorle ein, weil sie noch fahren musste, und gesellte sich zu Patrick, Ferdl, Werner, Vanessa und Melanie.

Sie redeten über den Zwist des Alpenvereins mit der Landesregierung wegen der geplanten Skischaukel am Riedberger Horn. Nun sollten die Einheimischen, von denen viele vom Tourismus und vor allem dem Pistenskifahren lebten, darüber abstimmen, ob dort trotz der Bedenken von Naturschützern ein neuer Lift gebaut werden durfte.

„Eine Sauerei und pseudodemokratische Augenwischerei", sagte Patrick. „Da könnte man genauso gut Wölfe abstimmen lassen, ob man Schafe essen darf. Ich würde mich nicht wundern, wenn radikale Naturschützer solche Liftanlagen in die Luft sprengen."

„Vielleicht ist dieser Typ, der Gipfelkreuze absägt, der erste Öko-Terrorist", warf Melanie ein. „Die Alpen werden immer mehr zivilisiert und möbliert, überall sieht man Lifte, Wochenendhäuser, Flying Foxes, Bobbahnen, und auf jedem Minigipfelchen steht ein Kreuz."

Vanessa schüttelte den Kopf. „Mit der Möblierung hast du recht, aber Gipfelkreuze finde ich okay, die sind Tradition, und es gibt deshalb auch nicht mehr Lärm oder Umweltverschmutzung in den Bergen."

„Aber eine optische Umweltverschmutzung sind einige Kreuze schon“, wandte Jana ein. „Auf manchen Bergen stehen abscheuliche Stahlkonstruktionen. Ich finde zum Beispiel das Kreuz mit der dicken Kugel auf der Zugspitze ästhetisch nicht gelungen, das viele Gold wirkt plump und kitschig. Dagegen ist der Christus auf dem Kofel wunderschön. Er hat etwas an sich, das mich berührt.“

Ein ratschendes Geräusch störte die Unterhaltung, Harry rollte die fest installierte Leinwand an der Frontseite des Raumes aus, Stühle wurden gerückt, ein Projektortisch angeschleppt. Werner richtete die Höhe des Beamers ein.

Dann wurde es dunkel, und auf der Leinwand erschien der Hintern eines Kletterers, drum herum ein bisschen Fels. Werner sagte nichts dazu. „Aber des is ja die Schüsselkar-Südost!“, rief jemand aus dem Publikum, und ein anderer tönte: „Na, des is da Botzongkamin!“

Nun äußerte sich Werner doch. „Karlspitz-Ostwand.“ Die nächste Aufnahme stammte offensichtlich vom Vorsteiger: ein etwas unscharfer roter Helm, dazu zwei Fußspitzen. „Fuorikante.“ Nächstes Bild: wieder ein Hintern, dieses Mal weiter weg. „Gerbergrat.“

Nach dem nicht gerade erzählfreudigen Werner berichtete eine Reihe anderer Vereinsmitglieder von ihren Abenteuern, wobei die Bildqualität bei den Wanderern um einiges besser war als bei den Kletterern. Und auch ihre Neigung zur Selbstbeweihräucherung war deutlich geringer. Dass jeder maximal sechs Fotos zeigen durfte, war sinnvoll, sonst hätte die Veranstaltung bis zum Morgen gedauert. Es gab viele Kommentare und Zwischenfragen, dazu wurden etliche Flaschen Tegernseer Dunkles und Augustiner Edelstoff geleert.

Der letzte Beitrag kam von Sabine Schmiedel, Patricks Mutter. Fünf Fotos zeigten sie in Aktion, bunt gekleidet vor der prächtigen Bergkulisse des Oberreintals. Und ein Bild zeigte den Mann, mit dem sie unterwegs gewesen war – Cowboylächeln, weißes Haar, tiefe Furchen im dunkelbraun gebrannten Gesicht. Sabine hatte jedes Foto mit einem Schwall von

Worten begleitet, und nun pries sie die Leistungen ihres Begleiters, die niemanden interessierten, weil er nicht zur Sektion gehörte. Die Zuhörer begannen zu flüstern.

Harry zog die Notbremse und knipste das Licht an. „Vielen Dank!“

Die Menge zerstreute sich Richtung Theke und Toilette und bildete neue Grüppchen. Einige machten sich zum Aufbruch bereit.

Jana entdeckte Sabine Schmiedel in der Nähe des Buffets zusammen mit ihrem Sohn; Patrick stellte die beiden Frauen einander vor. Nun sah Jana seine Mutter aus der Nähe. Sie war etwa Mitte fünfzig und gab sich mit ihren durchlöcherten Jeans, den langen Haaren und dem Heavy-Metal-Shirt einen jugendlichen Anstrich.

„Das waren fantastische Bilder“, sagte Jana. „Ich habe schon viel vom Oberreintal gehört, da will ich auch mal hin.“

Sabines Gesicht war rund, ihr Lächeln freundlich. „Ja, das ist obergenial! Dort gibt es eine traumhafte Hütte ohne Massentourismus, und die Kletterei ist echt super. Nur muss man Glück mit dem Wetter haben. Die meisten Wände sind nach Regen ewig nass. Wir haben dieses Jahr total Schwein gehabt, wir waren eine Woche lang dort und haben die ganze Zeit geiles Wetter gehabt, erst als ich schon wieder auf dem Heimweg war, kam ein megaübles Gewitter. Im Moment ist das Wetter wieder super. Du solltest hin, bevor das fette Hoch kippt. Wahrscheinlich sind wir schon morgen wieder dort, am Wochenende hat Jürgen immer Zeit …“

Ein Schauer von Worten prasselte auf Jana herab, unter dem sie sich am liebsten geduckt hätte: Reservieren könne man auf dieser Hütte nicht, Essen müsse man selber hinauftragen, die Dusche stünde im Freien, die Routen … Es folgte eine Aufzählung mit Empfehlungen.

„Wann warst du denn das letzte Mal im Oberreintal?“, fragte Jana.

„In der zweiten Augustwoche. Und es war einfach großartig, Jürgen hat …“ Jana hörte kaum zu. Damals hatte sie mit

Bruno und den anderen in Garmisch Urlaub gemacht. Der einzige Schlechtwettertag mit heftigen Wärmegewittern war der Dienstag gewesen. Dienstag, der 15., der Tag vor Brunos Tod. Alle kletterten am Hanger, am Abend war Patrick zu seiner Mutter nach München gefahren. Angeblich, weil es ihr nicht gut ging. Dabei war sie gerade erst aus dem Oberreintal nach Hause zurückgekehrt.

Harry, der schon ein wenig unsicher auf den Beinen war, trat auf Sabine zu und dröhnte: „Sabine, ich wollte schon längst mit dir darüber reden. Da Bruno nun nicht mehr unter uns ist, bräuchten wir eine neue Leitung für die Klettergruppe!“ Er zog sie fort.

Patrick lächelte Jana zu. „Sie ist ein bisschen anstrengend, aber lieb. Hast du das ernst gemeint, dass du ins Oberreintal willst? Wir könnten morgen früh zusammen losziehen.“

Sie musste ihn abwimmeln. Aus denselben Gründen wie Ferdl, auch wenn sie nicht wirklich glaubte, dass Patrick der Stalker war. Außerdem wollte sie Ferdl nicht beleidigen, indem sie jetzt mit Patrick auf Tour ging. „Also im Prinzip schon, aber ich glaube, ich bin noch nicht so weit.“

„Tut mir leid, dass ich dich zu früh gefragt habe.“ Sein Blick brannte sich in Janas Augen. Sie schaute schnell weg.

„Melde dich einfach, wenn du Lust hast, etwas mit mir zu unternehmen“, sagte Patrick und setzte sich zu Ferdl, der still an seinem Bier nippte.

Jana war auf einmal müde. Sie verabschiedete sich von Harry und plauderte noch mit ein paar Leuten, dann holte sie ihre Jacke und ging hinaus. Ein Fußpfad unter Bäumen führte zum Parkplatz der Gaststätte.

Schnelle Schritte hinter ihr, Patrick schloss zu ihr auf. Die alten Buchen flüsterten, und in dem Halbdunkel fühlte sich Jana ein wenig beklommen neben dem Mann, der vielleicht ... Nein, nicht Patrick. Patrick, der so locker und unterhaltsam war ...

„Hallo Jana“, sagte er. „Ohne dich war der Abend irgendwie reizlos. Und dann ist auch noch meine Mutter auf mich losgegangen, um mir ein Ohr abzukauen.“

Das war plausibel. Und Patrick klang völlig normal, ihre Ängste waren sicher unbegründet. Jetzt war ein guter Zeitpunkt, ihm Fragen über seine Mutter zu stellen, ein andermal würden sie sich noch merkwürdiger anhören.

„Sabine ist nett, Patrick, obwohl sie ziemlich viel redet", begann sie.

„Gut erfasst."

Jana atmete tief durch. „Ich habe mich ein bisschen gewundert … Damals am Hanger hast du erzählt, es ginge ihr nicht gut, und heute wirkte sie total fit. Ist sie jetzt wieder gesund?"

Ein kurzes Zögern. Dann sagte Patrick: „Damit habe ich nicht ihre Gesundheit gemeint, sondern ihre Psyche."

„Ist sie da irgendwie anfällig? So hat sie auf mich nicht gewirkt."

„Ist sie auch nicht. Aber sie hatte Schwierigkeiten mit meinem Vater."

„Ach so. Ist der eifersüchtig, weil sie dauernd mit diesem Jürgen unterwegs ist?"

Patrick lachte. „Ach was. Das tut sie schon seit zig Jahren, und Papa, der kein Bergsteiger ist, gönnt ihr den Spaß, vermutlich, weil er dann daheim ein stilles Wochenende genießen darf."

„Läuft da irgendwas zwischen deiner Mutter und diesem Jürgen?"

„Das musst du sie schon selber fragen."

Es war peinlich, nachzuhaken. „Ähm, ich bin schrecklich neugierig, ich weiß. Was für Probleme hatte deine Mutter denn mit deinem Vater, dass sie so schlecht drauf war?"

„Jana, sorry, aber ich finde, das geht dich wirklich nichts an."

Am Rand des Parkplatzes blieben sie voreinander stehen, um sich zu verabschieden. Im schwachen Schein der Straßenbeleuchtung sah Patricks Gesicht fremd aus. Seine Stimme klang weich. „Ich bin immer für dich da, Jana. Wenn du einen Kletterpartner oder ein bisschen Trost brauchst oder sonst irgendetwas, ruf mich an …"

„Klar, mach ich. Versprochen."

Er umarmte sie kurz – ein zwiespältiges Gefühl. Patrick hatte etwas, das sie anzog. Gleichzeitig traute sie ihm nicht über den Weg, er war schwer zu durchschauen ...

Jana ging zu ihrem Auto und ließ sich mit einem Seufzer auf den Sitz fallen.

Sie blickte auf ihr neues Smartphone, bei den Nachrichten war eine rote Markierung. Sie tippte darauf und las die SMS von Oberleitner: *Bitte melden Sie sich, egal wie spät es ist!*

Sie rief sofort zurück.

20. KAPITEL

Sie hatten die Forststraße an der Partnach entlang hinter sich und holperten nun mit ihren Mountainbikes weiter bis zum Radlversteck.

Jana schloss ihr Bike ab. „Wie weit ist es jetzt noch zur Oberreintalhütte?“

„Ungefähr fünfhundert Höhenmeter“, erwiderte Sebastian. „Nach etwa fünfzig Kehren hast du den steilsten Teil geschafft.“

„Du bist hier echt ein Experte.“

„Ich gehe seit zwanzig Jahren ins Oberreintal. Das erste Mal hat mich mein Vater mitgenommen, als ich vierzehn war.“

Das Du fühlte sich noch seltsam an, aber beim Klettern würde sich Jana schnell daran gewöhnen. Als Sebastian sie gefragt hatte, ob sie mit ihm ins Oberreintal gehen wollte, war sie begeistert gewesen – sie würde am Wochenende in ihren geliebten Bergen klettern! Und weder Ferdl noch Patrick würden beleidigt sein, sie mussten ja nicht davon erfahren. Dass sie Sebastian kaum kannte, war ihr egal. Er war sympathisch mit seiner gelassenen, freundlichen Art und sicher ein guter Kletterer und Alpinist, sonst wäre er nicht Polizeibergführer geworden.

Jana schulterte ihren Rucksack und folgte ihm auf dem Zickzackweg bergauf. Sonnenstrahlen fielen durch Buchen und Fichten auf Moos, das smaragdfarben glühte. In einer Kehre hing der faulige Geruch eines Fuchses.

Janas Atem ging gleichmäßig, aber ihre Oberschenkel spannten, sie war es nicht gewohnt, so viel zu tragen. Kletterzeug, Essen für zwei Tage, Schlafsack, ein Strang vom Halbseil, da kam ganz schön was zusammen.

Sebastian hatte den gleichmäßigen, relativ langsamen Schritt eines erfahrenen Bergsteigers – es war nicht sinnvoll, sich schon beim Zustieg zur Wand zu verausgaben. Jana konnte sich mit ihm unterhalten, ohne außer Atem zu kommen.

Das Telefonat gestern Abend beschäftigte sie noch immer. „Nicht zu fassen. Mein Computer wurde also gehackt und mein Handy auch. Der Stalker muss ein Computerspezialist sein.“

„Nicht unbedingt. So schwierig ist das Hacken leider gar nicht“, erwiderte Sebastian. „Man muss dafür kein Informatiker oder Programmierer sein. Auf jeden Fall ist jetzt klar, woher der Kerl gewusst hat, wie hoch die Rechnung für die Beerdigung war. Und warum er die Rosen am Notkar deponieren konnte. Er hat wohl gesehen, dass du den Aufstieg gegoogelt hast. Dann hat er dein Handy geortet und festgestellt, dass du tatsächlich dorthin gefahren bist.“

„Und vor dem Ausflug zum Wank habe ich Vanessa eine SMS geschickt, natürlich hat er die gelesen“, fügte Jana hinzu. „Er verfolgt mich auf Schritt und Tritt, scheint immer zu wissen, was ich vorhabe. Ständig frage ich mich, wo der Stalker gerade ist. Ob er sich im Gebüsch versteckt oder mir auf dem Weg zum Bäcker auflauert. Das ist ein furchtbares Gefühl, es drückt mir aufs Gemüt und macht mich irgendwie unfrei. Außerdem habe ich sogar im Haus Angst, trotz Videokameras und neuen Türschlössern.“

Sebastians Stimme klang ernst. „Da er sich entschlossen hat, weiterzumachen, werden wir ihn irgendwann erwischen.“

Mit dem neuen Handy würde er sie nicht mehr orten. Aber einige ihrer Freunde und Bekannten würden sauer sein, weil sie für sie nicht mehr erreichbar war mit der geänderten Nummer.

Dass ihr Computer noch bei der Polizei war, machte ihr nichts aus. Ihre Geschäftskunden wussten, dass sie in absehbarer Zeit keine neuen Aufträge übernehmen würde, und die alten hatte sie erledigt. Sie musste ihr Leben neu ordnen. Das Haus würde sie verkaufen, es war zu groß für sie allein. Um das Atelier und den Garten wäre es schade, alles andere war sowieso nicht ihr Geschmack. Doch das konnte warten. Im Moment war der Stalker ihr Hauptproblem. Und die Unsicherheit, was bei Brunos Tod geschehen war.

„Vielleicht findet unser Computer-Experte heraus, wer hinter dem Hacking steckt“, sagte Sebastian. „Er meinte aber, die Chancen stünden nicht besonders gut.“

„Mist. Ich denke dauernd darüber nach, wer der Stalker sein könnte. Auf jeden Fall muss er verrückt sein.“

„Natürlich ist er das. Du musst gut auf dich aufpassen. Ich weiß, ich wiederhole mich, aber es ist wichtig: Gehe nie alleine irgendwohin, wo es einsam ist.“

„Er kann mich doch jetzt nicht mehr orten!“

„Nein. Aber vielleicht beobachtet er dein Haus und verfolgt dich, wenn du es verlässt.“

Vor ihnen öffnete sich ein kleines Hochtal, über dem sich eine Reihe von gewaltigen Felsgipfeln erhob.

„Der Turm rechts heißt Unterer Berggeistturm“, erklärte Sebastian. „Das Monster daneben ist der Dom. Und der Berg links vom Dom ist die Dreitorspitze mit dem Eichhorngrat. Der ist maximal ein Fünfer, aber nicht überall fest und eineinhalb Kilometer lang, also nichts für Hallenfuzzis.“

„Und auch nichts für alpine Anfänger wie mich“, erwiderte Jana. „Schade. Die Linie gefällt mir.“

Sie marschierten weiter. Plötzlich blieb Sebastian stehen, Jana wäre fast auf ihn aufgelaufen.

Nun entdeckte sie den Grund: Am Wegrand war ein Holzstapel aufgeschichtet. Und auf einem Schild war zu lesen, man solle Holz zur Hütte hinauftragen.

Sebastian hob zwei meterlange Klötze vom Stapel. „Ich nehme für dich auch was mit. Dein Rucksack ist sowieso schon viel zu schwer.“

„Nein, danke“, sagte Jana ein bisschen erbost. Schon beim Aufbruch am Skistadion hatte er sie gefragt, ob er ihr etwas abnehmen sollte. „Ich kann schon noch mehr tragen.“

„Aber es muss nicht sein, dass du dich plagst. Ich bin der bessere Lastesel, weil ich dreißig Kilo mehr wiege als du. Du musst mir nicht zeigen, dass du eine starke Frau bist, das weiß ich auch so.“

„Und du musst nicht beweisen, dass du ein starker Mann bist!“

„Ach, bin ich das?“

„Du tust zumindest so als ob.“

„Wie peinlich. Das ist mir noch gar nicht aufgefallen.“

Jana setzte ihren Rucksack ab, befestigte ein besonders dickes Scheit unter der Deckelklappe, wuchtete die Last auf ihren Rücken und folgte dem Weg, der nun zum Glück ziemlich flach war. Bald gelangten sie an ein aus krummen Ästen gebasteltes Gatter, das weder Kühe noch Schafe zurückhalten konnte; es stand ohne Zaun einfach so in der Landschaft.

„Das Ding ist ein Symbol, es ist das Tor zum Oberreintal“, erklärte Sebastian.

Vor ihnen öffnete sich ein wilder Talkessel. Senkrechte Felsabbrüche und steile, von Latschen durchsetzte Schrofenhänge rahmten ihn ein. Wanderer waren hier in einer Sackgasse, doch für Kletterer war dieser Ort ein Paradies: ringsum, zum Greifen nah, schossen verlockende Gipfel, Grate und Zacken in den blauen Himmel.

Sebastian deutete auf den Felsturm ganz rechts. „Das ist der Oberreintalturm, so etwas wie der Hausberg der Oberreintalhütte.“

„Ach ja, der mit der gut gesicherten Sieben plus, von der du mir erzählt hast“, sagte Jana.

„War nur so eine Idee. Ich habe sie erst einmal gemacht, vor etwa zehn Jahren, da war ich Mitte zwanzig. Bist du sicher, dass du einen harten Siebener klettern willst?“

„Im Nachstieg schaffe ich das schon irgendwie.“

Sie wanderten in den flachen Karboden hinein. In einer Gruppe orange glühender Ahornbäume stand eine weiß getünchte Hütte mit grünen Fensterläden.

„Die Oberreintalhütte ist eine Legende“, sagte Sebastian. „Früher gab es am Aufstiegsweg noch ein Schild, mit dem Wanderer vor dem Besuch dieser Hütte gewarnt wurden. Zu Recht, die Oberreintal-Kletterer waren ein wilder Haufen, sie soffen und scherten sich wenig um Regeln. Manchmal ist Charly, der Vorgänger des jetzigen Wirts, nachts mit angeschalteter Motorsäge durch die Schlafräume marschiert, um die Leute zu wecken, und man feierte weiter. Nackte Männer turnten solo in den Felsen, und auf dem Plumpsklo gab es eine Installation in der Brille, mit der man dem darauf Sitzenden einen Stromschlag verpassen konnte. Besonders häufig kam das bei Frauen vor. Die Männer warteten dann gespannt darauf, ob eine mit heruntergelassener Hose aus dem Häusl herausschoss."

„Klingt gemütlich!", sagte Jana lachend. „Und jetzt ist alles ganz zivilisiert?"

„Wirst schon sehen."

Sie hielten über eine mit Steinen übersäte Wiese auf die Hütte zu, luden ihre Holzklötze auf dem dafür bestimmten Stapel ab und gingen zum Eingang auf der gegenüberliegenden Seite. Davor hockte ein Mann mit wirren Locken auf einer Bank und rauchte.

Sie begrüßten ihn, es war der Hüttenwart. Sebastian hatte Jana erzählt, dass er gut in die Reihe ungewöhnlicher und eigenwilliger Typen passte, die sich seit 1925 um die Selbstversorgerhütte der Sektion Garmisch-Partenkirchen kümmerten.

„Sag mal, ist heute schon eine Frau raufgekommen, die Sabine heißt?", fragte Sebastian.

„Ja klor. Die is meistens do bei Schönwedder. Mit dem Jürgen. De san in der ‚Herbst/Teufel'. Und was machts ihr?"

„Wir wollen in die ‚Heidi'."

Jetzt erst bemerkte Jana an der Tür ein Schild mit der Aufschrift: „Wir müssen draußen bleiben". Auf das dazu gehörende Hundebild war ein Handy genagelt.

Diese Hütte war wirklich sympathisch!

Jana und Sebastian stellten ihre Rucksäcke im Lagerraum ab, stillten am Brunnen ihren Durst und zogen los.

Die Kletterschuhe und der Helm baumelten an ihrem Gurt, die Karabiner klingelten, die Halbseile hatten sie auf den Rücken gebunden. Ein Pfad zog sich über Schutt und durch Latschen hinauf ins Oberreintalkar.

Jana hatte Sebastian bei ihrem Anruf gestern Abend erzählt, dass sie Sabine Schmiedel kennengelernt hatte. Und sie hatte ihr Gespräch mit Patrick fast wörtlich wiederholt.

„Patricks Mutter und dieser Jürgen sind also morgen im Oberreintal“, hatte Sebastian gesagt. „Ich würde mir gerne einen Eindruck von den beiden verschaffen, ohne mich als Polizist zu outen. Hätten Sie Lust, mit mir im Oberreintal zu klettern?“

Jana war glücklich darüber, dass sie spontan zugesagt hatte. Je länger sie sich mit Sebastian unterhielt, desto mehr mochte sie ihn. Seine gelassene Art tat ihr gut. Sie würde gerne öfter mit ihm klettern gehen ...

Während sie hinter ihm bergauf marschierte, griff sie das Thema Jürgen und Sabine wieder auf. „Es sieht so aus, als hätten die beiden seit Jahrzehnten ein Verhältnis. Aber warum hat sich Sabine dann nicht scheiden lassen?“

„Weil eine Scheidung für sie höchst ungünstig wäre“, erwiderte Sebastian. „Ich habe über die Schmiedels recherchiert. Erich Schmiedel, Patricks Vater, ist ein bekannter Münchner Kunstmäzen, er hat eine Villa im Lehel. Er finanziert seinem Sohn seine alpinen Abenteuer und seiner Frau ein angenehmes Leben ohne Arbeit.“

„Was? Sabine ist ein Luxusweibchen? Irgendwie passt das nicht zu einer Kletterin“, sagte Jana.

„Dass Luxusweibchen und Klettern nicht zusammenpassen, halte ich für ein Klischee“, gab er zurück. „Die Berge könnten für Sabine ein willkommener Kontrast zu Oper, Vernissage und Wohltätigkeitsball sein.“

Jana stellte die Frage, die sie seit ihrer Verabredung gestern beschäftigte. „Gibt es einen wichtigen Grund, warum du Jürgen und Sabine im Oberreintal treffen willst? Mir kommt das irgendwie seltsam vor.“

„Es gibt keine logische Begründung, die mein Vorgesetzter akzeptieren würde. Deshalb läuft diese Unternehmung als Privatvergnügen. Und das ist es auch teilweise. Ich wollte mit dir klettern gehen.“

Er gab es einfach zu. Jana fand es gut, dass er so direkt war, aber es machte sie auch ein bisschen verlegen. „Was meinst du mit ‚teilweise‘?“

„Es gibt mir zu denken, dass Patrick Schmiedel einen Tag vor dem Tod deines Mannes plötzlich zu seiner Mutter gefahren ist. Ich habe das Gefühl, da steckt etwas Wichtiges dahinter."

Sie gelangten in das Schuttfeld unterhalb des Oberreintalturms. Ohne jeden Übergang baute sich eine düstere Mauer vor ihnen auf, die in tiefem Schatten lag. Jana rutschte das Herz Richtung Magen.

Sie blieben stehen und blickten empor.

Sebastian fragte, ob es ihr recht sei, wenn er die erste Seillänge vorausginge, das sei sechs plus.

Wie höflich. Und ganz anders als Bruno. Wenn er mit Jana in einer alpinen Route war, dann war es für ihn selbstverständlich gewesen, dass sie nachstieg. Und sie hatte sich nie dagegen gewehrt …

„Heißt die Route nach diesem ein bisschen kitschigen Kinderbuch ‚Heidi'?", fragte Jana, während sie sich zum Klettern bereitmachten.

Sebastian wickelte das Halbseil ab. „Nein. Das ist der Name eines Mädchens, das durch einen Felssturz ums Leben gekommen ist. Ihr Vater und ihr Bruder haben die Route erstbegangen."

„Wie traurig. Hast du eigentlich Kinder, Sebastian?"

Ein Lächeln breitete sich auf seinem Gesicht aus. „Eine Tochter, sie ist jetzt zehn und heißt Lea. Ich bin geschieden, sehe sie aber oft. Ich kann mir nichts Schlimmeres vorstellen, als sie zu verlieren."

„Warum hast du dich scheiden lassen?"

Sebastian sortierte die Klemmkeile und Expressschlingen an seinem Gurt. „Meine Frau hat mir ständig Steine in den Weg gelegt, wenn ich auf Tour gehen wollte. Es gab jedes Mal Streit, und dann hatte sie einen anderen. Jetzt lebt sie in Garmisch und verkauft Andenken. Zum Glück kommen wir einigermaßen miteinander aus."

„Sie muss doch gewusst haben, dass sie einen Bergsteiger geheiratet hat!"

„Schon. Aber sie hat geglaubt, das würde sich mit dem Kind und in der Ehe irgendwann geben. Sie hatte keine Ahnung, wie viel mir die Berge bedeuten. Wir hätten mehr miteinander reden sollen. Einander kennenlernen ist eine endlose Aufgabe."

Hatte Jana Bruno gekannt? Vor ihrer Ehe hatte sie sich eingebildet, ihm nah zu sein. Und hatte nichts, absolut nichts von seiner Eifersucht bemerkt. Hatte er sie bewusst vor ihr verborgen, oder sie erst nach ihrer Heirat entwickelt, weil sie nun sein „Besitz" war? Und dann die letzten zwei Wochen vor seinem Tod ... Da war er ein Fremder im Haus und im Bett gewesen. Der nicht über die Dinge reden wollte, die ihn bewegten, der sie auf Abstand hielt, ja sogar ärgerlich wurde, wenn sie ihn danach fragte. Andererseits ... Sie hatte sich innerlich immer mehr von ihm abgewandt, bis ihr eine Scheidung als das einzig Richtige erschienen war. Und ihm verschwiegen, wie es in ihr aussah.

Sebastian hatte die Kletterschuhe angezogen und startete durch.

Trotz seiner massiven Schultern und seiner Körpergröße wirkten seine Bewegungen leicht und fließend.

Als Jana an der Reihe war, erwies sich der plattige Kalk, der von unten so furchterregend ausgesehen hatte, als purer Genuss, er war gesprenkelt von Kerben und Kanten. Es folgte leichtes Gelände, sie wechselten sich in der Führung ab. Und dann entdeckte Jana unten im Schuttfeld zwei Leute – konnte es sein? Dieses lange Gestell kannte sie – das war Ferdl! Und sein Partner war unverkennbar Patrick. Oh je, war das peinlich. Wie sollte sie ihnen erklären, dass sie jetzt mit Sebastian unterwegs war?

Sie winkte. „Haallooo!"

„Hei mi leckst am Arsch!", kam es zweifach von unten.

„Du mi a!", schrie Sebastian hinunter.

Als Jana bei ihm am Standplatz ankam, erklärte er ihr, dass man einander im Oberreintal seit den dreißiger Jahren so grüßte. „Das ist eigenartig, dass die beiden Verdächtigen miteinander unterwegs sind", fügte er hinzu.

„Sie müssen es gestern Abend abgesprochen haben. Da hat sich Patrick zu Ferdl gesetzt, was eher ungewöhnlich ist. Die beiden sind nicht miteinander befreundet und klettern sonst nie miteinander, soviel ich weiß."

Sebastian schaute nachdenklich drein. „Du hast mir erzählt, dass jeder zuerst dich gefragt hat. Dass du jetzt mit mir unterwegs bist, dürfte ihnen nicht gefallen."

„Es ist verdammt noch mal peinlich!"

In der vierten Seillänge wurde es ernst: siebter Grad, gut gesichert. Jana wollte unbedingt vorsteigen, doch schon bald bereute sie es. Sie eierte mit den Füßen auf Abpfiff über glatte Platten und musste sich zusammenreißen, nicht in einen der vielen Bohrhaken zu greifen. Als Sebastian nachgestiegen war, erwartete sie ein Lob, wie toll sie das gemacht hatte; das wäre für Bruno typisch gewesen. Und es hätte ein bisschen von oben herab geklungen.

Sebastian strahlte sie an. „Es macht Spaß, mit dir unterwegs zu sein." Sie lächelte zurück, und sie schauten einander in die Augen.

Die Sieben-plus-Länge war für Jana auch im Nachstieg vertrackt. Ferdl und Patrick holten auf, sie kletterten nun parallel zu ihr und riefen „Super!" und „Auf geht's!" herüber. Offenbar wollte keiner der beiden zeigen, dass er wegen Janas Absage beleidigt war. Und vermutlich wussten sie auch nicht, dass der jeweils andere mit Jana hatte losziehen wollen.

In der Schlüsselstelle, einem anstrengenden Linksquergang, fürchtete sie mit einem Pendelschwung aus der Wand zu fallen. Sie brauchte ewig, hielt sich an Haken fest. Patrick und Ferdl kletterten nun oberhalb von ihr; ihre Route, der „Sommernachtstraum", hatte denselben Standplatz wie die „Heidi".

Pling, pling! Steinchen schlugen auf Janas Helm. Auf einmal fühlte sie sich hilflos, ausgesetzt. Was, wenn einer der beiden der Stalker oder sogar Brunos Mörder war, ein verrückter Psychopath, der vor Wut kochte, weil sie mit einem anderen Mann unterwegs war? Er könnte Steine auf sie herabwerfen. Und man würde ihm nie nachweisen können, dass das mit voller Absicht geschehen war.

21. KAPITEL

Patrick stieg die Siebener-Seillänge so schnell hinterher, wie er nur konnte. Er wollte sich nicht vor Ferdl blamieren, der dort hinaufgehastet war, ohne Keile oder Friends zu legen. Aber eigentlich war das Leichtsinn. So gut war Ferdl nicht, dass er sich das leisten konnte. Was für eine blöde Idee, mit ihm im Gebirge zu klettern! Obendrein mochte Patrick ihn nicht besonders, und das war nie eine gute Basis für eine Seilschaft. Aber er hatte keinen anderen Partner fürs Oberreintal gefunden – und seine Mutter war heute mit Jürgen dort …

Er warf einen Blick zu Jana hinüber, die rechts von ihm in der „Heidi" herumbastelte.

Warum hatte sie es bei Harrys Feier abgelehnt, mit ihm zu klettern? Ein heißer Wurm wand und drehte sich in seinem Magen. Abgelehnt. Sie hatte ihn abgelehnt und sich einen anderen Partner gesucht. Dabei war es doch offensichtlich, dass etwas zwischen ihnen in der Luft lag! Oder täuschte er sich da? Nein. Nein, das konnte nicht sein. Alle Frauen mochten ihn. Er würde schon noch zum Ziel kommen. Etwas anderes war undenkbar.

Und wer war dieser Typ, mit dem sie heute unterwegs war?

Noch ein paar Meter zum Stand. Nun erkannte Patrick den Mann, der neben Ferdl hockte: der Polizist, der ihn nach Brunos Tod verhört hatte! Patrick schoss es heiß durch die Glieder. Warum war der hier? Das konnte doch kein Zufall sein! Er klinkte seine Sicherung am Stand ein. „Hallo, Herr Polizeibergführer. Das ist ja ein seltsamer Ort, um Verbrecher zu jagen."

„Die gibt's überall. Manche sind in ihrem Privatleben Bergsteiger. Genauso wie einige Polizisten."

Ferdl reichte Patrick Expressschlingen, Friends und Keile. Dabei sagte er zu Oberleitner: „Warum spielen Sie den Bergführer für Brunos Witwe?"

„Sie braucht keinen Bergführer. Ich hatte andere Gründe, mit ihr ins Oberreintal zu gehen."

Ferdls Stimme bebte vor unterdrückter Wut. „Jana trauert. Sie braucht Ruhe. Ich könnte mich bei Ihrem Vorgesetzten beschweren, dass Sie Privatleben und Polizeiarbeit – äh – vermischen."

Patrick traf es wie ein Schlag. Ferdl hatte auch Interesse an Jana! Bisher hatte er überhaupt nicht auf ihn geachtet. Nicht zu fassen, dass dieser eckige Kerl glaubte, bei ihr eine Chance zu haben. Sicher, er war nicht hässlich, aber er hatte null Charme und Ausstrahlung. Wofür hielt der sich eigentlich?

Oberleitner zog weiter das Seil ein und sagte nichts. Ferdls Gesicht war verkniffen. Er schien sich gewaltig zu ärgern, dass der Polizist nicht auf seinen Angriff reagiert hatte.

***

An den Tischen vor der Hütte drängten sich die Kletterer, es wurde erzählt und schwadroniert, Hände fuhren durch die Luft, um Kletterbewegungen nachzuahmen.

Jana hatte sich ein Weißbier geholt und sich neben Ferdl und Patrick niedergelassen. Sie nahm einen tiefen Zug, es schmeckte herb und floss kühl ihre Kehle hinab.

Sebastian war gerade Richtung Theke unterwegs, um Nachschub zu holen. Das nutzte Ferdl, um zu fragen: „Warum bist du eigentlich mit Oberleitner unterwegs?"

Es war ihm anzusehen, dass er stinksauer war.

Jana hatte sich die Antwort längst zurechtgelegt. „Es war eine spontane Entscheidung. Irgendwie hatte ich plötzlich doch keine Lust, bei dem schönen Wetter daheim zu sitzen. Ich habe gestern Abend noch mit Sebastian wegen einer polizeilichen Sache telefoniert; er hat mich gefragt, ob ich mit ihm klettern will. Um woanders anzurufen, war es schon zu spät."

Damit ließ sie offen, ob mit einem möglichen Anruf Ferdl oder Patrick gemeint war.

„Tut mir leid, das sieht jetzt blöd aus, aber ich bin zurzeit seltsam drauf, meine Stimmung schwankt."

Patrick lachte und wischte sich den Bierschaum vom Mund. „Entschuldigung angenommen!“

Damit war für Ferdl wohl klar, dass Jana auch Patrick abgewiesen hatte. In seinem Gesicht war nichts zu lesen. Er starrte auf den Holztisch und fuhr mit dem Finger an der Maserung entlang.

Plötzlich gab es Unruhe unter den Leuten auf der Terrasse. Blicke richteten sich auf den Pfad, der vom Tal herauf zur Hütte führte. „Jetzt kimmt wieder oaner“, sagte ein Graubart in Janas Nähe. „Bin gspannt.“

Was sollte denn das? Jana beobachtete den Mann, der in schweren Bergstiefeln heranstapfte. Sein Gesicht war knallrot, sein Rucksack so klein, dass da unmöglich Kletterzeug hineinpassen konnte. Er nickte in die Runde und plumpste auf eine Bank. „Heiß heut, gell?“, sagte er.

„Wirst bald wieder abkühlen“, gab sein Nachbar zurück und grinste breit. „Bier gibt's drinnen.“

Jana machte sich auf den Weg zur neuen Bio-Toilette. Der moderne Bau lag etwas abseits der Hütte und passte nicht recht zu ihrem altmodischen Charme. Und sie entdeckte nirgends verdächtige elektrische Leitungen.

Als sie zur Terrasse zurückkehrte, brandete ihr Gelächter und Gegröle entgegen.

„Da hast du was versäumt“, sagte Patrick.

„Was denn?“

Er zeigte auf den Wanderer, der dastand und sich schüttelte, Tropfen flogen von ihm weg wie bei einem Hund, der gerade in einem See gebadet hat. Seine Haare waren patschnass, und er lachte lauthals. Dann warf er sich auf die Bank und lachte weiter, hielt sich den Bauch, er konnte kaum damit aufhören, und die Meute brüllte und tobte.

Es dauerte eine Weile, bis der Lärm abebbte. Der Graubart klopfte dem feuchten Gast auf die Schulter. „Nix für ungut! Bist scho recht, hast Humor!“

„Hat ihm jemand Bier über den Kopf geschüttet?“, fragte Jana.

„Das ist ein Oberreintal-Geheimnis, du darfst es nicht weitererzählen“, erklärte Patrick. „Der Brauch ist uralt, und –“ Er unterbrach seinen Satz und schaute mit einem seltsam gespannten Gesichtsausdruck auf den Pfad, der zu den Einstiegen der Kletterrouten führte. Auf ihm näherten sich zwei Leute: Sabine und ein drahtiger älterer Mann – Jürgen. Die beiden gingen Hand in Hand.

Kurz vor der Terrasse fiel Sabines Blick auf die Gruppe um Jana. Sie ließ Jürgens Hand los. Ihre Stimme klang betont fröhlich. „Servus mitananders!“ Sie eilte auf ihren Sohn zu, umarmte ihn kurz und überschüttete ihn mit einem Wortwasserfall. Die „Herbst/Teufel“ sei wieder super gewesen, warum hatte Patrick nicht gesagt, dass er auch ins Oberreintal wollte, und es sei schön, einander so unverhofft zu begegnen, nun könne sie ihm endlich einmal Jürgen vorstellen.

Er sah noch besser aus als auf dem Foto vom Tourenberichtsabend. Seine Gesichtszüge erinnerten an Luis Trenker in seinen späten Jahren, und das weiße Haar war ein schöner Kontrast zu seiner tiefbraunen Haut und den dunklen Augen. „Ich wollte dich schon lange kennenlernen, Patrick“, sagte er mit einem strahlenden Lächeln.

Alle am Tisch rückten enger zusammen, Jürgen und Sabine quetschten sich dazwischen. Sie redete und redete. Patrick war der einzige, der ihr gelegentlich ins Wort fiel oder einen Witz machte. Sebastian schien sich nur für sein Bier zu interessieren, aber Jana war sicher, dass er seine großen Ohren nutzte.

Dann war es Zeit fürs Abendessen. Der Hüttenwirt hatte die von den Gästen heraufgetragenen Schätze zu einem Gericht vereint: Nudeln in verschiedenen Formvarianten und Tortellini. Die Sauce war eine Mischung aus Thunfisch, Salami, Schinken und Käse und entfaltete eine ungewöhnlich breite Geschmacksskala.

Danach hockte das Klettervolk vor der Hütte und schaute auf den von Felswänden umrahmten Talschluss, über den sich die Nacht senkte. Die Bergspitzen über dem Schüssel- und Oberreintalkar leuchteten orangerot, und die Schatten in den

Wänden wanderten nach oben, bis Grate und Gipfel schwarz in den von Sternen übersäten Himmel emporragten. Jemand spielte alte Rocksongs auf der Gitarre, und die anderen sangen oder summten mit.

Es wurde Zeit zu schlafen, und Jana ging zum Brunnen, um die Zähne zu putzen. Dort traf sie Sebastian.

Sie drückte Zahnpasta aus der Tube. „Ist dir auch aufgefallen, dass mit Patrick etwas nicht stimmt? Ich glaube, seine gute Laune heute Abend war nur gekonnt gespielt. Vielleicht liegt es daran, dass ich mit dir und nicht mit ihm auf Tour gegangen bin."

Sebastian spülte seinen Mund mit Wasser aus. „Schon möglich. Ich fand auch, dass seine Scherze aufgesetzt klangen. Mein Eindruck war aber, dass es an diesem Jürgen liegt."

„Meinst du, es stört Patrick, dass er ein Verhältnis mit seiner Mutter hat?"

„Eher nicht. Ich denke, da gibt es noch etwas, und –" Er verstummte, denn nun kamen der Graubart und zwei junge Kletterer hinzu.

„Reden wir morgen darüber", sagte Sebastian und wandte sich Richtung Hütte.

***

Ein Matratzenlager war für Jana ein neuartiges alpines Erlebnis. Der Schlafraum war so vollgepackt mit Menschen, dass man auf der Seite schlafen musste, wenn man dem Nachbarn nicht allzu nahe kommen wollte. Jana hatte einen Randplatz ergattert und sich von Sebastian weg zur Wand gedreht. Sein Atem blies gegen ihren Nacken. Ringsum ertönte ein vielstimmiges Schnarchkonzert in verschiedenen Rhythmen, Tonlagen und kreativen Variationen. Am lautesten war der Graubart, der nach reichlichem Bierkonsum dalag wie ein gefällter Baum; der Raum vibrierte von seinen tiefen Brummtönen. Trotz des offenen Fensters stank es nach nassen Socken und verschwitzten Plastik-Funktionsklamotten. Jana hatte ihren Hüttenschlafsack bis zur Nasenspitze hochgezogen, damit ihre Haut nicht die Decke mit DAV-Aufschrift berührte.

Es war verdammt schwierig einzuschlafen.

Brunos Tod, das ganze Chaos danach wirbelte in ihrem Kopf, der Stalker … Sie döste weg, wachte wieder auf.

Wie ärgerlich. Sie musste aufs Klo.

Sie krabbelte vom Lager, tappte barfüßig zwischen den Reihen der Schlafenden hindurch und die Treppe hinunter. Sie schlüpfte in ihre Schuhe, ging zur offen stehenden Türe hinaus und wollte gerade um die Ecke biegen, da hörte sie Stimmen aus der Richtung der Bank vor der Hütte. Heute Nachmittag hatte sie auf der Rücklehne den Schriftzug „Hei mi leckst am Arsch“ entdeckt.

„Gut, dass wir einmal allein miteinander reden können“, sagte eine junge Stimme, die nach Patrick klang.

Jana blieb jäh stehen.

„Ja, das ist gut so“, antwortete jemand, der nur Jürgen sein konnte. „Sabine hat immer versucht zu vermeiden, dass wir einander treffen. Ich finde das merkwürdig.“

Ein Rendezvous zwischen Patrick und Jürgen!

Die beiden schwiegen. Es war still bis auf das Wispern des Windes in den Ahornbäumen. Jana, die nur T-Shirt und Unterhose anhatte, begann zu frösteln, rührte sich aber nicht. Endlich sagte Jürgen: „Sabine behauptet, dass du Erichs Sohn bist. Ich weiß nicht, ob ich ihr glauben soll.“

Patricks Antwort war so leise, dass sie gerade noch zu verstehen war. „Es ist eine Lüge.“

Etwas wie ein Aufstöhnen, dann schweres Atmen.

„Ich weiß das noch nicht lange, erst seit etwa einem Monat“, fuhr Patrick fort. „Meine Mutter wollte, dass das ein Geheimnis zwischen ihr und mir bleibt. Aber ich war sehr neugierig auf dich, deshalb bin ich ins Oberreintal gekommen. Dabei war ich mir zuerst nicht einmal sicher, ob ich mit dir darüber reden sollte.“

„Ich habe es geahnt. Warum hat Sabine es dir so lange verschwiegen?“

„Sie hat befürchtet, dass ich meinem Vater, äh, Erich bei einer unserer vielen Streitereien die Wahrheit sage. Und sie meinte, es zu wissen würde mir ja nichts nutzen."

„Ich verstehe", sagte Jürgen bitter. „Sie wollte ihre Ehe nicht gefährden. Ich habe sie immer wieder gebeten, sich scheiden zu lassen. Aber sie wollte ihr komfortables Leben weiterführen. Ein einfacher Klempner wie ich hätte ihr das nicht bieten können."

„Da muss ich sie in Schutz nehmen", erwiderte Patrick. „Erich ist stur, er hat Prinzipien. Wenn sie sich für dich entschieden hätte, wäre ihm klar geworden, dass sie ihm untreu war. Ein DNA-Test hätte genügt, um die Wahrheit über mich ans Licht zu bringen. Er hätte mich enterbt. Das wollte mir meine Mutter nicht antun."

Wieder Schweigen. Jana zitterte am ganzen Körper vor Kälte. Egal. Hier fehlte eine wichtige Information. Warum hatte Sabine Patrick vor Kurzem dann doch gestanden, dass er Jürgens Sohn war?

Jürgen sagte langsam: „Ja, vielleicht ist es besser für dich, wenn dein reicher Pseudovater es nie erfährt. Aber ich würde dich gerne öfter in den Bergen treffen."

Ein Rumpeln an der Treppe. Jana fuhr zusammen, sie wollte nicht beim Lauschen ertappt werden. Zur Toilette konnte sie jetzt nicht mehr, dazu hätte sie an den beiden vorbeigemusst, und Patrick sollte lieber nicht auf die Idee kommen, dass sie mitgehört hatte. Also drehte sie sich schnell um und ging wieder hinauf in den Schlafraum. Als sie eine Viertelstunde später an der Bank mit der Inschrift vorbeikam, saß niemand mehr dort.

***

Blecherne, quäkende Töne – die Melodie von „Tequila". Ein echter Muntermacher, der nicht erfreulich war, wenn man weiterschlafen wollte.

„Hallo Jana", sagte Sebastian neben ihr. „Gut geschlafen im Sägewerk?"

„Nein, überhaupt nicht. Und was soll dieser Lärm am frühen Morgen?“

„Früher hat der Charlie um diese Zeit Hackbrett gespielt. Heute weckt einen ein nicht besonders musikalischer Hase mit einem Laufwerk im Bauch.“

„Teewasser und Kaffee han fertig! Wedder is guad, um halb drei Gwitter!“, tönte es aus dem Erdgeschoss.

„Gewitter?“, fragte Jana. „Dann müssen wir uns mit unserer Tour beeilen!“

Sebastian lachte. „Das sagt der Hüttenwirt jeden Morgen, egal wie das Wetter wird.“

„Na dann muss ich ja nicht gleich aufstehen. Ich brauche noch ein Auge voll Schlaf.“

„Keine Chance. Der Wirt duldet keine Langschläfer.“

Trotz der qualvollen Nacht und Janas Müdigkeit wurde es dann ein Traumtag. Der wasserzerfressene, feste Fels in „Oi’s Tschikago“ begeisterte sie, und Sebastians ruhige Ausstrahlung und die Bohrhaken machten ihr Mut. Im Fluss des Steigens und Greifens zählte nur der nächste Griff und Tritt, sie vergaß alles, was sie bedrückte, und sie war erfüllt von einem tiefen Glücksgefühl.

Beim Abstieg von der Hütte ins Tal kippte Janas Stimmung. Sie würde in ein einsames Haus zurückkehren, wo sie sich endlich mit Brunos Geldangelegenheiten beschäftigen sollte. Und sie schämte sich. Weil sie sich ein bisschen in Sebastian verliebt hatte. Er plusterte sich nicht auf, ließ andere ausreden und war ein guter Zuhörer. Wenn er lachte und sie anschaute, wurde ihr warm ums Herz.

Dass sie sich von Patrick angezogen fühlte, war etwas anderes, eher Körperliches und völlig in Ordnung, die normale Reaktion einer Frau auf einen besonders hübschen Kerl. Aber auch wenn er nicht verdächtig wäre, würde sie nie auf den Gedanken kommen, sich mit ihm zu verabreden. Mit Sebastian war das anders … Sie war ein herzloses Biest. Trotz seiner Fehler hatte Bruno es nicht verdient, dass sie sich so kurz nach seinem Tod für einen anderen Mann interessierte!

Als sie bei Janas Auto ankamen, hockte dort Patrick auf seinem Rucksack und blickte finster drein.

„Hi Patrick, was ist passiert?“, fragte Sebastian.

„Ferdl ist ein Arsch. Er klettert saugefährlich, legt keine Keile. Wir haben uns schon in den beiden ersten Längen in der ‚Zittermanä‘ total zerstritten. Ich bin dann noch die ‚Radlkante‘ solo gegangen, er wollte zur ‚Milka‘. Der Wirt hat mir gesagt, Ferdl wäre vor mir an der Hütte vorbeigekommen. Und jetzt ist sein Auto weg.“

22. KAPITEL

Sebastian marschierte die Treppe in den sechsten Stock des Schwabinger Mietshauses hinauf. Seinem Chef würde es nicht gefallen, dass er weiter wegen Bruno Hentelers Tod recherchierte. „Ich halte eine weitere Beschäftigung mit dem Fall für nicht sinnvoll“, hatte er vor einer Woche in seiner typischen gewundenen Art gesagt. Mit einiger Fantasie konnte man das auch als Teil einer Diskussion auffassen und nicht als direkte Anweisung. Und außerdem war Sebastian nach Dienstschluss losgefahren, der Besuch bei Lisa Bruhns musste nicht unbedingt in die Akten. Er hatte sie um ein Gespräch gebeten mit der Erklärung, ihr früherer Freund, Patrick Schmiedel, spiele bei einer Ermittlung eine gewisse Rolle.

Er drückte auf den Klingelknopf.

Die Tür öffnete sich, vor ihm stand ein schmales Geschöpf mit raspelkurzem Blondhaar in einem mit Blumen bedruckten Kleid. Lisa Bruhns verströmte den Geruch von Marzipan und Vanille, Sebastian bekam sofort Gelüste auf Süßes.

Nach der Begrüßung führte sie ihn in ein Wohnzimmer. Sebastian suchte nach einer Sitzgelegenheit, fand aber keine, da auf den Sesseln und der Couch zahlreiche Bücher und Zeitschriften Platz genommen hatten.

„Macht es Ihnen etwas aus, auf dem Boden zu sitzen?“, fragte sie. „Sonst kommt alles durcheinander. Dieses Chaos hat nämlich System, ich bereite mich aufs Staatsexamen vor. Physik und Mathematik.“

Sie ließ sich graziös in den Schneidersitz niedersinken.

Durch sein Klettertraining war Sebastian beweglich genug, um ihrem Beispiel zu folgen. Graziös sah es bei ihm aber sicher nicht aus.

Lisa Bruhns eröffnete das Gespräch. „Was hat Patrick denn angestellt, dass sich die Polizei für ihn interessiert?“

„Er könnte in eine Sache verwickelt sein, in der ich gerade ermittle. Mehr darf ich dazu nicht sagen, tut mir leid. Ich nehme an, Sie können sich vorstellen, wie ich auf Ihren Namen gestoßen bin."

„Klar, Patrick und mich verbindet eine alte Feindschaft. Obwohl die Geschichte jetzt sechs Jahre her ist und ich damals gerade erst achtzehn geworden bin. In dem Alter reagiert man eben ein bisschen empfindlich, wenn man den Liebsten mit der besten Freundin im Bett erwischt."

Das war die Untertreibung des Jahres. Sie hatte Patrick mit einem Küchenmesser angegriffen und geschrien, sie würde ihm sein Würstchen abschneiden, es grillen und mit Genuss verspeisen. Als Sebastian bei seinen Recherchen darauf gestoßen war, hatte er laut gelacht. Und das war obendrein einem Patrick Schmiedel passiert!

„Dem Richter habe ich damals erzählt, dass ich meine Tat bereue. Und das stimmte auch", sagte die junge Frau. Sie kicherte. „Ich hätte ihn mir im Schlaf vornehmen sollen."

Ihr etwas schräger Humor gefiel Sebastian. „Bitte erzählen Sie Patrick Schmiedel nichts über unser Gespräch."

„Bestimmt nicht. Seit ich ihm sein bestes Teil abschneiden wollte, haben wir irgendwie den Kontakt zueinander verloren."

„Seit wann kennen Sie ihn?"

„Er war mein Klassenkamerad. Aber ein Paar wurden wir erst kurz nach dem Abitur. Meine Eltern haben mir eine Wohnung gekauft, und er ist bei mir eingezogen."

„Wie schätzen Sie seinen Charakter ein, abgesehen davon, dass er nicht treu war?"

„Er war getrieben. Wollte immer zum nächsten Berg, zur nächsten Frau, und je schwieriger das war, umso besser. Wenn er sein Ziel erreicht hatte, fasste er sofort ein neues ins Auge. Er ist ein Abenteurer und Sensation Seeker – kennen Sie den Begriff?"

„Ja. Jemand, der intensive Erlebnisse braucht, um überhaupt etwas zu fühlen. Angeblich trifft das auf viele extreme Bergsteiger zu."

Sebastian musterte die zerbrechlich wirkende Lisa Bruhns. Sie war äußerlich ein völlig anderer Typ als Jana. Hatten die beiden etwas gemeinsam, das Patrick anzog? Vielleicht eine gewisse Ausstrahlung von Stärke. Und wahrscheinlich waren beide nicht leicht zu „erobern“. Sebastian verabscheute dieses Wort, in Bezug auf Frauen ebenso wie auf Berge. Aber es war ihm als Erstes in den Sinn gekommen – die alten Muster waren stark.

„Wie reagierte Patrick Schmiedel, wenn eine Frau ihn abwies?“, fragte er.

Sie fuhr mit den Fingern durch ihre kurzen Haare. „Soviel ich weiß, hat er es bisher bei jeder geschafft. Er ist unterhaltsam, charmant, sieht gut aus und hat etwas Kühnes, Wildes, das Frauen fasziniert. Mit siebzehn hat er eine Lehrerin angeschwärmt, und die zeigte ihm die kalte Schulter, wahrscheinlich, weil sie ihn zu jung fand. Er blieb dran, bis er sie rumgekriegt hatte. Nach zwei Wochen machte er Schluss mit ihr.“

Sebastian lehnte sich mit dem Rücken an die Couch und streckte seine Beine lang aus. „Hmm. Sie waren ein Jahr lang mit ihm zusammen, trotz seiner Untreue. Glauben Sie –“

Sie fiel ihm ins Wort. „Verfluchte Scheiße. Ich habe mir viel zu viel von ihm gefallen lassen. Immer gehofft, dass er irgendwann begreift, dass ich die einzig Richtige für ihn bin. Und ich war noch stolz drauf, dass ich seine bisher längste Beziehung war! Aber er hat mich bloß ausgenutzt. Er wollte von zu Hause weg und konnte bei mir umsonst wohnen.“

„Warum? Seine Eltern haben ein großes Haus nicht weit von der Uni. Da hatte er doch sicher genug Platz.“

„Schon. Aber er hatte gute Gründe auszuziehen. Sein Vater war stur, streng und verlangte, dass sein Sohn etwas Ordentliches wird – Lehrer oder Ingenieur zum Beispiel. Aber der wollte nur bergsteigen. Ich war ein paarmal in der Villa seiner Eltern zu Besuch. Patricks Mutter redete ununterbrochen, um das Schweigen zwischen Vater und Sohn zu überbrücken. Und sie flatterte dauernd um Patrick herum, nervte ihn mit Fragen. Ich erinnere mich noch gut an eine Szene …“ Lisas Stimme wurde süßlich und sehr hoch: „Liebling, du siehst unzufrieden aus, kann ich etwas für dich tun?“ Sie wechselte die Tonart.

„Endlich die Klappe halten!"

„Klingt ungemütlich", kommentierte Sebastian.

„Hinterher hat sich Patrick entschuldigt", sagte die junge Frau. „Seine Mutter war immer seine Verbündete, wenn er was ausgefressen hatte oder Geld brauchte. Die Atmosphäre in Patricks Elternhaus war irgendwie stickig und gleichzeitig geladen, unter der Oberfläche lagen Gefühle, über die niemand sprach. Ich kann es verstehen, dass Patrick so oft wie möglich in die Berge abgehauen ist."

Wahrscheinlich hatten Sabines Lügen die Stimmung in der Familie vergiftet. Erich Schmiedel ahnte oder spürte, dass Patrick nicht sein Sohn war. Und brachte ihm keine Wärme entgegen. Vielleicht hasste er ihn sogar.

Sebastian stellte noch ein paar Fragen über Patricks Schulzeit und erfuhr, dass er trotz seiner Faulheit ordentliche Noten gehabt hatte.

„Ich hätte keine Fragen mehr", sagte Sebastian. „Gibt es noch etwas, was Sie über Patrick erzählen können?"

Lisa stand auf und marschierte im Zimmer auf und ab, immer in Gefahr, einen kunstvoll aufgeschichteten Turm zum Einsturz zu bringen.

Sebastian beobachtete sie. Nach einer Weile sagte er: „Sie überlegen, ob Sie mir etwas verschweigen wollen oder nicht. Warum?"

Sie blieb vor ihm stehen und schaute auf ihn herab. „Weil ich gelogen habe und mich ein bisschen schäme."

Nach dieser Aussage war Sebastian sicher, dass sie reden würde.

„Ich war damals total verliebt. Das ist meine einzige Entschuldigung. Aber wenn Patrick in irgendeine kriminelle Sache verwickelt ist, könnte es wichtig sein. Ich hätte ein schlechtes Gewissen, das zu verschweigen."

Sebastian wartete.

Lisa Bruhns setzte sich wieder ihm gegenüber und heftete den Blick auf den Boden. „Jemand aus meiner Klasse, Yannick hieß er, hat Patrick verspottet, weil seine Mutter ihn immer abholte. Da ist er auf ihn losgegangen und hat ihn so verprügelt, dass ich Angst bekommen habe, er bringt ihn um. Zum Glück sind in dem Moment ein paar andere Schüler aufgetaucht und haben die beiden getrennt. Es gab eine Untersuchung, der Direktor und die Eltern haben mich als Zeugin befragt. Ich habe behauptet, Yannick hätte angefangen. Und ich habe ihm gedroht, dass ich ihn als Haschischdealer auffliegen lasse, wenn er bei seiner Aussage bleibt. Er hat nämlich erzählt, dass Patrick nicht aufgehört hat, auf ihn einzudreschen, obwohl er ihn angefleht und vor Schmerz gewimmert und geschrien hat."

Sebastian fragte noch nach ein paar Details, dann verabschiedete er sich und machte sich auf den Weg zu seinem Auto.

War es denkbar, dass Patrick Schmiedel der Stalker war?

Die meisten Stalker fühlten sich minderwertig und konnten mit Kränkungen nicht gut umgehen. Vielleicht brauchte Patrick seine Frauengeschichten, um sein Selbstwertgefühl zu heben. Und konnte es nicht akzeptieren, dass er bei Jana nicht gelandet war. Daher versuchte er es mit allen Mitteln, rutschte irgendwann in eine Fantasiewelt ab, einen Wahn, in dem die begehrte Frau ihn eben doch wollte …

Aber ein Mord?

Patricks Angriff auf den Klassenkameraden konnte man als Ausdruck eines cholerischen oder sogar brutalen Charakters interpretieren – oder als Jugendsünde. Später war er jedenfalls nie wieder durch Gewalttätigkeit aufgefallen. Lisa Bruhns hielt ihn für einen verwöhnten, rücksichtslosen Egoisten. Abgesehen von der Frauenjagd war das Bergsteigen sein Lebensinhalt. Was würde er alles tun, um weiter auf Expedition gehen und extrem klettern zu können? Sebastian seufzte. Ein Stück weit verstand er diese Leidenschaft, an der – wenn man seiner Frau glaubte – ihre Ehe zerbrochen war. Er hatte Kompromisse gesucht, aber nicht darauf verzichten wollen. Die Freude und Erfüllung beim Bergsteigen war intensiv. Und bei manchen Menschen wurde es zur Sucht. Einer Sucht, die eine geregelte Arbeit verhinderte, Familien zerstörte und tödlich enden konnte. Genau wie bei einer Alkohol-, Spiel- oder Drogensucht. Und im fortgeschrittenen Stadium verloren Süchtige auch ihr Ehrgefühl und ihre Moral.

Wie stand es mit Ferdl, dem anderen Verdächtigen? Seine Recherchen und Janas Besuch bei seiner Großmutter ergaben ein düsteres Bild: Seine Kindheit war vergiftet durch den Neid auf seine erfolgreichen Brüder. Nicht einmal als er versuchte, die Träume seines Vaters beim Klettern zu verwirklichen, erreichte er dessen Anerkennung. Und dann verließ ihn seine Mutter, als er zwölf Jahre alt war. Das war die ultimative Ablehnung, die dem Jungen das Gefühl vermittelte, nichts wert zu sein und nicht geliebt zu werden. Vielleicht hatte er sich in die Idee verrannt, das Fortgehen seiner Mutter sei seine Schuld gewesen, weil er sich daneben benommen und nicht auf ihre Wünsche gehört hatte. Setzte er nun Jana an die Stelle seiner Mutter? Hatte er ihren Ehemann ermordet, weil er glaubte, dass er damit ihre Wünsche erfüllte?

***

Sebastian drückte die Klingel an der Gartentür.

„Komm rein, Sebastian", tönte Janas Stimme aus der Sprechanlage.

Die Tür sprang auf, und er ging an Rabatten mit dunkelroten und gelben Rosen vorbei zum Haus. Die verwelkten Köpfe der Blumen waren nicht abgeschnitten, Unkraut wucherte in den Beeten.

Die Haustür öffnete sich. Sie lächelte ihn an.

Ein warmes Gefühl durchflutete ihn. Eine Umarmung, ein Begrüßungskuss wären schön …

Er gab ihr die Hand. „Ich bin sozusagen geschäftlich hier, als Ermittler", erklärte er. „Ich hoffe, ich störe nicht."

„Du hättest vorher anrufen können."

„Ich war gerade in der Gegend. Wenn du keine Zeit hast, gehe ich wieder."

Er war so auf ihr Lächeln fixiert gewesen, dass ihm erst jetzt ihr mit Farbe bekleckstes Hemd auffiel. „Du malst?"

„Ja. Und es ist viel mehr für mich als nur ein Hobby."

„Warum hast du mir das nicht früher erzählt?"

Sie zuckte mit den Schultern. „War halt irgendwie kein Thema. Interessierst du dich für Kunst?"

„Ich gehe gelegentlich in Museen, zum Beispiel ins Lenbachhaus oder die Glyptothek, aber ich verstehe nichts davon. Oder nicht viel. Ich habe mir nur ein bisschen was angelesen."

Er folgte ihr die Treppe hinauf zu einem Zimmer mit schrägen Wänden direkt unterm Dach. Eine Seite war komplett verglast, sodass man auf einen von Buchen umstandenen Rasenfleck hinunterblicken konnte. Helles Licht fiel auf eine Staffelei mit einem noch unfertigen Bild. Fast die gesamte Fläche der Leinwand wurde von einem See eingenommen, der im Vordergrund türkisfarben leuchtete und am fernen Ufer zu silbrigem Blau verblasste. Dahinter erhob sich ein dreieckiger Berg, der fast durchsichtig wirkte.

Von dem Bild ging eine große Ruhe aus.

Sebastian schaute es lange an, dann wandte er sich ihr zu. „Das ist schön."

„Diese Art von Kunst ist von vorgestern", erwiderte sie. „Nichts für die Lobby einer Bank oder das Wartezimmer eines Zahnarztes. Und schon gar nichts für Galerien."

„Du klingst bitter."

„Niemand kauft meine Bilder, aber ich möchte nicht anders malen, weil dies oder jenes gerade im Trend liegt. Das wäre Betrug an mir selbst."

Sebastian sah sich eine Reihe weiterer Bilder an, die an der Wand lehnten. Kraftvolle Farben, dynamisch, mit schnellen, temperamentvollen Pinselstrichen hingeworfen. Emotionen brodelten darin. Was für ein Kontrast zur Stille des Bildes auf der Staffelei, das ihn an Berglandschaften von Hodler erinnerte.

„Warum hast du deinen Stil geändert?", fragte Sebastian.

„Um Ruhe zu finden."

„Du drückst also aus, was dir fehlt."

„Da spricht der ehemalige Psychologiestudent! Aber es könnte stimmen. Solange der Stalker nicht gefasst ist, bin ich nervös, ängstlich, durcheinander. Eigentlich passt das gar nicht zu mir.“ Sie zeigte auf einen feuerroten Berg, hinter dem eine schwarze Wolke emporquoll. „Das hier ist ein paar Monate alt. Damals war ich noch ganz anders drauf.“

Sebastian nickte. „In diesem Bild steckt explosive Energie und ein gewaltiger Zorn. Hast du das nicht ausgelebt in deiner Ehe?“

Sie presste die Lippen aufeinander. „So einfach ist das nicht.“ Dann stieß sie einen Seufzer aus. „Okay. Da könnte was dran sein. Manchmal hatte ich eine tierische Wut auf Bruno, weil er mich eingeengt hat. Trotzdem habe ich versucht, mit ihm auszukommen. Wie mit allen Menschen. Ich glaube, ich bin immer zu nett, zu liebenswürdig.“

Er grinste. „Schrei mich an!“

„Halt die Klappe!“, brüllte sie. „Das ist keine verdammte Therapiestunde!“

„Bravo. So, und jetzt könnte ich einen Kaffee vertragen.“

„Aber bitte, gerne, selbstverständlich!“, flötete sie im Ton einer geschulten Verkäuferin.

Kurz darauf saßen sie auf der Terrasse. Es war schwül, am Himmel bauschten sich Wolken mit dunkler Unterseite.

Der Cappuccino schmeckte gut, aber die Kekse erinnerten Sebastian an die mit der Laubsäge hergestellten aus Loriots Karikatur.

„Selbst gemacht?“, fragte er.

Sie nickte. „Backen ist nicht meine Stärke. Wenn man von Käsekuchen absieht, da bin ich Expertin.“

„Warum backst du dann Kekse?“

„Ich bin mit einem Zahnarzt befreundet. Hoffentlich ermittelst du jetzt nicht wegen Körperverletzung.“

Sebastian grinste. „Mit Dickmann’s Schaumküssen wärst du als Gastgeberin auf der sicheren Seite.“

„Die kann ich nicht auf Vorrat halten. Sie sind zu verführerisch. Eigentlich müssten sie Dickfrau’s heißen.“

Ihre Augen strahlten. Sie an sich drücken und küssen... Nein. Sie schien ihn zu mögen, aber das wäre unpassend, viel zu früh. „Ich habe noch einmal über das Gespräch zwischen Patrick und Jürgen nachgedacht, das du belauscht hast. Patrick hat gesagt, er wüsste seit etwa einem Monat, dass er Jürgens Sohn ist. Und es ist etwa einen Monat her, seit dein Mann an der Alpspitze gestorben ist."

„Richtig", sagte Jana. „Am Tag vor Brunos Tod waren wir alle am Hanger klettern. Dort hat Patrick mit seiner Mutter telefoniert und ist dann zu ihr gefahren. Ich glaube, dass es dabei um Patricks Vater ging."

„Hat Sabine Patrick angerufen oder er sie?"

Jana legte die Stirn in Falten. Nach einer Weile sagte sie: „Er hat das Handy aus der Hosentasche gezogen und ist damit weggegangen. Also hat er sich bei seiner Mutter gemeldet."

Alles passte. Sebastian fühlte sich wie kurz vor der Auflösung eines Sudoku. „Es liegt nahe, dass jemand Patrick vor diesem Gespräch erzählt hat, dass er ein Kuckuckskind ist. Und nun wollte er von seiner Mutter wissen, ob es stimmt. Vielleicht hat es ihm einer aus deiner Urlaubsgruppe gesteckt."

Jana sog scharf die Luft ein. „Da könntest du recht haben."

Sie erzählte ihm, warum ihr Ehemann den Verdacht geschöpft hatte, Patrick hätte bei ihr übernachtet.

„Und? Stimmt es?", fragte Sebastian.

Sie wich seinem Blick aus. „Äh ... ja."

Sebastian versuchte, seiner Stimme einen gleichgültigen Klang zu geben. „Warum hast du mir nichts davon gesagt?"

„Ich wollte ..." Nun schaute sie ihn direkt an. Ihre Wangen färbten sich rosa. „Ich wollte nicht, dass du mich für eine Frau hältst, die gleich mit jedem ins Bett hüpft."

Er verzichtete darauf, das zu kommentieren. „Was ist bei Patricks Besuch geschehen?"

Sie rührte in ihrem Cappuccino, was den schönen Milchschaum verdarb. „Nichts. Gar nichts."

„Ich bin ein guter Schnüffler", gab Sebastian zurück. „Und jetzt rieche ich eine Lüge oder Halbwahrheit."

Sie warf wütend den Löffel auf den Tisch. „Er hat es bei mir versucht, und ich habe ihn abgewiesen.“

„Gefällt er dir nicht?“

„Ich finde Patrick attraktiv, und damals war ich schon dabei, mich von Bruno abzuwenden. Aber ich wollte ihn nicht betrügen.“

Das gab Sebastian einen Stich. Patrick gefiel ihr also. Auch Lisa hatte ihn als gutaussehend und charmant bezeichnet. Ein Polizist mit abstehenden Ohren konnte wohl kaum mit ihm konkurrieren.

Janas Stimme klang ein wenig heiser. „Am Morgen nach Patricks Besuch fehlten mir mein Schal und eine Flasche Parfum.“

Am liebsten hätte er sie gepackt und geschüttelt. „Ich habe dein Stalking-Tagebuch gelesen. Da stand aber nichts drin von Herrenbesuch in der Nacht des Diebstahls. Für die Polizei wäre das ein sehr wichtiger Hinweis gewesen.“

Sie blickte in den Garten hinaus. „Ich wollte nicht, dass das eventuell vor Gericht besprochen wird und Bruno es mitbekommt.“

„Wie hat er sich verhalten, nachdem er von Patricks nächtlichem Besuch erfahren hatte?“

„Er hat mir eine Szene gemacht. Aber gegenüber den anderen tat er so, als wäre nichts geschehen. Wahrscheinlich wollte er nicht als eifersüchtiger Ehemann dastehen, obwohl er Patrick am liebsten die Gurgel abgedrückt hätte.“

Er schaute ihr in die Augen. „Hast du denselben Verdacht wie ich?“

Sie nickte. „Bruno hat Patrick gesagt, dass er nicht der Sohn des reichen Erich Schmiedel ist, und ihm gedroht, das zu verraten.“

„Aber dazu ist es nicht gekommen“, sagte Sebastian. „Zwei Tage später war Bruno tot.“

Jana stand auf, ergriff einen Korb und begann, rings um die Terrasse Unkraut zu zupfen.

„Wie könnte dein Mann erfahren haben, dass Erich Schmiedel nicht Patricks Vater ist?“

Sie rupfte ein grünes Ungetüm aus dem Beet und warf es in den Korb. „Sabine und Bruno waren viele Jahre lang in der Sektion ‚Alpenfreunde', und dort wusste man von Jürgen. Aber dass Patrick sein Sohn ist, hat Sabine sicher nicht herumerzählt."

„Es muss ihr schwergefallen sein, ein solches Geheimnis zu bewahren", sagte Sebastian. „Sie ist nicht gerade schweigsam. War Bruno mit ihr befreundet?"

„Er nicht, aber seine Exfrau Doris. Sie hat Bruno öfter zu den Schmiedels geschleppt. Er hat mir erzählt, das sei immer todlangweilig gewesen. Nur einmal hätte er sich amüsiert – da ist Patrick in die schicke Runde bei Häppchen und Champagner geplatzt, verschwitzt, verdreckt und mit zerrissenem T-Shirt. Er kam gerade zurück aus Chamonix und hatte die Nordwand der Droites gemacht."

Sebastian grinste. „Wenn ich sonst nichts über diesen jungen Mann wüsste, wäre er mir direkt sympathisch."

23. KAPITEL

Im Sternenlicht war der Forstweg ein helles Band zwischen den schwarzen Mauern der Bäume. Auch ohne Stirnlampe konnte er rasch gehen, in einem Tempo, mit dem er neunundneunzig Prozent aller Wanderer überholt hätte. Er hatte es eilig. Später, nach vollbrachter Tat, wollte er über die Riffelscharte ins Tal zurückkehren, um keinen Frühaufstehern zu begegnen, die von der Höllentalangerhütte losmarschierten.

In der Nacht waren alle Geräusche lauter als bei Tag, sein rascher Atem, das Knirschen der Steine unter seinen Sohlen, das Rascheln und Knacken zwischen den Bäumen. Die Luft war frisch, es roch intensiv nach Holz und Moos.

Nach dem Ende der Forststraße führte ein Weg in engen Kehren bergauf. Über fahlen Felswänden stand der Mond und erhellte das Hüttchen am Beginn der Höllentalklamm.

Er schob sich durch das Drehkreuz und ging an einem von Schatten erfüllten Abgrund entlang, in dessen Tiefe der Bach rauschte.

Er holte seinen Anorak aus dem Rucksack, schlüpfte hinein, zog die Kapuze über den Kopf und setzte die Stirnlampe auf. Ihr Lichtkegel huschte vor ihm über den Boden, während er durch Tunnel und über Treppen eilte. Einige in den Fels gehauene Passagen waren erleuchtet, und es sah so aus, als würden sich gigantische Lichtwürmer hindurchwinden. Tropfen fielen kühl in seinen Nacken, er patschte durch Pfützen und hielt sich am Drahtseil, wo der unebene Boden durch unzählige Füße spiegelglatt geschliffen war.

Die Wände der Klamm rückten näher zusammen, das Tosen des Wassers dröhnte in seinen Ohren. Über ihm hingen gewaltige Blöcke, die sich in der Schlucht verkeilt hatten.

Der Bach hatte Jahrmillionen gebraucht, um sich hier hindurchzugraben. Ein Mensch war ein Nichts. Ein Fünkchen im Meer der Zeit. Bruno … erloschen. Für ihn war alles vorbei. Für ewig.

Ein hilfloser Körper auf blutigem Fels. Das Bild ließ ihn nicht los. In seinen Eingeweiden nagte etwas, höhlte ihn von innen aus. Schuldgefühle?

Die waren völlig unangebracht.

Bruno war ein widerlicher Macho gewesen, der Jana mit seiner Eifersucht unterdrückt hatte. Nun war sie wohlhabend und frei. Sie würden miteinander großartige Bergabenteuer erleben …

Sei ehrlich. Deine Tat war nicht ganz uneigennützig.

Aber das spielt doch keine Rolle! Wahrscheinlich wäre Bruno sowieso an seinen Verletzungen gestorben.

Eine kalte Dusche klatschte auf seine Kapuze. In dem dunklen Schlund hing wie eine bleiche Fahne ein Wasserfall. Weiter auf einem hüftbreiten, aus dem Gestein gehauenen Pfad. Ein Teppich aus Moos bedeckte die Felswände, Tropfen glitzerten im Schein seiner Stirnlampe.

Als er aus der Schlucht herauskam, erhellte Mondlicht einen Kranz gewaltiger Berge. Er verstaute die Lampe und seinen nassen Anorak im Rucksack, dann warf er einen Blick auf die Uhr. Kurz nach elf. Er lag gut in der Zeit.

Er schlich an der Höllentalangerhütte vorbei. Alles war dunkel – sein Unternehmen lief wie geplant. Er überquerte das ausgetrocknete Bachbett und marschierte mit langen Schritten auf den Felsriegel zu, der den Talboden abschloss.

Der Weg durchs Höllental war nicht der kürzeste hinauf zur Zugspitze. Aber der über den „Stopselzieher“ führte zuletzt durch Anlagen der Seilbahnstation; er hatte keine Ahnung, ob es dort Wachpersonal oder sonst jemanden gab, dem er auffallen konnte. Und auf einer der Hütten zu übernachten, zum Beispiel dem Münchner Haus, war sowieso keine Option; dort hätte er sich anmelden müssen, und die Polizei würde nach dem Anschlag die Gästelisten durchforsten.

Er grinste zufrieden. Die Aktion war spektakulär, die Medien würden ein Riesentheater vollführen. Das würde Jana aufrütteln und ihr zeigen, dass er ihr jeden Wunsch erfüllte. Und dass er etwas Besonderes war.

Sie schirmte sich gegen ihn ab, sie hatte Angst vor ihren Gefühlen ihm gegenüber. Wegen der Videoüberwachung wagte er es nicht mehr, sich nachts ihrem Haus zu nähern. Ihr Handy war tot, ihr Computer nicht mehr erreichbar.

Manchmal nahm er ihr Parfumfläschchen, zog den Stöpsel heraus und sog tief den schweren Lilienduft ein.

Wenn er sie zusammen mit anderen Leuten traf, zehrte er noch tagelang davon. Wie sie ihre Haare zurückwarf und lachte. Ein seidenglatter Nacken, der nur fingerbreite Träger ihres Shirts …

Es machte ihn wahnsinnig, dass er nicht wusste, wo sie war, was sie gerade trieb. Er war abgeschnitten von ihrem Leben. Alles war flau und farblos ohne sie.

Er kam in Schrofengelände, nun musste er die Füße vorsichtig setzen, kleinere Unebenheiten verschwammen im Halbdunkel.

Ein Steilaufschwung mit einer Reihe von Eisenkrampen, die sogenannte „Leiter". Tagsüber musste man hier Schlange stehen, weil die Typen in ihrer Klettersteigmontur ständig Karabiner ein- und ausklingten und manche sich in dem ungewohnten Felsgelände weiter oben so ungeschickt bewegten wie ein Kleinkind, das gerade laufen lernt.

Er setzte die Stirnlampe wieder auf und stieg rasch ohne Sicherung höher. Seine Hände umschlossen locker das Drahtseil. Wenn er ausrutschte oder stolperte, musste er nur etwas fester zupacken.

Das berüchtigte „Brett", eine Querung über eine Felsplatte. Er tänzelte locker über die Reihe von Eisenstiften. Dann leichte Kraxelei. Der Höllentalferner schimmerte silbern im Mondlicht, eine Spur führte darüber. Die Randkluft war kein Problem, er eilte weiter, Klammern und Stifte, Gehstrecken. Er atmete schnell, aber gleichmäßig. Tagsüber hatte er es von Hammersbach zum Gipfel schon in vier Stunden geschafft. Was immer noch doppelt so lang war wie bei einem richtigen Bergläufer.

Oben am Grat erblickte er das Zugspitzplatt und die futuristisch anmutende Ansammlung von Gebäuden, die Deutschlands höchsten Gipfel verschandelten. Die Silhouetten von Kränen ragten in den Sternenhimmel, der Bau der neuen Eibsee-Seilbahn war in vollem Gang. Nirgendwo Licht. Es war fast drei Uhr.

Dann stand er vor dem Gipfelkreuz, das im Mondlicht golden schimmerte. Jana hatte recht: Dieser billige Prunk war ein Misston in der großen und wilden Landschaft der Berge.

Das Kreuz erhob sich über einem Felsabbruch. Nahe der Kante hatte man Drahtseile verankert, damit die Meute der „Gipfelbezwinger" gefahrlos hier herumstolpern konnte. Das Kreuz war fast fünf Meter hoch; wegen der Kugel auf halber Höhe hätte nur ein sehr guter Boulderer dort hinaufklettern können.

Er zog ein Stück altes Kletterseil aus seinem Rucksack, knüpfte einen faustgroßen Stein an ein Ende und schleuderte ihn über das Kreuz hinweg. Daneben. War ja klar, dass das nicht einfach sein würde. Noch mal. Und noch mal, noch mal. Jetzt! Nun hing das Seil über der Stelle, wo sich die senkrechte und waagrechte Stange trafen, es konnte nicht herabrutschen. Der Rest war einfach: Er spannte das Seil mit Hilfe eines Mastwurfknotens zwischen zwei Drahtseilverankerungen.

Die würden sich wundern morgen früh. Und ärgern. Vor Kurzem war während der Bauarbeiten für die neue Seilbahn ein Teil des Strahlenkranzes abgerissen und wieder angeschweißt worden.

Er zog den Klettergurt an, knüpfte zwei Reepschnurschlingen so ins Seil, dass sie sich bei Belastung festzogen, und stieg mit den Füßen in die offenen Schlingen. Einen Fuß heben, die dadurch entlastete Schlinge höher schieben, hineinsteigen, den anderen Fuß entlasten … Prusiken war eine einfache Übung für einen erfahrenen Bergsteiger.

Als er hoch genug oben war, nahm er seinen Rucksack ab, hängte ihn über einen der goldenen Strahlen und zog heraus, was er für den Anschlag vorbereitet hatte.

24. KAPITEL

Rrriii – rrriiii. Schrill. Scheußlich. Warum hatte Sebastian dieses Miststück von Wecker nicht längst durch ein freundlicheres Modell ersetzt?

Ein Klaps, endlich Schweigen. Sebastian wälzte sich aus dem Bett, tappte noch halb benommen in die Küche und setzte eine Kanne mit Espresso auf.

Er hatte miserabel geschlafen. Sonst passierte ihm das nur nach schlimmen Einsätzen. Aber zurzeit war er nicht sein normales Selbst, er war nervös wegen seiner Sorge um Jana. Was, wenn Patrick Schmiedel an ihrer Tür klingelte – oder Ferdl Lipp? Würde sie ihn hereinlassen? Sie konnte einen Kletterkumpel nicht einfach fortschicken mit der Begründung, er sei vielleicht ein Mörder. Sebastian würde sie in einer Stunde anrufen, jetzt war sie wohl noch nicht aufgestanden. Und dann würde er sie nachdrücklich warnen und ihr von seinem Besuch bei Doris Heidmoser erzählen, Brunos Exfrau.

Sie hatte sich als fast ebenso redselig erwiesen wie Sabine Schmiedel. „Ich weiß alles über Sabine, aber ich habe niemandem weitererzählt, wer Patricks Vater ist. Und das ist mir außerordentlich schwergefallen, wissen Sie, das war so ein faszinierendes Geheimnis, aber ich habe mich beherrscht, weil ich es Sabine hoch und heilig versprochen habe."

„Haben Sie es wirklich niemandem gesagt? Sind Sie da ganz sicher? Bitte bedenken Sie, dass ich das für eine polizeiliche Ermittlung wissen muss, die mit dem plötzlichen Tod Ihres Exmannes zu tun hat."

„Bruno! Dieser miese Schuft! Er hat mich sitzenlassen, obwohl er ohne mein Geld und meine Beziehungen nie ein Möbelgeschäft hätte aufbauen können. Ich habe alles für ihn getan, aber er …"

Es dauerte eine Weile, bis Sebastian wieder zu Wort kam. „Haben Sie Ihrem Ex gesagt, wer Patrick Schmiedels Vater ist, ja oder nein?"

„Selbstverständlich habe ich das. Ich habe Bruno voll vertraut, und er hat mich maßlos enttäuscht…"

Die Espressomaschine blubberte. Sebastian schaltete die Platte ab, nahm ein Schokocroissant aus dem Regal und biss hinein. Nicht mehr knusprig, altes Fett. Sein Magen fühlte sich schief an.

Er konnte keineswegs sicher sein, dass Doris Heidmoser ihr Versprechen hielt und niemandem von Sebastians Besuch erzählte. Wie würde Patrick reagieren, wenn er davon erfuhr? Wenn er klug war, überhaupt nicht. Bisher gab es keine wirklich starken Beweise. Die Indizien würden nicht ausreichen.

Sebastian goss Espresso in seine Tasse.

„Muuuh!" Sein Handy. Der Klingelton mit dem Sound einer Kuh hatte etwas Beruhigendes. Er nahm das Smartphone vom Küchentisch. Die Nummer seines Vorgesetzten. Mist. Sicher ein Einsatz. Und er hatte noch nicht gefrühstückt.

„Fahren Sie sofort zur Zugspitze hinauf, sofort!" Jasper Hillings Stimme klang aufgeregt.

Das war nicht typisch für ihn. Normalerweise hätte er zuerst die wichtigsten Informationen geliefert.

„Was ist denn los? Wieder ein Toter?"

„Nein, aber machen Sie sich auf etwas gefasst. Die Medien werden sich darauf stürzen."

„Mir egal", grummelte Sebastian und kippte den Espresso hinunter. „Mit denen werde ich schon fertig. Aber was ist denn passiert?"

„Ein Anschlag. Auf das Gipfelkreuz der Zugspitze."

„Das kann man doch nicht absägen. Höchstens sprengen."

„Das war auch nicht der Fall. Finden Sie um Himmels willen schnell heraus, wer das getan hat. Sonst heißt es wieder, die Polizei wäre unfähig."

***

Sebastian trat auf die Terrasse der Zugspitz-Gipfelstation hinaus. Eisige Luft schlug ihm entgegen. Um ihn war Stille und

Weite. Wie aus einem Flugzeug schaute er auf blau schimmernde Ketten von Bergen, eine hinter der anderen. Tief unter ihnen schlängelten sich Täler mit dunklen Wäldern. Die Morgensonne blitzte auf den Glas- und Stahlkonstruktionen der Bahnstation.

Die gelben Kräne erinnerten ihn an gigantische Giraffen. Mannshohe Kabelrollen lagen herum, Stapel mit langen Metallstangen waren teilweise mit Planen abgedeckt.

Sebastian hatte diesen Ort noch nie so menschenleer erlebt. Die Angestellten der Zugspitzbahn AG wurden gerade von den Kollegen befragt, die Touristen und Bergsteiger würden erst nach neun Uhr eintreffen.

Sebastian musterte das Gipfelkreuz, das sich gegenüber der Terrasse auf einem Felskopf erhob.

„Ja so a Sauerei“, sagte Paul neben ihm.

Damit hatte er recht.

Als Sebastian das letzte Mal hier oben gewesen war, hatte das Kreuz mit der Kugel und dem Strahlenkranz golden vor dem blauen Himmel geleuchtet.

Jetzt war es schwarz wie Kohle.

Paul klang beinahe bewundernd. „Ja wie hat er denn dös zammbracht, dass ihn dabei keiner derwischt hat?“

Er ging selbstverständlich davon aus, dass der Täter ein Mann war. Auch Sebastian hielt das für wahrscheinlich. Manche kriminellen Aktionen waren eben typisch männlich. „Er muss in der Nacht gekommen sein, sonst hätte ihn jemand gesehen“, erwiderte er. „Vielleicht hat er in einer Hütte in der Nähe übernachtet oder sogar hier auf dem Münchner Haus. Wenn ja, kriegen wir das schnell heraus.“

„Hoff mers“, erwiderte Paul. „Aber dem bassiert ned viel. Des is bloß Sachbeschädigung. Der Hilling hätt keinen solchen Wirbel machen müssen.“

„Na ja. Dieses Kreuz ist ein Symbol, jeder kennt es. Das ist ein gefundenes Fressen für die Presse. Und Hilling fürchtet, dass wir in den Berichten schlecht wegkommen, wenn wir nicht bald einen Täter präsentieren.“

Eine metallene Treppe führte von der Bahnstation hinab zu einem Schild, das in mehreren Sprachen vor alpinen Gefahren warnte. Über eine Eisenleiter und Drahtseile ging es dann empor zu einem Felskopf, auf dem sich das Kreuz erhob.

Während Paul ein rot-weißes Absperrband anbrachte, begann Sebastian mit der Untersuchung. Die schwarze Farbe glänzte. Lack, vermutlich Sprühlack, wie er für Autos und Graffiti verwendet wurde. Wie hatte der Täter es geschafft, das gesamte Kreuz einzufärben? Es war fast fünf Meter hoch, man kam nicht an den Teil oberhalb der Kugel heran.

Wäre Sebastian der Täter – wie würde er vorgehen?

Sein Blick fiel auf das Geländer am Rand des Felsabbruchs. Klar. Ein Seil über das Kreuz werfen, es am Geländer befestigen, mit Prusiktechnik hinaufsteigen. Auf eine solche Idee konnte nur ein Bergsteiger kommen.

Sebastian fotografierte, sammelte ein Fitzelchen ein, das von einem Seil stammen mochte, die übliche Prozedur.

Die Terrasse gegenüber füllte sich mit Menschen, die mit Smartphones und Kameras bewaffnet waren. Fragen und Rufe ertönten, eine Drohne brummte und schwirrte an Sebastians Kopf vorbei.

Zum Glück traf Verstärkung durch zwei Kollegen ein, denn schon versuchten frustrierte Wanderer und Kletterer, über das Absperrband zu steigen, um Richtung Höllental oder zum Jubiläumsgrat zu gelangen.

Immer wieder ertönte das Muuh von Sebastians Handy, Hilling wollte Informationen. Und dann entdeckte er Janas SMS.

***

Rechnungen, ein Kasten voller Notizen, Aktenordner. Was für ein Wust von Zeug, von dem Jana nichts verstand. Sie wurde nicht schlau aus all den Konten, Anlagen, An- und Verkäufen, sie brauchte professionelle Hilfe; gleich nachher würde sie ihren Steuerberater anrufen. Aber da waren auch ein paar Mahnungen, zumindest darum würde sie sich kümmern.

Schon das Durchblättern und Sichten der Unterlagen hatte sie völlig erschöpft. Zur Belohnung für diese Heldentat würde sie sich einen Cappuccino und einen Schaumkuss gönnen. Mindestens einen.

Jemand klingelte an ihrer Haustüre.

Sie eilte vom Büro die Treppe hinunter und spähte durch den von Emrich installierten Spion. Vanessa! Sie hatte nicht vorher angerufen. Obwohl Jana ihrem Bekanntenkreis mitgeteilt hatte, sie bräuchte im Moment viel Zeit für sich und würde sich melden, wenn sie Leute sehen wollte.

Sie öffnete die Tür. Vanessa fiel ihr in die Arme. Sie stieß einen wilden Schluchzer hervor.

Jana drückte sie an sich. Weinen schüttelte den Körper ihrer Schwester.

Nach einer Weile beruhigte sie sich und trat einen Schritt zurück. Ihr Gesicht war rot und verschwollen. „Patrick will mich nicht. Es ist aus."

„Ach Vanessa. Das tut mir leid. Komm rein, ich mache dir einen Cappu oder einen Tee."

Sie setzten sich in die Küche, tranken schwarzen Tee, und Vanessa erzählte ohne weitere Gefühlsausbrüche, dass Patrick ein Irrtum sei, selbstverliebt und total unreif. Sie hätte sich nicht von seiner Aura beeindrucken lassen sollen. „Rot ist schon toll, aber ich habe es einfach nicht wahrhaben wollen, dass sein Rot trüb ist und flackert. Ich hätte sofort wissen müssen, dass Patrick materialistisch und egoistisch ist. Seine charmante Fassade hat mich getäuscht."

„Dann ist es ja gut, dass es nicht mit ihm geklappt hat", erwiderte Jana.

Vanessa seufzte. „Ich bin einfach verletzt. Er hat mir gesagt, ich wäre nicht sein Typ, und meine esoterischen Interessen gingen ihm auf die Nerven. Dabei hat er die ganze Zeit so getan, als interessiere er sich dafür! Dieser Heuchler. Er hat mich nur gedatet, weil er an dich herankommen wollte." Tränen stürzten wieder aus ihren Augen. „Alle stehen auf dich. Keiner will mich."

Endlich hatte Vanessa ausgesprochen, was ihr Verhältnis zu Jana seit ihren Teenagertagen belastete.

„Hör auf mit dem Blödsinn", erwiderte Jana. „Ich war schon an der Schule der Schwarm von miesepetrigen Typen, weil ich meistens gut drauf bin, und die würden dir sowieso nicht gefallen."

„Bruno war ein Alphatier", erwiderte Vanessa. „Und Patrick ist witzig und sieht alles positiv."

„Aber Patrick ist nicht in mich verliebt, er will nur mit mir ins Bett!"

Vanessa schüttelte heftig den Kopf. „Wie er dich manchmal anschaut, das spricht Bände. Er ist total in dich verknallt, Jana! Aber fange bloß nichts mit ihm an, diese Aura bedeutet nichts Gutes."

Jana trank einen Schluck von dem Tee, den sie aus Solidarität anstelle von Cappuccino bereitet hatte.

Vanessas Haar hing wirr auf ihre Schultern herab. Sie strich sich eine blondierte Strähne aus dem Gesicht. „Tut mir leid, dass ich dich manchmal hasse, weil ich neidisch auf dich bin. Aber irgendwie bin ich froh, dass ich es dir endlich gesagt habe."

Jana lächelte. „Ich auch. Ich sollte dir mehr über mich erzählen, vielleicht begreifst du dann, dass es dafür überhaupt keinen Grund gibt."

Vanessa nickte langsam. „Ja. Eigentlich wissen wir nicht viel voneinander. Aber ich bin nicht nur gekommen, um mich trösten zu lassen. Ich dachte, du möchtest vielleicht über die neuesten Nachrichten reden."

„Wieso? Was ist los?"

„Dann hast du es noch gar nicht mitgekriegt?"

„Was denn?"

„Ich habe es im Radio gehört, nachdem ich Patrick getroffen hatte. Und ich habe natürlich zuerst gedacht, ich spinne oder halluziniere."

Jana unterdrückte die Bemerkung, das könnte durchaus sein, wenn man Auren sah.

„Bei Harrys Geburtstagsfeier haben wir über Gipfelkreuze geredet“, sagte Vanessa. „Ich erinnere mich genau daran. Du hast gesagt, dir gefällt das an der Zugspitze nicht. Und jetzt stell dir vor, es ist einfach unglaublich: Jemand hat dieses Kreuz schwarz angemalt.“

Janas Herzschlag setzte einen Moment aus. Dann flüsterte sie: „Der Stalker. Das hat der Stalker getan. Ich ... ja, ich habe damals etwas in der Richtung gesagt, dass ich das Gold protzig finde.“

Das Festnetz-Telefon klingelte. Es war Ferdl, der sich erkundigte, ob Jana sich auch an die Gipfelkreuz-Diskussion erinnerte. „Glaubst du, das war dein Stalker?“

„Ja. Ich werde der Polizei gleich nachher Bescheid geben. Leider weiß ich nicht mehr genau, was ich gesagt habe.“

„Ich auch nicht“, erwiderte Ferdl. „Aber es waren ja noch mehr Leute dabei, die sich vielleicht besser erinnern, Melanie und Werner zum Beispiel. Die kommen übrigens nächsten Mittwoch zu mir zum Bouldern. Machst du mit?“

„Gerne.“

Es war eine gute Gelegenheit, wegen der Gipfelkreuz-Diskussion zu recherchieren. Jana würde sich vorher bei den anderen erkundigen, ob sie wirklich dabei sein würden. Sie wollte auf keinen Fall mit Ferdl allein sein.

Sebastians Handy war besetzt, sie schickte ihm eine SMS. Jana und Vanessa redeten über ihre Kindheit und ihre Mutter. Wobei sie von weiteren Anrufern unterbrochen wurden: Melanie und sogar Werner fragten, wie Jana mit den Neuigkeiten zurechtkäme und ob sie in irgendeiner Form Unterstützung bräuchte. Und beide bestätigten, dass sie bei der Bouldersession dabei sein würden. Jemand klingelte an der Tür. Es war die Nachbarin, Melisande Krauth-Hombach; sie trug ein Kostüm aus grünem Leinen, das mit ihrem rot gefärbten Haar kontrastierte. Jana begrüßte sie und bat sie herein.

„Nein danke, Sie haben ja Besuch.“ Die alte Dame wies auf Vanessas Auto in der Einfahrt. „Aber ich wollte Ihnen gleich Bescheid geben. Ich habe nämlich jemanden beobachtet, der hinter der Kurve geparkt hat, so, dass man ihn von Ihrem Haus aus nicht sehen kann. Er hat etwa eine Viertelstunde lang im Auto gesessen. In dieser Gegend tut man das nicht. Man wohnt oder arbeitet hier oder besucht jemanden. Vielleicht ist das der Katzenmörder und Stalker. Ich habe mich auf den Weg gemacht, um mir den Fahrer anzuschauen. Das Auto war nicht groß und hellgrau, welche Marke weiß ich nicht, damit kenne ich mich nicht aus. Leider ist er weggefahren, bevor ich das Nummernschild erkennen konnte."

***

Jana gähnte; es war bald Mitternacht. Sebastian saß ihr gegenüber am Küchentisch und verzehrte den letzten Leibniz Butterkeks. Dass Süßes nicht ideal zum Erdinger Weißbier passte, war ihm offenbar egal.

„Es kann gut sein, dass das Auto, das deine Nachbarin gesehen hat, dem Stalker gehört. Wenn ja, dann zeigt das, dass er verzweifelt deine Nähe sucht. Dein Haus ist gesichert, dein Computer fort, deine neue Handynummer kennt er nicht. Aber er will unbedingt wissen, was du tust, dich beobachten, dich sehen."

Jana unterdrückte den Impuls, zum Fenster zu gehen und den Vorhang zu heben. Am liebsten wäre sie nach Timbuktu gereist. Aber im Moment konnte sie hier nicht alles liegen und stehen lassen.

Sebastian musterte sie mit ernstem Gesichtsausdruck. „Es wird höchste Zeit, dass wir ihn erwischen. Seine Tat an der Zugspitze war gut geplant. Und es zeigt das Ausmaß seines Wahnsinns, dass ihn eine kleine Bemerkung von dir zu einer solchen Riesenaktion motiviert hat."

Ihre Blicke trafen sich. In Sebastians Augen lagen Wärme und etwas anderes. „Ich habe Angst um dich."

„Ich auch."

Sie kicherte plötzlich. „Was habe ich da eigentlich gesagt? Habe ich nun Angst um mich oder um dich?"

Er lächelte. „Angst um mich gefällt mir besser.“
„Hoppla. Das ist immer noch unklar!“
Beide brachen in schallendes Gelächter aus.
„Wie auch immer, wir müssen den Kerl kriegen“, sagte Sebastian. „Und ich habe da eine Idee. Wir stellen ihm eine Falle.“

25. KAPITEL

Jana hockte auf Ferdls Sofa und schaute ihm bei einem Boulderproblem mit ewig weiten Moves zu. Sie hatte darin keine Chance gehabt, aber mit Ferdls Körpergröße war es relativ einfach. Er erreichte den letzten Griff und hüpfte auf die Matte herunter. Auf seinen Lippen lag ein stolzes Lächeln. Er hatte die Sequenz als Einziger gemeistert. Werner war sowieso ein schwächerer Kletterer, und Melanie hatte es trotz ihres dynamischen Stils nicht geschafft.

Jana brachte es nicht übers Herz, Ferdl darauf hinzuweisen, dass Melanie zwei Köpfe kleiner war als er. Aber Melanie kannte keine solchen Bedenken. „So was zu schrauben, das total von der Reichweite abhängt, das ist frauenfeindlich!“, schimpfte sie. „Und die Bewegungen sind nicht einmal besonders lustig oder kreativ.“

Ferdl runzelte die Stirn. „Kannst mir gerne beim Schrauben helfen.“

„Klar doch! Und vielleicht macht Patrick mit, der hat immer coole Ideen. Kommt der eigentlich noch?“

Ferdl sah aus, als hätte er eine Schnecke im Salat gefunden. „Nein. Wir, äh, sind im Moment nicht besonders gut aufeinander zu sprechen.“

Jana griff sich eine Flasche Mineralwasser und nahm einen Schluck. „Ich kenne nur Patricks Version über euren Streit, ich habe ihn ja im Auto mitgenommen, weil du ohne ihn heimgefahren bist. Er sagte, deine Art zu klettern sei ihm zu riskant.“

Ferdl ließ sich in dem karierten Ohrensessel neben dem Sofa nieder. „Er hat total unnötig herumgezetert, dass ich zu wenige Klemmkeile lege, und ich lasse mir keine Vorschriften machen, wie ich zu sichern habe. Am Schluss haben wir uns nur noch angeschrien.“

„So kenne ich dich gar nicht“, sagte Jana.

Ferdl schaute zu Boden. „Patrick hat so eine Art, die mich auf die Palme bringt. Fühlt sich überlegen, als toller Held und

Könner in allen alpinen Disziplinen. Dabei arbeitet er nicht und lässt sich von Papi aushalten, er hat jede Menge Zeit fürs Klettern. Und ich habe einen Job und rackere mich ab, um Arbeit und Training unter einen Hut zu bringen."

„Wobei du nur drei Tage in der Woche arbeitest", warf Melanie ein.

„Ich bin kein Dauerurlauber wie Patrick! Wenn ich den schon sehe, könnte ich … " Er verstummte.

Jana hatte noch nie erlebt, dass Ferdl von seinen Gefühlen sprach. Er hatte wohl das Bedürfnis zu erklären, warum er Patrick nach der Oberreintal-Tour hatte sitzen lassen. „Warum bist du dann überhaupt mit Patrick unterwegs gewesen?"

„Weil ich seit Brunos Tod keinen Kletterpartner mehr habe."

Alle schwiegen.

Dann sagte Melanie: „Auf geht's, machen wir uns vollends platt!"

Es floss noch einiges an Schweiß, dann war sogar Melanie mit ihren Kräften am Ende. Ferdl holte eine Kiste Edelstoff.

Das Gespräch drehte sich um das Gipfelkreuz auf der Zugspitze.

„Ihr seid doch alle bei mir am Tisch gesessen, als ich darauf geschimpft habe", sagte Jana und schaute von einem zum andern.

In Werners Gesicht war nichts zu lesen, Ferdl drehte seine Bierflasche in der Hand.

„Könnt ihr euch erinnern, wer noch in der Nähe war und mitgehört haben könnte?"

„Harry, er stand hinter mir", sagte Werner.

„Bitte denkt genau nach", fuhr Jana fort. „Kommt noch jemand in Frage?"

„Sabine war am Nebentisch", erwiderte Melanie. „Die redet und redet, bis einem die Ohren abfallen, über alles und jeden. Es kann sein, dass jetzt die halbe Sektion weiß, was du über das Zugspitz-Gipfelkreuz gesagt hast."

Womit die Zahl der möglichen Stalker plötzlich sehr groß war.

Später erzählte Jana, sie würde übermorgen die Berglauf-Strecke auf den Laber testen, in letzter Zeit hätte sie Freude daran, bergauf zu joggen.

„Hast du schon die App von meinBerglauf.de?“, fragte Ferdl. „Im Tal und kurz vor der Seilbahn gibt es Stationen, mit denen deine Zeit gestoppt wird.“

„Ich werde diese App runterladen. Und vielleicht steige ich hinterher noch aufs Ettaler Manndl.“

Da Patrick nicht beim Bouldern dabei gewesen war, rief Jana ihn an. Das erste Thema war natürlich Vanessa. „Warum hast du sie an der Nase herumgeführt? Das war nicht fair.“

„Ich verstehe deinen Ärger“, erwiderte er, „aber es ist nicht meine Schuld, dass deine Schwester eine verzerrte Wahrnehmung hat. Ich habe ihr nie irgendetwas versprochen, nie mit ihr geflirtet.“

„Du hättest ihr schon längst sagen sollen, dass du nichts von ihr willst!“

„Ich dachte, sie versteht meine Signale. Was offenbar nicht der Fall war. Bei unserem letzten Treffen ... Na ja, ich will dir lieber nicht erzählen, was da gelaufen ist, aber ich musste leider deutlich werden. Sie wird drüber wegkommen.“

Jana schluckte ihren Zorn hinunter. „Okay. Ich wollte dich noch etwas anderes fragen. Weißt du noch, was ich bei Harrys Geburtstag über das Zugspitz-Gipfelkreuz gesagt habe?“

Nach kurzem Zögern erklärte er: „Etwas von hässlich und protzig. Dass jemand das Ding jetzt ein bisschen unauffälliger gestaltet hat, das ist der Hammer. Es muss dein heimlicher Verehrer gewesen sein.“

Wenn Patrick ihr Stalker war, so reagierte er ziemlich cool. Sie redeten noch eine Weile, er fragte, wie es ihr ginge und ob er sie besuchen dürfte. Sie lehnte das höflich ab und erzählte ihm von ihrem Plan mit dem Laber.

Hinterher atmete Jana ein paarmal tief durch. Geschafft. Die Falle für beide Kandidaten war gestellt.

26. KAPITEL

Sebastian hatte die erste Gondel der Laber-Bergbahn genommen; nun trat er auf die Terrasse des Restaurants an der Bergstation. Der Himmel war mattblau, es war viel Feuchtigkeit in der Luft. Im Süden ragten die felsigen Gipfel des Wetterstein empor, Zugspitze, Alpspitze, Hochwanner, Scharnitzspitze, Partenkirchner Dreitorspitze. Jeden dieser Berge hatte er schon bestiegen, manche von mehreren Seiten. Am besten gefiel ihm der Jubiläumsgrat; er beging ihn mindestens einmal im Jahr, oft auch im Winter. Aber heute wäre das schon wegen des Wetters unklug, und es war Freitag, ein Arbeitstag. Den er nutzen wollte, um Janas Stalker zu entlarven.

Zu Hilling hatte er gesagt, er sei wahrscheinlich für den Anschlag auf das Gipfelkreuz der Zugspitze verantwortlich, aber der Chef hatte seine Argumente beiseitegewischt. „Diese Witwe scheint Ihr Denkvermögen zu beeinträchtigen. Wir haben bereits mehrere Bekennerschreiben erhalten, denen müssen wir nachgehen!"

Wir. Also nicht unbedingt Sebastian. Er hatte seinen Kollegen Gerhard gebeten, sich darum zu kümmern. Und im Büro eine Nachricht hinterlassen, er wäre heute zu weiteren Recherchen unterwegs. Was nicht gelogen war. Allerdings mochte er keine Kollegen einweihen außer Paul; nur bei ihm war er sicher, dass er Hilling kein Sterbenswörtchen von seinen Plänen verraten würde. Womit er einige Vorschriften überging. Egal. Er wollte Jana helfen. Das war eventuellen Ärger mit dem Chef wert.

Er fühlte sich so angespannt wie vor einer großen Bergtour nahe seiner Leistungsgrenze. Wenn der Stalker hier oben auftauchte, war endlich seine Identität klar. Dann würde er weitersehen.

Sebastian überquerte die Terrasse und nahm den Weg Richtung Ettaler Manndl. Er wanderte bergab, vorbei an Wiesenflecken, Baumgruppen und Felszipfeln. An einer Weggabelung ging es links hinunter zum Soilasee, rechts Richtung

Ettaler Manndl und zum Abstieg nach Ettal. Ein von Fichten umstandener Vorsprung bot einen idealen Ausguck. Er legte seinen Rucksack ab, setzte sich auf seinen Anorak und wappnete sich mit Geduld.

Sein Blick schweifte über die Kette der Berge in östlicher Richtung, vom Heimgarten über die Hohe Kiste bis zur massigen Form des Hohen Fricken. Es war diesig, das Voralpenland eine blaugraue Fläche, die in der Ferne mit dem Himmel verschmolz. Es duftete nach Fichtennadeln und Heidekraut.

Hoffentlich hatte er sich richtig ausgerechnet, dass der Stalker an dieser Stelle vorbeikommen würde. Der Mann war ein Romantiker, sonst hätte er keine Rosen auf die Notkarspitze getragen; die Seilbahnstation wäre für ihn sicher kein passender Ort für ein Rendezvous mit Jana. Er würde sie kurz vorher abpassen, wenn sie bereits den größten Teil ihrer Laufstrecke hinter sich hatte. Und wahrscheinlich würde er zu Fuß kommen. Sollte er doch die Seilbahn benutzen, würde ihm Paul Bescheid geben, der an der Talstation bereitstand.

Auf dem Weg, der in spitzen Kehren vom Soilasee heraufzog, war niemand zu sehen.

Sebastian holte die Thermoskanne und eine Tupperdose aus seinem Rucksack, trank Kaffee und widmete sich mit Hingabe dem Schokoladenkuchen. Wenn er nicht so viel in den Bergen herumlaufen würde, sähe er bald aus wie ein Murmeltier im Herbst.

Moment. Da kam jemand den Zickzackpfad herauf! Flott, ein fitter Kerl. Sebastian griff nach seinem Fernglas, spähte hindurch und versuchte, das Gesicht im Kreis der Linse einzufangen – keine leichte Aufgabe, wenn sich jemand bewegte. Endlich erwischte er es für einen Augenblick. Patrick!

Damit war alles klar.

Schnell stopfte Sebastian seine Sachen in den Rucksack.

Bald war Patricks keuchender Atem zu hören und das Knirschen seiner Turnschuhe auf dem Pfad. Sebastian sprang von seinem Ausguck herunter, trat zwischen den Fichten hervor und schaute direkt in Patricks gerötetes Gesicht.

Der junge Mann blieb jäh stehen und starrte ihn an.

„Wolltest du hier jemand anders treffen?“, fragte Sebastian beiläufig.

„Verdammt! Verdammt noch mal. Dich jedenfalls nicht.“

„Ich würde mich gerne mit dir unterhalten“, erwiderte Sebastian.

Inzwischen hatte sich Patrick gefasst. „Das würde mein Konditionstraining versauen.“

„Ich könnte dich auch aufs Revier bestellen. An einem Tag mit bestem Bergwetter.“

Patrick schaute auf seine Uhr. Vermutlich überlegte er, wann Jana hier heraufkommen würde und ob es ihm vorher gelingen konnte, den Polizisten loszuwerden. „Okay. Aber nur ein paar Minuten, dann laufe ich weiter. Auskühlen ist ungesund.“

„Ich wollte dich nach deinem Verhältnis zu Jana befragen“, begann Sebastian.

Patrick lachte auf. „Da gibt's keins. Leider.“

„Wolltest du sie hier treffen?“

Patrick runzelte die Stirn, er schien zu überlegen. Vermutlich folgerte er, dass Jana Sebastian von ihrem Plan erzählt hatte.

„Ja, das hatte ich vor.“

„Warum?“

Patrick zuckte mit den Schultern. „Ach was soll's. Ich gebe es zu, ich bin in sie verliebt. Das ist kein Verbrechen, gerade du kannst das sicher verstehen. Die Polizei geht das gar nichts an. Also warum die Fragerei?“

Dass er jetzt von Verbrechen redete, war ein Fehler. Ein Unschuldiger wäre nicht auf diese Idee gekommen.

Sebastian wagte einen Schuss ins Blaue. „Dein Auto stand längere Zeit in der Nähe von Janas Haus.“

„Na und?“

Er leugnete nicht, war nicht überrascht. Er war es also gewesen.

„Du hast sie nicht besucht, du wolltest nur in ihrer Nähe sein, sie beobachten, vielleicht einen Blick auf sie werfen, wenn sie ihr Haus verließ.“ Sebastian fasste ihn scharf ins Auge. „So etwas tut nur Janas Stalker.“

Patrick stutzte, dann sagte er. „Quatsch! Ich habe nicht geklingelt, weil das Auto ihrer Schwester vor ihrem Haus stand, und der wollte ich nicht begegnen. Sie war gerade nicht gut auf mich zu sprechen. Ich habe eine Weile gewartet, ob sie wegfährt, aber dann wurde es mir zu blöd und ich habe beschlossen, Jana ein andermal zu besuchen.“

Nicht schlecht, diese Erklärung. Sebastian setzte sich auf ein Graspolster am Wegrand. „Jana wird nicht kommen. Sie hat ihre Pläne geändert.“

Patrick ballte die Fäuste. Einen Augenblick lang sah er aus, als wolle er sich auf Sebastian stürzen. Vielleicht war ihm eben klar geworden, dass er in eine Falle getappt war.

„Willst du hören, was gegen dich vorliegt?“, fuhr Sebastian fort.

Patrick ließ sich ihm gegenüber nieder. Seine Stimme klang betont forsch. „Oh, die Polizei hat etwas herausgebracht. Wunder über Wunder. Obwohl es da nichts geben kann.“

„Jana hat dich gebeten, bei ihr zu übernachten, weil sie sich vor dem Stalker gefürchtet hat“, erwiderte Sebastian. „Eine nette ironische Wendung. Und du hast ihr Parfum und ihren Schal mitgenommen.“

„Das wäre doch total bescheuert!“

„Was Jana betrifft, bist du eben nicht ganz richtig in der Birne“, erwiderte Sebastian bewusst provokativ. „Und wie sollen die Sachen sonst verschwunden sein?“

Patrick zuckte mit den Schultern. „Vielleicht ist Janas Stalker eingebrochen. Damals war das Haus ja noch nicht so gut gesichert wie jetzt. Und wenn ich es tatsächlich gewesen wäre, gäbe es keine Beweise.“

Es war Zeit, schwerere Geschütze aufzufahren. „Nein. Nicht fürs Stalking. Aber für den Mord an Bruno.“

Patrick fuhr zusammen. Dann brach er in Gelächter aus. Es klang unecht. „Das ist totaler Schwachsinn. Warum sollte ich Bruno umbringen?“

„Du wolltest Jana für dich.“

„Stimmt. Aber das beweist gar nichts.“

„Das ist nicht das einzige Motiv“, fuhr Sebastian fort. „Bruno hat dir gedroht, Erich Schmiedel zu verraten, dass du Jürgens Sohn bist. Er hätte dich enterbt.“

Die Farbe wich aus Patricks Gesicht. „Wie... woher... Das ist pure Spekulation!“

„Eine DNA-Probe würde Jürgens Vaterschaft beweisen. Deine Mutter hat den Mund nicht halten können und es Doris erzählt, Brunos Exfrau. Doris hat mir gesagt, sie hätte diese sensationelle Geschichte an Bruno weitergegeben. Er wusste also Bescheid. Und er war wütend, weil er erfahren hatte, dass du in seinem Haus übernachtet hast. Dass Jana damals nur Angst vor dem Stalker hatte, glaubte er natürlich nicht.“

Patrick räusperte sich, dann sagte er: „Ich gebe zu, dass mir Brunos Tod in den Kram gepasst hat. Aber er ist doch ausgerutscht!“

Sebastian schoss eine volle Breitseite ab. „Ja. Und du hast das genutzt. Du bist zu ihm abgestiegen und hast ihn mit einem Stein erschlagen.“

Patrick schaute zu Boden. Sein Atem ging schnell und flach. „Tolle Idee. Da steige ich als barmherziger Samariter runter in dieses Drecksgelände und riskiere mein Leben, damit ich Bruno vielleicht noch helfen kann, und die Polizei will mir einen Mord anhängen!“

Bisher hatte Sebastian darauf verzichtet, Patricks Fingerabdrücke zu nehmen; das hätte ihn vorsichtig gemacht und ihm Zeit gegeben, sich auf eine Befragung vorzubereiten. Nun spielte er seinen Trumpf aus. „Wir hängen niemandem etwas an. Es gibt Beweise. Ich habe Brunos Helm gefunden. Ich wette, dort sind deine Fingerabdrücke drauf.“

Einen Augenblick lang saß Patrick da und stierte Sebastian an, als würde er kein Wort verstehen. Dann sackte er in sich zusammen.

„Ich... ich habe... ja, ich habe... habe ihn umgebracht, diesen Arsch.“ Er begann zu schluchzen.

Ein jämmerliches Bündel Mensch. Sebastian hatte kein bisschen Mitleid. Er zog das Handy aus seiner Tasche.

Eine Bewegung, ein Schrei. Etwas traf Sebastians Kopf. Um ihn wurde es dunkel.

***

Ein Schmiedehammer schlug rhythmisch gegen Sebastians Schädel. Spitze Nadeln füllten seinen Mund, er spuckte sie aus und öffnete die Augen. Fichtenstämme, ein Stück Steilhang. Er lag auf dem Bauch, sein Kopf zeigte bergauf. Er stützte sich mit den Händen am Boden ab und stand vorsichtig auf. Abgesehen von seinem Kopf schien alles in Ordnung zu sein. Er betastete die Stelle an seiner Schläfe, die der Schmied bearbeitete. Kein Blut. Nur empfindlich und geschwollen.

Der Kerl hatte ihn niedergeschlagen, in den Wald gezerrt und den Hang hinuntergeworfen. Es war ganz schön peinlich, wie er Sebastian überrumpelt hatte. Auch einen Mann, der weinte, musste man ernst nehmen. Und er hätte daran denken sollen, wie Patrick über den Klassenkameraden hergefallen war, der ihn geärgert hatte.

Sebastians Hand fuhr zu seiner Hosentasche. Das Handy... Ach so, er hatte es kurz vor Patricks Angriff herausgenommen und dann wahrscheinlich fallen lassen.

Er mühte sich den Hang hinauf. Sein Kopf mochte das überhaupt nicht.

Nach ein paar Schritten auf dem Wanderweg fand er die Stelle, an der ihn Patrick ausgeknockt hatte. Dort lag sein Rucksack. Kein Handy. Er suchte die Umgebung ab – vergeblich. Wahrscheinlich hatte Patrick es mitgenommen, um Zeit zu schinden, bis Sebastian nach ihm fahnden ließ. Aber er würde nicht entkommen. Bestimmt würde er mit der Gondel ins Tal fahren, das war am schnellsten; Sebastian musste nur Paul an der Talstation Bescheid geben.

Er nahm eine Schmerztablette aus dem Erste-Hilfe-Päckchen, das immer in der Deckeltasche seines Rucksacks war, und marschierte mit langen Schritten Richtung Seilbahn. Warum hatte Patrick ihn nicht umgebracht? Auch hier gab es genug Steine. Oder er hätte ihn erwürgen können. Ein Mord oder zwei, das spielte keine Rolle …

Doch. Es machte einen Unterschied. Patricks Angriff war eine Kurzschlussreaktion gewesen. Vielleicht war ihm hinterher klar geworden, dass ein Helm mit Fingerabdrücken ein zu schwaches Indiz war, um wegen Mordes verurteilt zu werden. Hätte er Sebastian umgebracht, so wäre er auf jeden Fall für viele Jahre ins Gefängnis gekommen. Wenn man ihn erwischte – was sehr wahrscheinlich war.

Gelächter, zwei Kinder hüpften den Pfad herunter auf ihn zu, gefolgt von einer Frau im Dirndl. Sebastian grüßte, dann sagte er: „Ich habe mir den Kopf angeschlagen und vielleicht eine leichte Gehirnerschütterung. Ich bräuchte Ihre Hilfe.“ Ihr die Wahrheit zu erklären wäre zu kompliziert. „Darf ich Ihr Handy benutzen?“

„Gerne.“ Sie nahm ein Smartphone aus ihrem Rucksack und reichte es ihm.

Sebastian ging ein paar Meter weg, rief Paul an und berichtete in knappen Worten, was passiert war. Dann fragte er: „Ist er schon an der Talstation aufgetaucht?“

„No ned“, erwiderte Paul.

„Halte dich bereit, informiere die Kollegen. Und sei vorsichtig. Der Mann ist zu allem fähig.“

„Koa Problem. I hob a Schießeisen mitgnomma.“

Das hätte Sebastian auch tun sollen. Obwohl er das hasste. Er machte hier Fehler über Fehler. Offenbar war sein Denkvermögen wirklich beeinträchtigt.

Als er mit der Gondel gemächlich hinunter nach Oberammergau schaukelte, waren seine Kopfschmerzen nur noch ein dumpfes Pochen, die Tablette wirkte gut. Sein Körper fühlte sich schwammig an, er tappte mit unsicheren Schritten aus der Station heraus. Dort stand Paul und schaute ihn verwirrt an. „Dös gibts doch ned. I wor die ganze Zeit da und hab aufbasst. Aber der Typ is ned aus der Gondel kemma.“

27. KAPITEL

Jana marschierte auf einer schwach erkennbaren Pfadspur über den Grat. Links von ihr brach eine wilde Felswand ab, tief unten leuchtete weiß der Höllentalferner. Rechts zogen steile Hänge hinab in eine Mondlandschaft aus Fels und Geröll.

Der verschleierte Himmel lastete schwer auf den Bergen. Die Gipfel ringsum standen da wie aus Eisen gegossen.

Weit und breit war kein Mensch zu sehen.

Am Jubiläumsgrat allein zu sein war ungewöhnlich. Vermutlich lag das an der Wettervorhersage, gegen Abend waren lokale Gewitter angesagt. Und von der Zugspitze hinüber zur niedrigeren Alpspitze waren es etwa acht Kilometer Strecke, teils Gehgelände, teils Kletterei bis zum dritten Grad. Im Wetterstein-Führer wurden dafür sieben bis zehn Stunden angegeben, in manchen Blogs sogar zwölf, was für geübte Kletterer sicher nicht passte. Bruno hatte Jana erzählt, er hätte dafür dreieinhalb Stunden gebraucht.

Sie sollte sich keine Sorgen machen, sie war gut in Form. Am späten Nachmittag würde sie längst drüben an der Alpspitze sein. Dort, wo Bruno gestorben war. Es zog sie dorthin… Außerdem war der Jubiläumsgrat eine Traumtour, die sie schon seit Langem machen wollte.

Wenn sich das Wetter früher als gedacht verschlechterte, konnte sie den Notabstieg zur Knorrhütte nehmen oder sich in die Biwakhütte verziehen.

Sie musste sich bewegen, ihren Kopf freikriegen. Dazu war eine große Tour, bei der man sich konzentrieren musste, genau richtig.

Bruno. Bruno. Mein Gott. Es war unfassbar.

Nach dem, was sie gestern erfahren hatte, verstand sie, warum er in den Wochen vor seinem Tod so unausstehlich gewesen war. Und sie hatte sich nur noch mehr von ihm abgewendet. Warum hatte er nicht mit ihr geredet? Warum hatte sie nicht hartnäckiger nachgefragt? Gestern Abend hatte sie stundenlang vor dem Fernseher gesessen und bunte Bilder ohne Sinn angestarrt. Tränen liefen ihr übers Gesicht und den Hals hinunter, sie durchtränkten ihr T-Shirt, und die Flut wollte nicht aufhören. Irgendwann nach Mitternacht legte sie sich ins Bett und heulte ihr Kopfkissen nass. Kein Schlaf. Bruno, Bruno, Bruno. Ihr Ehemann, dessen Vertraute sie hätte sein sollen. Den sie nicht wirklich geliebt und überhaupt nicht verstanden hatte.

Gegen fünf Uhr hatte sie es nicht mehr ausgehalten und war aufgestanden. Und dann hatte sie der Drang gepackt, etwas zu tun. Frische Luft. Weite. Durchatmen.

Der Bergrücken wurde immer schmaler, bis sie auf einem Turm stand, von dem sie auf eine Gratscharte weit unten hinabschauen konnte. Um dorthin zu gelangen, musste sie über eine steile Wand absteigen. Ein mulmiges Gefühl breitete sich in ihrem Magen aus.

Ein paar Stifte, dann freies Klettern. Jana drehte das Gesicht zur Wand und wählte die Griffe und Tritte mit Bedacht. Der Fels war manchmal gelblich und ein bisschen splittrig, aber meist fest, und für jemanden, der einen Siebener kletterte, war ein knapper Dreier eigentlich kein Problem. Eigentlich. Wenn man den Tiefblick und die Gefahr eines tödlichen Absturzes ausblendete. Zum Glück war die leichteste Linie gut zu finden, dort war der Fels abgegriffen und zerkratzt von den Steigeisen der Winterbegeher.

Als Jana endlich unten in der Scharte stand, atmete sie tief durch. Beim Abklettern hatte sie keine Sekunde an Bruno gedacht.

Sie fühlte sich viel besser als gestern und letzte Nacht.

Nun ging es wieder aufwärts Richtung Höllentalspitzen, eine nette Kraxelei. Auf und ab, auf und ab über Grattürme und flachere Passagen, bei denen Geröll auf Felsplatten volle Konzentration erforderte. Hin und wieder traf sie auf Ringe, Sicherungen, rote Markierungen, manchmal hieß es aufpassen, wenn der Fels brüchig war. Einige Schotterfelder, Drahtseile, und dann stand Jana auf dem Gipfel der Inneren Höllentalspitze. Hinter dem Waxensteinkamm quollen Wolken empor. Sie würde sie im Auge behalten.

***

Heute war der Tag. Er musste Jana erklären, wie es um ihn stand.

Endlich war die Gelegenheit dafür da.

Seit Brunos Tod hatte sie es vermieden, mit ihm allein zu sein, das war offensichtlich; sie hatte Angst vor ihren Gefühlen ihm gegenüber.

Er brauchte nicht länger zu warten, sie machte nicht den Eindruck, als würde sie um Bruno trauern. Bei ihrem Ausflug ins Oberreintal mit diesem Polizisten hatte sie keineswegs unglücklich gewirkt. Und der Kerl war eindeutig eine Gefahr, er musste verhindern, dass da irgendwann mehr daraus wurde. Vielleicht ahnte sie doch nicht, wer er war. Er war ein Meister darin, seine Gefühle zu verbergen, und das war gut so, sonst hätte ihn Bruno nicht einmal in die Nähe seiner Frau gelassen. Er musste sich ihr zeigen. Dann würde sie endlich ihm gehören, und sie würden glücklich sein.

Heute. Heute war der Tag, an dem sich alles ändern würde.

***

Jana kam flott vorwärts, Wandergelände gemischt mit leichter Kraxelei, gelegentlich ein Drahtseil. Es machte Spaß, dieses Gehen auf dem luftigen Grat, aber das Wetter bereitete ihr Sorgen. Der Himmel war dunkelgrau, wie hoch die Wolken hinaufreichten, war nicht erkennbar. Böen fegten über den Kamm, ihre Augen tränten. Sie hatte eine beschichtete Jacke übergezogen; wo ihr Rucksack auflag, war ihr Rücken nass vom Schweiß.

An der Biwakhütte würde sie entscheiden, ob sie weitergehen wollte. Es erwarteten sie noch einige Zweierstellen und die anspruchsvolle Überschreitung der Vollkarspitze mit Klettersteigschwierigkeit D. Dieser Gipfel war gespickt mit Eisen – ein idealer Blitzableiter. Würde das Wetter so lange halten? An der Grieskarscharte wäre dann die größte Gefahr vorbei; der Abstieg zur Stuibenhütte war bei einem Gewitter nicht mehr besonders gefährlich.

Sie blieb einen Moment stehen und schaute zurück Richtung Innere Höllentalspitze. Sie hatte jetzt mehr als die Hälfte der Strecke geschafft.

Aber da war noch jemand! Er marschierte nur etwa hundert Meter hinter ihr über den Kamm. Ein langer, dünner Kerl mit gelbem Helm und graugrünen Klamotten. War es möglich …? Aber wie … Er winkte.

Es war Ferdl. Das war kein Zufall! Sie schnappte nach Luft. Also doch nicht Patrick: Ferdl war der Stalker! Sie musste total blöd sein, dass sie nichts von seiner Verliebtheit bemerkt hatte. Wie hatte er herausgefunden, wo sie war? Warum war er nicht in die Falle am Laber getappt?

Ihm hier auf dem ausgesetzten Grat begegnen – oh nein! Auf keinen Fall. Jana beschleunigte ihr Tempo. Sie hastete Felsstufen hinauf und hinunter, nahm die flacheren Passagen im Laufschritt. Plötzlich ein Lichtschein, der Waxensteinkamm stand hell gegen eine pechschwarze Wolkenfront. Eine Sekunde, dann rumpelte es. Verflucht. Was tun? War die Biwakschachtel noch eine Option? Auch Ferdl würde dort Schutz suchen. Wenn sie dort beide übernachten mussten – ein Alptraum.

Der Wetterbericht hatte von lokalen Gewittern gesprochen, es bestand eine gewisse Chance, dass sie hier am Jubelgrat noch mal davonkam …

Sie eilte weiter, so schnell sie konnte, vorbei an steilen Abbrüchen. Pass bloß auf – weiter, weiter. Donner rollte, Wolken wallten über den Grat und verschluckten die Gipfel. Ein rascher Blick zurück. Ferdl kam näher. Schneller! Sie joggte über die mit Schutt bedeckte Pfadspur abwärts. Plötzlich zog es ihr die Füße weg, ihr Knöchel knickte ein, sie knallte mit der Hüfte und dem Ellbogen ins Geröll.

Ächzend richtete sie sich zum Sitzen auf. In ihrem Knöchel klopfte ein dumpfer Schmerz. Den Fuß abwinkeln ging, ihn zu drehen probierte sie lieber nicht aus. Und ihr Ellbogen? Die Jacke war aufgeschlitzt, darunter hatte sie eine Schürfwunde, sie brannte höllisch.

Nun kam der entscheidende Test: aufstehen. Ein Messerstich fuhr in ihr Fußgelenk. Scheiße. Da war etwas kaputt.

Am Himmel flackerte gelber Schein, verlosch, leuchtete erneut auf, das Grollen des Donners schwoll an und wieder ab.

„Jana, was ist passiert?“, ertönte Ferdls Stimme hinter ihr.

„Mein Fuß. Irgendwas stimmt nicht mit meinem Fuß.“

„Ich helfe dir.“

Licht explodierte direkt vor ihnen auf dem Grat, gleichzeitig knallte es wie ein Peitschenschlag.

Ferdl ging vor ihr in die Hocke und schaute ihr ins Gesicht. „Wir müssen schnell zur Biwakhütte. Kannst du gehen?“

„Keine Ahnung.“

„Probieren wir es aus.“

Ferdl legte die Arme unter ihre Achseln und zog sie hoch, bis sie auf dem gesunden Bein stand. Sie verlagerte ihr Gewicht ein bisschen auf das andere. Ihr entfuhr ein lautes Stöhnen.

Es blitzte wieder, so grell, dass es in den Augen schmerzte. „Keine Chance!“

„Ich trage dich. Hast du was zu trinken mit?“, brüllte Ferdl gegen den knatternden Kanonenlärm des Donners.

„Ja!“

Er warf seinen Rucksack auf den Boden, dann ging er auf alle Viere. „Steig auf!“

Absurd. Ihr Stalker auf den Knien, den Hintern ihr zugewandt. Sie legte sich bäuchlings auf seinen Rücken, schlang die Arme um seinen Nacken, zog die Knie an. Er schob seine Ellbogen darunter und richtete sich schwankend auf – ein Kraftakt. Endlich stand er da, mit ihr im Huckepack. Breitbeinig tappte er bergab.

Sein Schweißgeruch hüllte sie ein, seine Nackenhaare kitzelten in ihrem Gesicht. Ihm so nahe zu sein war widerlich.

Wolken zogen um den Grat, aus nebelverhangenen Abgründen wuchsen schemenhafte Felsgestalten empor. Jana klammerte sich an Ferdl und versuchte, nicht in die Tiefe zu blicken. Der Wind trieb ihnen Graupelschauer entgegen, Hagelkörner stachen in ihr Gesicht und prasselten auf ihren Helm. Sie drückte sich an Ferdls Rücken und kniff die Augen zu. Wenn der Donner einen Moment aussetzte, hörte sie das Summen eines Bienenschwarms. In der Luft lag ein Prickeln und Flirren. Jeden Augenblick konnte sie der Blitz treffen.

Und sie wollte so gerne leben. Leben!

Ferdls Ausdauer war erstaunlich, er marschierte bedächtig, stolperte nicht, brauchte keine Pause. Wie lange noch? Sie öffnete die Augen einen Spalt. Ringsum waberte Nebel, sie konnte nur wenige Schritt weit sehen. Eine Schicht aus Hagelkörnern bedeckte den Bergrücken, sie näherten sich einem mattroten Fleck. Allmählich zeichnete sich eine Form ab, die an eine Schachtel mit gewölbtem Deckel erinnerte, dann eine Tür mit einem kreisrunden Fenster.

Ferdl riss sie auf, stieg eine Stufe empor und ging hinein. Jana rutschte von seinem Rücken und sank auf die Matratze eines Lagers. Klack, Tür zu.

Gerettet. Innen. Geschützt vor dem Blitz. Der Hagel trommelte auf das Blech, Donner rollte.

Jana schluchzte auf. „Danke, Ferdl.“

Sie legten die Helme ab und schlüpften aus den patschnassen Anoraks. Während Ferdl sie an die dafür bestimmten Stangen hängte, zerrte Jana mit zusammengebissenen Zähnen den Schuh von ihrem verletzten Fuß. Er war bereits angeschwollen. Der andere Schuh folgte; die feuchten Hosen ließ sie lieber an. Zusammen mit dem Stalker in Unterhosen – das ging einfach nicht.

Sie legte sich aufs Bett und kuschelte sich unter zwei Decken. Auch Ferdl schlang eine Decke um sich und setzte sich ihr gegenüber auf die Bettkante.

Dampf stieg von den nassen Kleidern auf, die beiden runden Fenster beschlugen. Jana musterte ihre rettende Höhle.

Auf jeder Seite gab es sechs Stockbetten, am Fenster einen Klapptisch mit dem Hüttenbuch. Kein Stuhl, kein Kocher, kein Wasser. Alles war in warmem Rot gehalten: die Decken, die Bezüge der Betten und die Matten auf dem Boden mit dem Symbol der Firma Hanwag, dem Sponsor der Biwakschachtel.

Sie tranken aus Janas Flasche, sprachen nicht miteinander, sie hätten schreien müssen. Es dauerte lange, bis der Lärm des Gewitters etwas nachließ.

Es wäre gemütlich gewesen – ohne Ferdl. Er hatte die Ellbogen auf die Knie gestützt und schaute sie unverwandt an.

„Woher hast du gewusst, dass ich am Jubelgrat bin?", fragte sie im Plauderton.

„Ich habe einen Peilsender an deinem Rucksack angebracht, als wir uns zum Bouldern getroffen haben. Ich muss auf dich aufpassen. Das hat sich heute wieder gezeigt."

Sie verzichtete darauf zu erwähnen, dass sie kaum gestolpert wäre, wenn er sie nicht verfolgt hätte. Irgendwie musste sie mit ihm auskommen, solange sie hier festgenagelt waren. „Wenn das Gewitter vorbei ist, gehst du am besten ohne mich weiter, und ich warte, bis die Bergwacht da ist."

„Ich lasse dich nicht allein. Die können wahrscheinlich erst morgen früh fliegen."

„Das macht doch nichts. Ich komme schon zurecht."

„Ich bleibe bei dir. Immer."

Sie gab keine Antwort, sie wollte ihn nicht reizen; es war besser, mit ihm über ein neutrales Thema zu reden. Sie fragte ihn nach seiner ersten Bergtour.

„Das interessiert mich jetzt nicht", erwiderte er. „Wir sind hier zusammen. Nur das zählt."

Er ließ sich nicht ablenken. Vielleicht gelang es ihr, das Gespräch auf eine rationale Ebene zu bringen. „Wie bist du an mein Parfum und meinen Schal gekommen?"

„Ich habe die Tür mit einer Scheckkarte geöffnet."

Er war durch ihr Haus geschlichen, während sie geschlafen und Patrick vor ihrer Zimmertür Wache gehalten hatte! Ruhig bleiben. Mit ihm reden, keine Vorwürfe. „Ich verstehe nicht, warum du mich beobachtest und mir Geschenke machst", sagte Jana. „Ich habe dir deutlich gesagt, dass ich nichts von dir will."

„Ich habe deine Wünsche erfüllt. Du hast doch neue Kletterschuhe gebraucht. Über die Rosen hast du dich bestimmt gefreut. Und das Gipfelkreuz, das dir nicht gefallen hat, sieht jetzt ein bisschen anders aus."

„Aber ich wollte das alles nicht! Bitte höre auf mit solchen Aktionen."

Er starrte ihr in die Augen. „Das kann ich nicht. Ich liebe dich. Gib zu, dass du mich gern hast. Sag, dass du eine Chance für uns beide siehst."

Der bettelnde Ton nervte. Alles an ihm nervte. Obwohl er sie vielleicht vor dem Tod durch Blitzschlag gerettet hatte. Jana beherrschte sich mühsam. „Du hast dich verrannt, Ferdl. Sei vernünftig."

„Irgendwann wirst du zu deinen Gefühlen stehen."

„Jetzt höre mir doch endlich zu! Du bist für mich nur ein Kletterkumpel."

Er setzte sich neben sie auf das Lager. „Das bildest du dir ein." Er streckte seine Hand aus und streichelte ihre Wange.

Sie schlug sie wütend fort. „Lass mich in Ruhe! Ich liebe dich nicht! Überhaupt nicht!"

Sie wälzte sich von ihm weg, schwang die Beine über die Bettkante und bückte sich nach ihrem Rucksack. „So. Jetzt rufe ich die Bergwacht an."

Sie zog ihr Smartphone aus der Deckeltasche.

Ferdls Hand schoss vor und riss es ihr aus den Fingern.

***

Der Adrenalinstoß verebbte und ließ Patrick flattrig und schwach zurück. Es war ein Schock gewesen, dass der Polizist den Helm gefunden hatte. Was für ein verfluchtes Pech! Er hatte sich so hilflos gefühlt, dass er in Tränen ausgebrochen war. Und dann diese wahnsinnige Wut.

Er blickte auf Sebastian hinunter, der am Wegrand auf dem Rücken lag und sich nicht rührte. War er ohnmächtig? Oder hatte er ihn umgebracht?

Er kniete neben ihm nieder und legte eine Hand auf seine Brust. Sie hob und senkte sich – er war nicht tot!

Schaff ihn weg hier. Jeden Augenblick können Leute auftauchen!

Patrick schaute sich hastig um, dann packte er Sebastian an den Knöcheln, schleifte ihn ein Stück den steilen Waldhang hinunter und ließ ihn dort liegen, gut verborgen hinter den Fichtenstämmen. Wie schwer war er verletzt? Wann würde er wieder aufwachen? In zwei Minuten? Einer Stunde?

Wenn der Polizist es hinauf zum Wanderweg schaffte, würde er bald Leute treffen. Und dann ginge die Fahndung nach Patrick los. Es würde seine Chancen bei der Flucht erhöhen, Sebastian umzubringen.

Aber es wäre unklug. Wenn die Polizei ihn doch erwischte, würde er auf jeden Fall lebenslänglich sitzen.

Wieder hinauf zum Pfad. Ah, dort lag das Handy des Polizisten. Er steckte es schnell ein und joggte weiter in Richtung Seilbahn. Niemand würde sich über ihn wundern, hier gab es viele Läufer.

Mach Tempo! Vielleicht reicht es noch bis zum Auto, bevor die Jagd losgeht.

Endlich – die Messstation der Berglauf-Strecke, dahinter erhoben sich das Gebäude der Seilbahnanlage und ein Gewirr von Sendemasten. Leute hockten auf Bänken und genossen die Aussicht. Hoffentlich fuhr die nächste Gondel bald.

Er rannte über die Terrasse, Köpfe drehten sich zu ihm, hinein ins Gebäude, zur Talfahrt.

Der Ticketverkäufer nickte ihm freundlich zu. „Griaß di. Host an guaten Lauf ghabt?“

„Ja, war super.“ Patrick zog den Geldbeutel aus der Hosentasche. Seine Hände zitterten, als er 9,50 berappte. „Wie lang muss ich warten?“

„Ned lang. Glei gehts los. Guade Fahrt!“

Eine blaue Gondel ruckelte heran. Er stieg ein.

Glück gehabt. Der Polizist konnte ihn nicht mehr einholen. Aber vielleicht hatte er schon Alarm geschlagen, und sie erwarteten ihn an der Talstation, um ihn festzunehmen …

Entnervend langsam schwebte die Gondel hinunter. Kein Wunder, die Anlage stammte aus dem Jahr 1957.

Was für eine Riesendummheit, auf den Polizisten loszugehen! Die Fingerabdrücke auf dem Helm hätten nie für eine Verurteilung gereicht.

Es spielte keine Rolle mehr. Er würde die Fliege machen, im Gefängnis zu sitzen wäre unerträglich. Er brauchte die Berge, Abenteuer, ein freies Leben.

Mit Jana war es sowieso aus. Eigentlich hatte es nie angefangen. Schade.

Sie hatte sich in seinem Kopf eingenistet, er begehrte sie, träumte von ihr. Warum nur? Wegen ihres warmen Lächelns, ihrer positiven Ausstrahlung? Oder weil sie ihn abgewiesen hatte? Schwamm drüber. Jetzt ging es um seine Freiheit, und das war wichtiger als alles andere.

Hätte er gewusst, wie unglaublich langsam diese Gondel war, so wäre er ins Tal hinuntergerannt. Bestimmt war dieser verfluchte Polizeibergführer mittlerweile aufgewacht. War es möglich, einem Empfangskommando unten an der Seilbahnstation zu entgehen?

Er blickte auf den Korridor zwischen den Fichten hinunter. Die Kabine hatte ein Schiebefenster. Die Öffnung wäre gerade groß genug, um hinauszuklettern … Aber er war viel zu hoch oben für einen Sprung auf den Boden.

Der erste Mast tauchte vor ihm auf, dahinter eine Gondel, die vom Tal heraufschaukelte.

Das Tempo seiner Kabine wurde immer langsamer.

Auf einem gelben Schild war zu lesen: „Dieser Stillstand ist betriebsbedingt. This stoppage is a normal consequence of operation."

An der Stütze der Seilbahn war eine Leiter angebracht.

Hinüberspringen? Unmöglich.

Patrick musterte das dicke, mehrere Meter lange eiserne Führungsrohr, das ein Pendeln der Gondel gegen den Mast verhindern sollte.

War das eine Möglichkeit...?

Die vom Tal kommende Kabine war nicht besetzt – perfekt. Einen Handy-Alarm konnte er jetzt überhaupt nicht brauchen.

Er drückte das Schiebefenster hinunter bis zum Anschlag, ergriff mit beiden Händen die Metallkante des Rahmens, stemmte sich hoch und schob seinen Oberkörper ein Stück weit durch die Öffnung. Eine halbe Drehung, er quetschte ein Bein hindurch, das andere Bein folgte. Ein Ruck in den Armen, er hing lang ausgestreckt an der Außenseite der Gondel.

Die Kabine stand still. Sie befand sich genau an der Stelle, wo das Führungsrohr durch eine Strebe mit dem Mast verbunden war. Jetzt! Patrick streckte die rechte Hand hinüber zu dem Führungsrohr. Es war staubig, die Wölbung breit, kein guter Grip. Sein Herz raste, seine Kehle war trocken. Er baute Spannung im Körper auf und löste die linke Hand von der Fensterkante. Seine Beine schwangen ins Leere, seine Rechte drohte abzurutschen – schnell packte er mit der Linken das Rohr und schnappte nach rechts weiter zu seiner Befestigung, einem kantigen Metallteil mit einem Falz. Von dort zur Leiter zu hangeln war ein Kinderspiel.

Einen Moment hielt er sich dort fest und keuchte.

Die Gondeln setzten sich wieder in Bewegung.

Eigentlich war das für Patrick kein wirklich harter Boulder gewesen. Allerdings ein Highball. Wenn man es nicht schaffte, war man tot.

Allmählich beruhigte sich sein Atem.

Eine strahlende Lebendigkeit erfüllte ihn, eine Euphorie, wie er sie nur selten bei seinen wilden Bergabenteuern erfahren hatte.

Die Leiter runter und den Waldhang hinab. Er war so steil, dass er sich von Baumstamm zu Baumstamm hinabhangeln musste. Dann wurde er flacher, und nun galt es, sich durchs Unterholz zu kämpfen. Endlich stieß er auf den Wanderweg.

Er trabte ein Stück auf ihm bergab, verließ ihn wieder und schlug einen Bogen durch wegloses Gelände, um ungesehen am Gebäude der Talstation vorbeizukommen. Dass er sein Auto auf dem Platz im dahinter liegenden Wäldchen geparkt hatte, war ein Glücksfall.

Vierzig Minuten später überquerte er die österreichische Grenze – kein Polizist weit und breit.

Wann würden sie beginnen, nach ihm zu fahnden? Er grinste. Schon wieder Glück gehabt. Die Autonummer würde ihnen wenig nutzen, er hatte den Flitzer seiner Mutter genommen, um auf Jana Eindruck zu machen.

An einer Parkbucht hielt er an und suchte übers Smartphone nach Flügen ab Innsbruck. Der nächste Non-Stop-Flug nach London wäre ideal, und es gab noch freie Plätze! Patrick lachte auf. Schon wieder Schwein gehabt, er musste sich allerdings beeilen. Der folgende Flug ging eineinhalb Stunden später. Bis dahin hätten die Deutschen ihre österreichischen Kollegen sicher längst alarmiert, sie würden ihn spätestens bei der Passkontrolle festnehmen, wenn er so blöd wäre, dort aufzutauchen.

Es war viel los auf der Straße, er musste immer wieder Reihen von Autos überholen, die hinter einem LKW oder irgendwelchen Schneckenärschen mit Hut herdümpelten.

Bei Seefeld tauchte ein Gebäude auf, das wie eine Ritterburg aus Plastik aussah, das für sogenannten Familien-Freizeitspaß erbaute Playcastle. Es verschandelte seit rund zwanzig Jahren die Berglandschaft und wurde kaum noch genutzt. Vielleicht würde Patrick von London einen Flieger nach Südamerika nehmen, dort gab es keine derartigen Event-Ruinen, dafür echte Wildnis und Abenteuer pur.

Der Zirler Berg. Verdammter Mist! Ein fetter Stau, beinahe Stillstand. Auch in der Gegenrichtung eine Kolonne. Patrick blieb nichts anderes übrig, als hinterherzuzockeln, vorbei an den Bienenstöcken, ein, zwei Kurven, es ging sacksteil hinunter. Endlich keiner mehr auf der Gegenfahrbahn, er trat das Gaspedal durch und schoss nach vorn. Da – aus der Kurve

– ein Röhren, ein Motorrad, Scheiße, keine Lücke in der Autoschlange rechts! Patrick riss den Wagen nach links, auf die Leitplanke zu – immer noch besser als ein Vollcrash. Lautes Quietschen und Knirschen, ein fürchterlicher Schlag. Um Patrick wurde es dunkel.

28. KAPITEL

Ferdl ging zur Tür, riss sie auf, warf Janas Handy hinaus, schlug die Tür zu. Dann setzte er sich wieder ihr gegenüber. Im gedämpften Licht, das durch die Fenster ins Innere der Biwakschachtel fiel, wirkten seine Augen dunkel. In ihnen lag ein irres Funkeln.

Jana musste versuchen, seine Aggression zu dämpfen, es hatte keinen Sinn, auf den gewalttätigen Akt einzugehen. „Ferdl, das mit Bruno ist noch nicht lange her. Ich habe kein Interesse an anderen Männern."

Der Wahnsinn wich aus seinem Blick. Er räusperte sich. „Hast du Bruno geliebt?"

„Ja." Das entsprach teilweise der Wahrheit, bis zu ihrer Heirat hatte sie das geglaubt. Aber schon kurz danach war sie da nicht mehr so sicher gewesen.

Ferdls Stimme klang gepresst. „Ihr Frauen schwärmt alle für diese Siegertypen! Du bist auf Brunos Kohle hereingefallen, sein Selbstbewusstsein. Immer nur er, er im Mittelpunkt, nur darum ging es ihm. Er wusste nicht, was Liebe ist!"

„Du hast ihn gehasst und beneidet", stellte Jana fest. „Warum warst du so viele Jahre lang mit ihm zusammen unterwegs?"

„Zuerst, weil er der stärkste Partner in unserem Verein war, der mit mir klettern wollte. Später, weil ich durch ihn in deine Nähe kam."

Das war zumindest ehrlich.

„Bruno hat dich miserabel behandelt", fuhr Ferdl fort. „Er hat dich eingeengt, mit seiner Eifersucht verfolgt. Du hättest Jahre deines Lebens an ihn verschwendet, bis du dich hättest scheiden lassen." Seine Stimme sank zu einem gerade noch hörbaren Flüstern herab. „Es war richtig, dass ich ihn umgebracht habe."

Das Bekenntnis traf Jana wie ein Pfeil. Sie rang nach Atem.

„Für dich tue ich alles", sagte Ferdl.

Plötzlich überflutete sie heiße Wut. „Und du glaubst, ich könnte einen Mann lieben, der ein Mörder ist? Niemals! Nie, nie, nie!“

Er beugte sich vor, packte ihre Handgelenke.

„Du tust mir weh, Ferdl!“

Er ließ sie los.

Einzelne Hagelkörner klirrten aufs Hüttendach. Es rumpelte in der Ferne.

Jana zog die Decken schützend um ihre Schultern.

Ferdl spuckte die Worte heraus. „Bruno hatte alles! Erfolg im Beruf, einen Haufen Geld. Im Klettern hatte er viel mehr Talent als ich. Er war der große Star im Verein. Er wäre Vorstand geworden, ich nicht. Und dann hatte er auch noch dich.“

Er schlug die Hände vors Gesicht.

So saß er da, lange Zeit.

Jana beobachtete ihn. War sie nun außer Gefahr? Würde er sie in Ruhe lassen? Es sah danach aus …

Ferdl war vom Neid auf Bruno besessen. Er wollte sein wie er. Ein bewunderter, strahlender Sieger. Es wäre für ihn ein großartiger Triumph gewesen, Brunos Frau für sich zu gewinnen. Dann hätte er sich nicht mehr als Verlierer gefühlt... Vielleicht hatten seine Gefühle für Jana nichts mit Liebe zu tun. Wenn das stimmte, war es ihm allerdings nicht bewusst.

Ferdl nahm die Hände herunter, richtete seinen Oberkörper auf und starrte Jana mit wildem Blick an. „Ich bin ein Versager. War es schon immer. Dass du mich liebst, war eine Illusion.“

Sein Mund verzog sich, als würde er gleich beginnen zu weinen. Dann sagte er mit flacher Stimme: „Jetzt bleibt mir nichts mehr. Nur eins. Du wirst mit mir sterben, dann sind wir für immer zusammen.“

Verzweifelte nahmen oft ihre Partner, ihre ganze Familie mit in den Tod. Ferdl war stark genug, um Jana zu erwürgen. Vielleicht hatte er auch ein Messer dabei.

Sie zwang ihre Angst in einen Winkel ihres Bewusstseins. Sie würde ihm die Wahrheit sagen. Und dabei kam es auf jedes Wort an.

„Du vergleichst dich mit Bruno, Ferdl, und hältst dich für einen Versager", sagte sie langsam. „Aber du hast keine Ahnung, was mit Bruno los war."

Sie machte eine Pause. Ferdl musterte sie mit verkniffenen Lippen.

„Brunos Firma stand kurz vor der Pleite", sagte Jana.

„Aber ... aber ..." Ferdl verstummte.

„Ich weiß es erst seit Kurzem, seit gestern", fuhr Jana fort. „Unser Steuerberater hat mir alles genau erklärt. Bruno hätte auch das Haus verloren und sein Leben lang Schulden abzahlen müssen."

Ferdl hörte mit offenem Mund zu.

„Und das ist noch nicht alles." Jana konnte kaum weitersprechen. Sie schluckte, ihre Stimme zitterte. „Bruno hatte Krebs. Und nur noch ein paar Monate zu leben, vielleicht ein halbes Jahr. Ich glaube, er hat es verschwiegen, weil er auch seine Krankheit als eine Art Versagen betrachtete, genauso wie seinen geschäftlichen Ruin. Der äußere Schein, sein Ansehen als toller Typ, das bedeutete ihm alles."

Ferdl schüttelte heftig den Kopf. „Blödsinn! Bruno krank, das kann nicht sein! Er war doch stark, super in Form!"

„Das hätte sich bald geändert. Ich habe den Arztbericht gelesen. Bruno hatte keine Chance. Du hast einen Todkranken ermordet."

In Ferdls Gesicht arbeitete es. Dann stieß er hervor: „Nein! Nein! Du irrst dich. Irgendeine Verwechslung ..."

„Es ist wahr", sagte Jana. „Ich habe den Arzt angerufen, und er hat es bestätigt, es gibt keinen Zweifel. Dein Neid war vollkommen daneben. Du hättest Bruno bemitleiden sollen."

Ferdl stand jäh auf, stieß seinen Kopf am oberen Stockbett, riss die Tür auf und stürzte hinaus.

Jana blieb sitzen, total fertig. Ein Windstoß fuhr herein. Sie rutschte an den Rand des Lagers und spähte zur offenen Tür hinaus. Ferdls Gestalt entfernte sich, eine Silhouette, die allmählich verblasste, bis sie sich im Nebel verlor.

29. KAPITEL

Das Handy! Ferdl hatte es wohl nicht mitgenommen, er war davongelaufen, ohne einen Moment anzuhalten. Es musste irgendwo da draußen liegen. Sie brauchte es. Musste anrufen, bevor Ferdl vielleicht zurückkehrte. Jacke und Schuhe anziehen? Nein, das dauerte viel zu lange.

Jana wühlte sich aus den Decken und wälzte sich seitlich vom Lager herab auf den Boden, um ihren verletzten Fuß nicht zu belasten. Dann richtete sie sich zum Sitzen auf und rutschte auf dem Hintern zur Tür hinaus und die Treppe hinunter. Wind fuhr ihr entgegen, sie blinzelte in die plötzliche Helligkeit. Der Schotter rund um die Hütte war mit einer dünnen Schicht aus Hagelkörnern bedeckt. Dort – etwas Schwarzes, Rechteckiges in der weißen Fläche. Ihr Smartphone!

Sie legte sich lang hin und angelte danach. Es fühlte sich eiskalt an. Sie steckte es in den Ausschnitt ihres Pullovers, unter den BH. Brrr. Wieder aufrichten, sich auf die Arme und ein Bein stützen, rückwärts die Treppe hinauf.

Ein Blick Richtung Grat. Ein paar schemenhafte Felszacken, verwischt im Nebel. Niemand zu sehen.

Sie schlug die Tür zu, erklomm das Lager, zog ihr Smartphone aus dem BH und drückte den Schalter.

Der Mac-Apfel erschien.

Sie schlang eine Decke um ihre Schultern und starrte auf das Display.

Endlich Zahlen. Die Pin eingeben. Ihre Finger flatterten. Konzentriere dich. Langsam.

Was sollte sie Sebastian sagen? Zuerst das Wichtigste. Wo sie war. Und welche Gefahr drohte. Sie wählte seine Handynummer. Eine neutrale Stimme erklärte, momentan sei Herr Oberleitner nicht erreichbar. War der Akku leer? Nein, eine solche Unaufmerksamkeit passte eigentlich nicht zu ihm. Oder hatte er das Handy ausgeschaltet? Aber warum hätte er das tun sollen? Sie versuchte es mit seiner Durchwahl bei der

Polizei. Nach zwei, drei Sekunden hörte sie seine Stimme. „Jana! Wie geht es dir?“

Er hatte ihre Nummer erkannt.

„Ich bin in der Biwakschachtel am Jubelgrat, ich habe mich am Knöchel verletzt ...“

„Oh je. Hast du die Bergwacht alarmiert?“

„Nein, der Fuß ist nicht so schlimm. Aber Brunos Mörder war mit mir hier oben – hier im Biwak!“ Sie unterdrückte einen Schluchzer. „Er könnte zurückkommen!“

Sebastian schwieg einen Augenblick, dann sagte er: „Das verstehe ich nicht. Patrick kann unmöglich am Jubelgrat sein. Ich habe ihn vor Kurzem am Laber getroffen, er ist in unsere Falle gegangen.“

„Wieso Patrick? Ferdl ist der Stalker! Er hat mich verfolgt – und er hat gesagt, dass er Bruno umgebracht hat!“

„Aber Patrick hat dasselbe behauptet!“, gab Sebastian zurück. „Man kann niemanden zweimal umbringen. Du musst Ferdl irgendwie falsch verstanden haben, alles deutet auf Patrick hin. Ich habe ihm von Indizien erzählt, die ihn überführen können. Und dann hat er mich niedergeschlagen. Aber wieso bist du mit Ferdl –“

„Bist du okay, Sebastian?“

„Nur ein bisschen Schädelbrummen. Patrick ist abgehauen, wir fahnden nach ihm. Aber warum –“

Sie fiel ihm wieder ins Wort. „Das kann nicht sein, Ferdl hat ganz klar gesagt, dass er Bruno umgebracht hat. Ihr müsst ihn festnehmen! Er ist vor ein paar Minuten von der Biwakschachtel Richtung Vollkarspitze losgelaufen. Wahrscheinlich will er ins Tal. Ich hoffe es.“ Ihre Stimme überschlug sich. „Er könnte zurückkommen! Er ist ein Mörder! Ich bin mir ganz sicher!“

Sie hörte Sebastians schnellen Atem. „Hat er eine Waffe?“

„Ich glaube nicht.“

„Ich gebe jetzt erst einmal der Bergwacht Bescheid“, sagte Sebastian. „Die holen dich da raus, das Gewitter zieht bereits ab. Hält dein Akku noch eine Weile?“

Sie warf einen Blick auf das Display. „Ja. Zwei Drittel voll."

„Gut. Ich melde mich bald wieder."

Die Verbindung brach ab.

Plötzlich fror Jana bis auf die Knochen. Sie hüllte sich in zwei weitere Decken und starrte aus dem runden Fenster. Hoffentlich. Hoffentlich kehrte Ferdl nicht zurück. Mit ihrem verletzten Fuß konnte sie nicht davonlaufen, sie wäre ihm hilflos ausgeliefert …

Immer wieder schaute sie auf ihre Uhr. Wie konnte eine Minute nur so lange dauern? Würden die überhaupt fliegen können? Es war immer noch neblig draußen.

Zwei Minuten. Drei.

Denk nicht dauernd daran, was passieren könnte. Hör auf damit, das hilft rein gar nichts!

Fünf Minuten.

Ihr Handy zwitscherte. „Sebastian?"

„Alles klar. Sie kommen so bald wie möglich, ich glaube, es wird nicht lange dauern, es reißt schon stellenweise auf. Sie rufen dich demnächst an. Und ich würde gerne mit dem Polizeihubschrauber nach Ferdl suchen. Wenn er irgendwo am Grat ist, können wir ihn kaum übersehen. Um meinen Chef zu überzeugen, dass das sinnvoll ist, muss ich aber mehr wissen."

Sie erzählte ihm mit knappen Worten, was passiert war. Und das mit Bruno. Von seiner Pleite, seiner Krankheit. „Es tut mir so leid, dass er damit allein war. Ich hätte … ich hätte …" Sie konnte nicht mehr weitersprechen.

Sebastians Stimme hatte einen warmen, beruhigenden Klang. „Ich glaube, er wollte keine Hilfe, kein Mitleid. Nur noch ein wenig seine Rolle als Sieger weiterspielen. Und dann hätte er sich umgebracht. Vermutlich war er bei dem Wettrennen an der Alpspitze nicht besonders vorsichtig. Bitte mache dir jetzt keine Gedanken, ruhe dich aus. Wahrscheinlich ist Ferdl gegangen, weil er dir nicht mehr in die Augen sehen konnte. Oder weil er mit seinem Schmerz und seiner Verwirrung allein sein wollte. Dass er zurückkehrt, ist unwahrscheinlich. Ich melde mich, sobald ich mit meinem Chef gesprochen habe. Bis dann, Jana."

Sie wartete.

Endlos.

In ihrem Fuß pochte ein dumpfer Schmerz, er war prall geschwollen, die Haut spannte.

Sie warf einen Blick auf den Akku. Er war halb voll.

Das Zwitschern ließ sie zusammenfahren – ein Anruf!

„Hallo, hier Kornbichler von der Bergwacht –"

Plötzlich wurde das Display dunkel: Energiesparmodus. Verdammt. Sie hätte daran denken müssen, dass sich bei Kälte der Akku schneller leerte.

Sie kuschelte sich in die Decken. Bestimmt waren die Retter schon unterwegs. Dauernd auf die Uhr zu schauen nutzte nichts. Und sie war so müde …

Sie streckte sich auf der Matratze aus und versuchte zu dösen, aber es gelang ihr nicht. In ihrem Kopf wirbelte alles durcheinander.

Ein Geräusch, ein fernes Brummen.

Jana richtete sich auf und lauschte. Es wurde lauter und lauter, dröhnte in ihren Ohren. Der Heli! Er musste ganz nahe sein.

Sollte sie raus, mit dem verletzten Fuß? Nein, sie wussten ja, wo sie war.

Rufe, Stimmen. Die Tür flog auf.

Sebastian!

Er beugte sich zu ihr herunter, umarmte sie und drückte sie fest an sich.

30. KAPITEL

Am nächsten Tag war Sebastian wieder in seinem Büro und versuchte, die Fäden der Geschehnisse um Brunos Tod zu entwirren. Aber er konnte sich nicht konzentrieren, er dachte an Jana. Heute Abend würde er sie im Krankenhaus besuchen und ihr eine Schachtel Kokos-Schaumküsse mitbringen.

Die Diagnose: Sprunggelenksbruch, Weber A. Die Bänder waren zum Glück heil geblieben. Zuerst war eine Gipsschiene notwendig, später eine Orthese. Jana hatte das so kommentiert: „Es war dumm, bei dieser Wetterlage den Jubiläumsgrat zu gehen. Mich hätte der Blitz treffen können. Da werde ich mich nicht über ein paar Wochen Kletterverbot beklagen."

Die Tür klappte, Sebastian fuhr zusammen und nahm die Füße vom Schreibtisch.

Hilling baute sich vor ihm auf. „Nun, haben Sie sich von Ihrer Begegnung mit Schmiedel erholt?"

„Danke der Nachfrage."

Sein Vorgesetzter betrachtete ihn mit spöttischer Miene. „Erstaunlich, wie ein junger Bursche mit einem erfahrenen Polizisten umgesprungen ist. Dass er Ihnen dann obendrein bei der Talstation durch die Lappen gegangen ist, macht es noch schlimmer. Und unser Ruf ist schon durch die Sache mit dem Zugspitz-Gipfelkreuz angeschlagen."

„Ich vermute, Schmiedel ist von der Gondel zur Seilbahnstütze hinübergeklettert", erwiderte Sebastian. „Es war nicht gerade naheliegend, dass er auf eine derart verrückte und riskante Idee kommen würde."

Hilling zögerte einen Moment, bevor er antwortete: „Wenn das stimmt, war es eine spektakuläre Tat, die werden ihn als Helden darstellen."

„Es hat ihm wenig genutzt", gab Sebastian zurück.

Hilling setzte sich ihm gegenüber in den Besucherstuhl, schlug die Beine übereinander und lehnte sich zurück. „Tja. Nun werden wir nie erfahren, ob er an der Alpspitze gemordet hat. Und jetzt verdächtigen Sie auch noch Ferdl Lipp. Zwei Mörder, das ist wohl mit den Naturgesetzen kaum vereinbar."

Der Chef ärgerte Sebastian nicht nur, allmählich fing er an, ihn zu hassen. Hilling hatte es strikt abgelehnt, einen Polizeihubschrauber zum Jubiläumsgrat zu schicken, ja, überhaupt nach Ferdl zu fahnden. „Diese junge Frau fantasiert", hatte er gesagt. „Dass sie sich von Lipp verfolgt fühlt, ist eine Reaktion auf das fortgesetzte Stalking. Ich vermute, dass er die Biwakschachtel verlassen hat, weil sie sich so hysterisch aufführte."

Musste Sebastian es sich eigentlich antun, mit diesem Boss zusammenzuarbeiten? Er könnte sich versetzen lassen, aus Garmisch wegziehen. Aber dann würde er seine kleine Lea seltener sehen …

„Zwei Mörder sind also ausgeschlossen", sagte Hilling. „Wenn überhaupt gemordet wurde – was ich für unwahrscheinlich halte –, dann war Schmiedel der Täter. Immerhin hat er einen Polizisten angegriffen. Übrigens habe ich mit diesem speziellen Beamten noch ein Hühnchen zu rupfen. Sie haben sich meiner Anordnung widersetzt, den Fall Henteler nicht weiter zu verfolgen. Und dann sind Sie sogar noch mit der Bergwacht zur Biwakschachtel geflogen, ohne der Dienststelle Bescheid zu geben. Das wird Konsequenzen haben."

Ein Disziplinarverfahren. Sebastian war diese Möglichkeit vollkommen bewusst gewesen. Aber er hatte unbedingt zu Jana gewollt. Seine Freunde von der Bergwacht waren sofort damit einverstanden gewesen, dass er mitflog, er war ja seit zwanzig Jahren Mitglied und hatte sich in vielen schwierigen Einsätzen bewährt.

Sebastian kämpfte gegen ein Wirrwarr von Gefühlen. Scheinbar gelassen erklärte er: „Ich habe getan, was ich für richtig halte, und bin der Lösung des Falls ganz nahe. Gerade erst habe ich erfahren, dass die Fingerabdrücke an Hentelers Helm von Patrick Schmiedel stammen."

Hilling lächelte fein. „Dafür gibt es viele Erklärungen. Ein Jammer, dass man Tote nicht mehr anklagen kann. Die österreichischen Kollegen waren wenig begeistert, dass Schmiedel ihre Leitplanke zerstört und ihnen eine Menge Arbeit gemacht hat."

Dieser Zynismus... Sebastian konnte sich nicht mehr zurückhalten. „Er war vielleicht ein Mörder, aber doch ein Mensch, er hat eine Mutter, die jetzt um ihn trauert! Und wie geht es eigentlich dem Motorradfahrer?"

„Vermutlich keine bleibenden Schäden", erwiderte der Chef. „Sie sind ein erstaunlich empathischer Polizist."

Sebastian atmete langsam und gleichmäßig, um sich zu beruhigen. „Wir müssen Ferdl Lipp finden. Er ist Jana Hentelers Stalker und möglicherweise ein Mörder. Er meldet sich nicht am Telefon und ist auch nicht zu Hause. Ich halte ihn für suizidgefährdet."

Hilling verzog spöttisch die Lippen. „Dann können wir den Fall ja zu den Akten legen, wenn beide Mörder tot sind."

Paul steckte den Kopf herein. „Der Ferdl Lipp is da. Er will zu dir, Sebastian. A Gschtändnis ablegn."

Der Mann, der wenig später eintrat, war ein Wrack. Er stank nach Schweiß, sein Gesicht war von tiefen Furchen durchzogen, so als wäre er plötzlich um zwanzig Jahre gealtert. In seinen Augen lag Verzweiflung. Er trug einen am Ärmel zerrissenen Pullover und Funktionshosen. Am Klettverschluss der aufgesetzten Tasche klebten Grashalme. Vermutlich hatte er nach dem Abstieg ins Tal in einem Heustadel übernachtet, um sich vor der Polizei zu verstecken. Aber dann hatte er es sich anders überlegt. Wenn man überhaupt von Überlegung sprechen konnte. So wie er aussah, war er von seinen Emotionen gebeutelt.

Seine Stimme klang brüchig. „Ich bin schuld an Brunos Tod."

Sebastian stand auf, zog einen weiteren Stuhl heran und stellte ihn neben den von Hilling. „Setzen Sie sich erst mal hin." Im Oberreintal hatte er ihn geduzt, aber das passte hier nicht.

Ferdl stolperte zu dem Stuhl und ließ sich mit einem Ächzen darauf nieder. Hilling ergriff seine Sitzgelegenheit, marschierte damit in eine Ecke und nahm Platz.

Sebastian hatte nicht die Absicht, seine Methoden wegen der Anwesenheit seines Chefs zu ändern. Ferdl Lipp wollte beichten, und zwar jetzt. Der offizielle Teil mit den Rechten und so weiter konnte warten.

Sebastian kam direkt zur Sache. „Was ist an der Alpspitze geschehen?“

Ferdl Lipp räusperte sich mehrmals. Und dann erzählte er, zögernd, mit langen, quälenden Pausen zwischen den Sätzen. Sebastian hörte ruhig zu. Und auch Hilling sagte keinen Ton. Trotz seiner Schwächen war er gut bei Befragungen und wusste, wann man einen Verdächtigen am besten reden ließ.

Ferdl war zu Bruno abgestiegen. Voller Hoffnung, er wäre tot, und Jana wäre endlich frei. Er hatte ihn am Ende der geneigten Wandzone gefunden, oberhalb eines Steilabbruchs. „Und dann habe ich ihn ... habe ich ihn ... über die Kante gestoßen.“

Sebastians Herzschlag setzte einen Moment aus. Also doch. Ferdl war ein Mörder. Bisher hatte Sebastian es für möglich gehalten, dass er sich schuldig fühlte, weil er Bruno nicht geholfen hatte; bei Menschen, die Unfälle im Gebirge miterlebt hatten, kam das öfter vor.

Lipp schwieg eine Weile, dann erklärte er mit fester Stimme: „Ich habe es verdient, lebenslänglich im Gefängnis zu sitzen und die Berge nie wieder zu sehen.“

„Ich hätte noch ein paar Fragen“, sagte Sebastian.

Ferdl nickte.

„Sind Sie sicher, dass Bruno Henteler noch am Leben war, als Sie bei ihm ankamen?“

Ferdl starrte auf seine Knie. „Ja. Er hat sich bewegt, mich angeschaut. Aber dann habe ich an Jana gedacht. Bruno war nicht gut für sie. Und – und sie hätte mich zu einem glücklichen Menschen gemacht.“

„Hatte er einen Helm auf, als Sie ihn gefunden haben?“

„Ja.“

„Haben Sie ihm den Helm abgenommen?“

Sebastian hielt den Atem an. Wie würden sich die Puzzlesteine zusammenfügen?

„Nein, warum hätte ich das tun sollen?“

Das klang absolut ehrlich. Sebastian stieß die Luft aus. Nun war ihm alles klar.

„Danach bin ich gleich wieder zur Ferrata aufgestiegen“, sagte Ferdl. „Den anderen habe ich gesagt, das Gelände weiter unten wäre heikel, ich hätte es nicht riskieren wollen, da hinunterzugehen. Aber dann ist Patrick zu Bruno abgeklettert. Ich habe mich geschämt, dass er so viel für ihn riskiert hat.“

Die Vernehmung zog sich lange hin. Ferdl gestand seine Stalking-Aktionen und gab die Verschandelung des Zugspitz-Gipfelkreuzes zu.

Sebastian und Hilling ließen Kaffee bringen. Dann ging es um das Geschehen am Jubiläumsgrat.

„Warum sind Sie nicht in der Biwakschachtel geblieben?“, fragte Sebastian. „Bei Ihrem Aufbruch dort bestand immer noch eine gewisse Blitzgefahr.“

Ferdls Worte kamen stoßweise, zwischen schweren Atemzügen. „Mir war alles egal. Mein ganzes Leben ist ein Irrtum. Das mit Jana. Und der Mord an Bruno. Ich bringe nichts, wirklich überhaupt nichts auf die Reihe. Ich bin eben der totale Loser.“

Sebastian schüttelte den Kopf. „Das sehe ich anders. Diese Einteilung in Gewinner und Verlierer ist ein Denkfehler. Es ist nur wichtig, am Leben zu sein.“

Ferdl wurde von Paul hinausgeführt. Hilling und Sebastian sahen einander an.

„Welche Rolle spielt Schmiedel jetzt in dieser Geschichte?“, fragte der Chef verwirrt, ohne eine Spur von Ironie.

„Ein Mordversuch, ein Mord“, erwiderte Sebastian. „Bruno Henteler lebte noch, nachdem Lipp ihn über die Felskante gestoßen hatte. Dann kam Schmiedel, nahm dem Verunglückten den Helm ab und schlug ihm mit einem Stein den Schädel ein.“

31. KAPITEL

Jana blickte gebannt auf den Bildschirm: Hilling im Blitzlichtgewitter. Er hatte nach Ferdls Festnahme eine Pressekonferenz einberufen.

Sie hockte auf ihrem Sofa, hatte ihren verletzten Fuß auf einem Stuhl mit einem Kissen hochgelagert und einen Eisbeutel auf den Knöchel gelegt. Sebastian saß neben ihr und hielt ihre Hand. Auf ihre Frage, warum er nicht mit seinem Chef im Rampenlicht stand, hatte er gesagt: „Du bist mir wichtiger als das bisschen Aufmerksamkeit für kurze Zeit. Und Hilling hatte überhaupt nichts dagegen einzuwenden, dass ich mich im Hintergrund halten wollte."

Das Medieninteresse war enorm, Fernsehsender, große Magazine, Tageszeitungen, alle waren versammelt. Hilling hatte ihnen ein paar Stichworte geliefert, die eine großartige Story versprachen: ein Absturz an der berühmten Alpspitze, zwei Bergkameraden, die ihren Rivalen töten wollten, eine hübsche junge Frau und der Anschlag auf das Gipfelkreuz von Deutschlands höchstem Berg.

Sebastian hatte Jana geraten, das Festnetz-Telefon abzukoppeln. Und sie gewarnt, dass bald die ersten Journalisten vor ihrer Tür stehen würden.

Der Polizeichef informierte routiniert und sachlich über die neuesten Erkenntnisse zum Tod Bruno Hentelers. Dann sagte er: „Die Aufklärung dieses ungewöhnlichen und komplizierten Falls ist ein großartiger Erfolg, den wir der hervorragenden Teamarbeit in unserer Dienststelle zu verdanken haben."

Sebastian lachte schallend.

Jana fand das nicht so lustig, Sebastian hatte ihr erzählt, was zwischen ihm und seinem Chef gelaufen war. Was für eine unverschämte Verdrehung der Wahrheit!

Nun redete Hilling weiter von „erstklassig ausgebildeten Poizeibergführern". Sebastians Namen nannte er dabei nicht.

Nach dem Ende der Sendung drehte sich Jana zu Sebastian und fragte: „Hängen sie dir jetzt ein Disziplinarverfahren an?"

„Bestimmt nicht. Dabei würde Hillings nicht sehr rühmliche Rolle in dem Fall offensichtlich werden. Ich werde keine Schwierigkeiten bekommen, ja ich denke sogar, mein Chef wird in Zukunft vorsichtiger mit mir umgehen, damit ich gegenüber der Presse den Mund halte. Aber das konnte ich natürlich nicht ahnen, als ich in den Hubschrauber gestiegen bin."

Er schaute ihr in die Augen. Sie umfasste seine Schultern, zog seinen Kopf zu sich heran und küsste ihn.

***

Schon zu Beginn von Ferdl Lipps Gerichtsverhandlung war abzusehen, dass er wegen versuchten Mordes im Gefängnis landen würde, aber nicht lebenslänglich für einen heimtückischen Mord bekommen würde. Dafür gab es zwei wesentliche Argumente: Aus dem Obduktionsbericht war klar ersichtlich, dass Bruno Henteler an einer Schädelverletzung gestorben war. Und auf seinem Helm waren eindeutig Patrick Schmiedels Fingerabdrücke und keine von Ferdl Lipp.

Worauf Lipp erklärte: „Eigentlich bin ich schuldig. Dass es mir nicht gelungen ist, Bruno umzubringen, war Zufall!" Und dann fügte er hinzu, so leise, dass er gerade noch zu verstehen war: „Wenn ich damals gewusst hätte, was ich heute über ihn weiß… Ich hätte ihn nicht gehasst, sondern bedauert. Es tut mir leid."

Hinterher saßen Vanessa und Jana im „Café Glockenspiel" mit Blick auf die neugotischen Türmchen und Spitzbogen-Fenster des Münchner Rathauses.

Vanessa sah Jana über ihren dampfenden Kräutertee hinweg an. „Und wie geht es bei dir weiter, Jana? Du hast kein Geld, keine Wohnung, das Haus gehört der Bank. Musst du jetzt auch noch Brunos Schulden abzahlen?"

„Nein. Ehepartner haften nicht automatisch für den anderen. Und eine neue Bleibe habe ich: Meine Nachbarin hat mir eine Dachwohnung bei sich angeboten, sie sagte, ihre Villa wäre sowieso viel zu groß für sie allein. Und sie will mich als Künstlerin unterstützen, ihr gefallen meine Bilder. Ich muss nur eine Beteiligung für die laufenden Kosten zahlen, keine Miete. Dafür passe ich auf ihre flauschige kleine Angorakatze auf, wenn sie auf Reisen ist."

„Na da hast du aber Glück gehabt", erwiderte Vanessa. Sie lächelte versonnen. „Und ich auch. Endlich habe ich meinen Traummann gefunden."

„Was?!"

„Er redet nicht viel, lässt mich Räucherstäbchen verbrennen, wenn mir das gefällt, und seine Aura ist himmelblau."

„Na dann kann ja nichts schiefgehen", rutschte es Jana heraus. Verflixt. Es war nicht nett, sich über die Eigenart ihrer Schwester lustig zu machen.

Sie schien die Ironie nicht zu bemerken. „Mit blauer Aura ist er natürlich ein guter Zuhörer, sanft und treu, allerdings ein bisschen introvertiert."

„Gratuliere. Und jetzt spanne mich nicht so lange auf die Folter. Wer ist es?"

„Werner."

Der ließ andere reden. Und herumspinnen. Ein bisschen wie ein Psychiater. Allerdings dürfte es schwerfallen zu überprüfen, ob jemand wirklich zuhörte, der mit Antworten so sparsam war.

Jana lächelte Vanessa an. „Er passt zu dir, und ich mag ihn."

Eine Weile ging es um Werners Vorzüge. Bei Janas zweitem Cappuccino fragte Vanessa: „Und wie fühlst du dich jetzt wegen Bruno?"

Sie schob ihren Aprikosen-Käsekuchen weg und überlegte. Dann sagte sie: „Bruno wollte jemand anders sein als er selbst – ein toller Hecht, ein Alphatier. Und Ferdl hasste und beneidete Bruno in dieser gespielten Rolle so sehr, dass er versuchte, ihn umzubringen. Das ist absurd und gleichzeitig tragisch."

„Du hast mir noch nicht gesagt, wie es dir damit geht", hakte Vanessa nach.

„Ich mache mir Vorwürfe. An Brunos Eifersucht hätte ich erkennen müssen, dass es gar nicht so weit her war mit seinem Selbstbewusstsein. Aber er war auch mit schuld daran, dass ich mich von ihm trennen wollte. Er hat mich nie hinter seine Fassade blicken lassen, und deshalb blieben wir einander fremd."

Ob sie ihn gewollt hätte, wenn er ihr gezeigt hätte, wie er wirklich war? Schwer zu sagen.

„Ist Sebastian da anders?", fragte Vanessa. „Lässt er es zu, dass ihr euch kennenlernt?"

Jana lächelte. „Wir haben gerade damit angefangen, einander Dinge zu sagen, die man nicht jedem erzählt."

Vanessa kicherte. „Dann wird es Zeit, dass du ihm einen Tipp wegen seiner Frisur gibst. Seine Ohren sind nicht besonders erotisch, oder?"

„Für mich sind sie in Ordnung", erwiderte Jana.

Vanessa grinste. „Das muss wahre Liebe sein!"

DANKE!

Zum Gelingen eines Buches braucht es mehr als jemanden, der es schreibt!

Ganz herzlichen Dank an alle, die dabei geholfen haben:

Meinen Testlesern Ronja Braun, Matt Carr, Andi Dick, Wildtrud Huber, Angelika Lorenz und Birgit Weiß für ihre nützliche Kritik und Ermutigung.

Dem Garmischer Polizeibergführer Hans Kufner für die Informationen über seinen Beruf und das Vorgehen bei einer Leichenbergung im Gebirge.

Dem Oberreintal-Experten Christian Pfanzelt für seine Hinweise und Geschichten.

Beate de Nijs für die gelungene Gestaltung des Covers.

Christian Engl, der mir dafür kostenlos ein schönes Foto der Alpspitze zur Verfügung gestellt hat.

Klaus Wolfsperger und allen vom Bergverlag Rother für die kompetente Unterstützung.

Barbara Wickenburg für ihre Anregungen, fürs konsequente Mitdenken und die Umwandlung des Manuskripts in ein Buch.

Carlos Westerkamp für sein professionelles Lektorat und seine Ideen und Hinweise, die diese Geschichte verbessert haben.

Und Franziska Baumann danke ich für die kompetente Schlusskorrektur.

Rother Bergkrimi – bereits erschienen:

ISBN 978-3-7633-7070-2

Acht Mitglieder einer Alpenvereinsgruppe fahren ins Kletterparadies Dolomiten. Einer stirbt in der Wand. Im gemeinsamen Ferienhaus kochen die Gefühle hoch. Wer hat den berühmten Erstbegeher auf dem Gewissen?

Clara hält ihre Schwester für unschuldig. Mit Mut und scharfem Verstand verfolgt sie die Spur des Mörders – und setzt dabei ihr eigenes Leben aufs Spiel.

Rother Bergkrimi – bereits erschienen:

ISBN 978-3-7633-7077-1

Endlich hat sie Zeit fürs Klettern: Als Monika Trautner in Rente geht, widmet sie sich ganz ihrer Leidenschaft. Da besucht sie ihr Enkel: Liam ist verliebt, aber seine Angebetete ist nach einem Kletterkurs verschwunden – es gibt kein einziges Lebenszeichen mehr von ihr. Ein Unfall? Selbstmord? Oder hat der Bergführer Lukas etwas damit zu tun? Bei seiner letzten Tour kam auch schon jemand ums Leben ...
Die Polizei hat die Suche aufgegeben, aber Liam und Monika folgen Susis Spuren in den Tannheimer und Ammergauer Bergen. Monika zeigt dabei Eigenschaften, die man kaum von einer älteren Dame erwartet.

Rother Bergkrimi – bereits erschienen:

ISBN 978-3-7633-7071-9

Seit Eddy vor zwanzig Jahren an der italienischen Grenze einen Wilderer zur Strecke gebracht hat, ist der Alpinpolizist aus dem Gailtal eine Legende. Als sich einige Fälle von grässlichen Tierverstümmelungen häufen und die Käserin der Sternberg-Alm kurz darauf auf ähnliche Weise umkommt, befällt Eddy eine dunkle Ahnung.
Eddy und sein Kletterfreund Fredo von der italienischen Alpinpolizei ermitteln in diesem Fall, der sich von Kärnten bis in die Dolomiten ausweitet – und Eddys Leben in den Grundfesten erschüttern wird.

Ein Gänsehaut-Kriminalroman für Bergsteiger und Bergliebhaber.